rororo

Noelle Mack

Die Leidenschaft der Wölfe

Erotischer Roman

Aus dem Englischen von Hans Amon

Rowohlt Taschenbuch Verlag

Die Originalausgabe erschien 2009 unter dem Titel
«Wicked. The Pack of St. James» bei Brava Books,
Kensington Publishing Corp., New York

Deutsche Erstausgabe
Veröffentlicht im Rowohlt Taschenbuch Verlag,
Reinbek bei Hamburg, Januar 2012

Redaktion Gabi Liebner
Umschlaggestaltung any.way, Barbara Hanke/Cordula Schmidt
(Foto: thinkstockphotos.de; Corbis; neuebildanstalt/Jaeckel)
Satz ITC Giovanni (InDesign)
bei Pinkuin Satz und Datentechnik, Berlin
Druck und Bindung CPI – Clausen & Bosse, Leck
Printed in Germany
ISBN 978 3 499 25777 3

Kapitel Eins

Feine Rocksäume strichen über elegante Tanzschuhe, und polierte Stiefel schritten in festgelegter Reihenfolge über den Boden des Ballsaals. Sonst sah Semjon Taruskin nichts. Er musste nach unten schauen, während er sich seinen Weg durch die Menge bahnte, um dem Blick einer gewissen jungen Dame auszuweichen, die so verliebt in ihn war, dass sie ihn erst am Abend zuvor angefleht hatte, sie zu entehren.

Er hatte die Bitte von sich gewiesen. Höflich natürlich und mit der Erklärung, dass sie zu unschuldig und zu sanftmütig für ihn sei – aber die Wahrheit, die in dieser Weigerung steckte, schien ihre Erregung nur noch gesteigert zu haben. Er hatte sich sogar aus ihren zarten Armen befreien und die liebevollen Hände abwehren müssen, die jedes seiner Glieder berührten, deren sie nur habhaft werden konnten. Irgendwann hatte er ihr schließlich ein sanftes Adieu ins Ohr gehaucht und sich schnellen Schrittes an der vor sich hin dösenden Mutter vorbeigeschlichen, die in einer Ecke des Saals saß.

Er straffte den Rücken, als er den nächsten Raum betrat – ein kleineres Zimmer, in dem die männlichen Gäste Punsch aus Kristallbechern tranken und sich mit lauten Stimmen kleine, scherzhafte Beleidigungen zuwarfen.

Semjon seufzte nur und hoffte inständig, irgendwo anders vielleicht interessantere Gesellschaft zu finden.

Weibliche Gesellschaft natürlich. Reich an Geist und reich an Schönheit. Ein oder zwei Exemplare dieser Gattung mussten hier doch wohl zu finden sein. Also folgte er, ohne groß nachzudenken, einfach einem livrierten Diener, der einen schmalen Flur hinunterging. Die Schritte des Mannes waren langsam, denn er trug einen ganzen Berg Wintermäntel, die mit üppigem Pelzbesatz versehen waren, ein paar schlichtere Mantuas und einige feingemusterte Schultertücher. Die Kleidungsstücke auf seinem Arm rutschten mit jedem Schritt hin und her, versuchten, seinem festen Griff zu entkommen, und wirkten dadurch auf seltsame Weise lebendig.

Aber schließlich war es auch noch nicht allzu lange her – vielleicht nur ein paar Sekunden –, dass jeder dieser Mäntel und jedes dieser Schultertücher eine Frau gewärmt hatten. Der Gedanke war ausgesprochen angenehm. Semjon nahm sogar einen Hauch von Parfüm und Puder wahr, den die femininen Kleidungsstücke verströmten. Voller Müßiggang folgte er dem Diener und stellte sich dabei die nackten, zarten Schultern vor, die von den edlen Stoffen liebkost worden waren, die der Dienstbote jetzt davontrug. Semjon lächelte versonnen.

Am Ende des Flurs blieb der Diener vor einer Wand aus schimmerndem Stoff stehen, durch dessen Falten ein wenig Licht drang und den Blick auf die Silhouette einer Frau gewährte.

Semjon bemerkte schnell, dass es sich eigentlich nicht um eine Wand, sondern um einen zweiteiligen, bodenlangen Vorhang handelte, der von einem höchst raffinierten Mechanismus zusammengehalten wurde. Doch nein, das war kein Mechanismus, es waren zwei Hände.

Als Semjon diese Hände etwas genauer betrachtete, sah er schlanke Finger mit ovalen Nägeln. Plötzlich machte sich der Diener bemerkbar, um endlich von der Last auf seinem Arm befreit zu werden, und eine der Hände ließ den Brokatstoff los und schob eine der Vorhanghälften ein Stück beiseite.

Das Licht der Kerzen auf dem Flur fiel auf eine Frau, die

so unglaublich schön war, dass Semjon förmlich nach Luft ringen musste. Ein Dienstmädchen? Irgendwie erschien ihm das höchst unwahrscheinlich. Er trat einen Schritt zurück, um sich im Schatten zu verbergen. Die junge Frau musste ihn nicht unbedingt sehen.

Ihr Haar war zu einem bezaubernden Lockenturm hochgesteckt und glänzte dunkelrot im Kerzenlicht. Gleichzeitig war aber auch ihre Körperform sehr gut zu erkennen. Das Licht, das aus dem improvisierten Raum hinter ihr drang, offenbarte einen genauen Blick auf ihre sinnlich-schmale Taille und die leicht ausladenden Schenkel, die sich aneinanderrieben, als sie einen Schritt nach vorn machte, um dem Diener die Sachen abzunehmen.

Ah! Der Anblick ließ Semjon fast laut aufstöhnen.

Wenn er durch irgendeine glückliche Fügung des Schicksals irgendwann der Liebhaber dieser Frau sein würde, wäre es ihm eine außerordentliche Ehre, ihren Rock zu lüften und die Innenseite dieser herrlichen Schenkel zu berühren. Semjon wusste genau, wie sich das anfühlen würde. Die trotz ihres Kleides gut sichtbaren Schultern und der Busen leuchteten förmlich in dem sanften Licht des Zimmers. Der Rest ihres Körpers war sicher genauso verlockend, wenn er erst mal von keinerlei Kleidungsstücken mehr bedeckt sein würde. Und die Haut an der Innenseite ihrer Schenkel würde sich bestimmt wie heißer Satin anfühlen. Ihm fiel es wahrlich nicht schwer, sich auszumalen, wie seine Hand diese Stellen zärtlich berührte.

Semjon presste sich gegen die Wand und sah zu, wie die junge Frau ein paar Worte mit dem Diener wechselte, der sich mittlerweile nach vorn gebeugt hatte, um ihr die Kleidungsstücke in die ausgestreckten Arme zu legen. Dabei fiel den beiden einer der schwereren Mäntel zu Boden, sodass der Diener sofort zu fluchen begann.

«Halb so schlimm, Jack. Du darfst nicht zu spät zurückkehren. Bestimmt wartet in der Eingangshalle noch eine ganze Menge anderer Damen.»

«Die sollen ruhig warten, Angelica.»

Das war also ihr Name, dachte Semjon bei sich. Und wie gut er zu ihr passte. In dem schlichten weißen Kleid und mit keinerlei Schmuck an Hals oder Ohren hätte sie in einer reformierten Kirche auch als Engel durchgehen können.

Jack wollte ihren Einwand gerade übergehen und den Mantel aufheben, als sich vom anderen Ende des Flures eine strenge, männliche Stimme meldete.

«Das ist Kittredge», sagte sie leise. «Und es klingt mir ganz danach, als wäre er ungehalten. Du musst gehen, Jack.»

Der Diener eilte davon und verwünschte dabei alle Butler dieser Welt. Die Schnelligkeit seines Abgangs sorgte dafür, dass alle Kerzen auf dem Flur anfingen zu flackern und schließlich erloschen. Alle, bis auf eine.

Ausgezeichnet. Jetzt kann ich die junge Frau vielleicht noch ein wenig länger und ganz in Ruhe betrachten, dachte Semjon. Und das, ohne sie zu belästigen oder gar zu ängstigen.

Angelica ließ den zu Boden gefallenen Mantel liegen, begab sich wieder in das durch den Vorhang abgetrennte Zimmer und legte die anderen Kleidungsstücke so hin, dass sie leicht wiederzufinden waren. Die Schultertücher hängte sie sorgfältig über eine Stuhllehne, die Mantuas auf einen Ständer, den man extra zu diesem Zweck dorthin gestellt hatte, und die prächtigen, pelzbesetzten Mäntel drapierte sie auf einer Schneiderpuppe.

Danach schickte sie sich an, den zu Boden gefallenen Mantel aufzuheben. Als sie sich eben zu diesem Zweck vorbeugte, gelang es ihren Brüsten beinahe, der Enge ihres Mieders zu entkommen.

Semjon sehnte sich danach, ihre Oberweite zu umfassen. Ihm würde es schon reichen, ihre zarten Brustknospen an seinen Handflächen zu spüren und …

Als sie den Mantel ausschüttelte, wehte ein Lufthauch in seine Richtung, der entweder voller Lieblichkeit nach ihr oder nach den Dingen roch, die sie in der Hand hielt. Er wusste zwar nicht, um welchen Duft es sich nun handelte, sog ihn aber dennoch voller Inbrunst ein.

Jede ihrer Bewegungen ließ ihr Fleisch leicht erzittern, und Semjon spürte deutlich, wie dieser Anblick in seinem Schritt widerhallte. Geistesabwesend strich sie mit ihren schlanken Fingern ein paar Fusseln weg und schnippte sie dann von dem Stoff. Semjon wurde jetzt so steif, dass es fast schon wehtat. Wie herrlich wäre es doch, wenn sie ihn dort streicheln und mit ihren Fingernägeln auch ein wenig an seinem Gemächt herumschnippen würde. Er biss die Zähne zusammen.

Schließlich hielt sie den Mantel zu einer letzten Begutachtung mit beiden Händen in die Höhe und machte dann kehrt, um in den Raum hinter dem Vorhang zurückzukehren.

Semjon konnte nicht anders, als einen Schritt nach vorn zu tun, aus seinem Mantel zu schlüpfen, ihn über den Arm zu legen und sich mit einem diskreten Räuspern bemerkbar zu machen.

«Schon wieder da, Jack?», sagte sie und hängte den aufgehobenen Mantel zu den anderen, die bereits auf der Schneiderpuppe warteten.

«Nein», erwiderte Semjon.

Die unbekannte Stimme ließ die junge Frau hochfahren, und sie starrte ihn mit geweiteten, wachsamen und – wenn er es richtig einschätzte – grünen Augen an.

«Wo kommen Sie denn her?»

Er deutete mit einer Kopfbewegung in Richtung Ballsaal und schien von der Direktheit ihrer Frage keineswegs überrascht. «Ich habe getanzt. Und es ist ziemlich warm …»

Sie schien sich rein gar nicht für seine gestammelte Erklärung zu interessieren.

«Und wie lange stehen Sie hier schon?», wollte sie wissen.

«Nicht sehr lange. Tut mir leid, wenn ich Sie erschreckt habe, Miss …?» Er hielt in der Hoffnung inne, durch eine Pause vielleicht ihren Nachnamen zu erfahren. Das Gesicht kam ihm merkwürdig bekannt vor, aber schließlich hatte er sie auch von der ersten Sekunde an ständig angestarrt.

«Miss Harrow.» Sie schien seine respektvolle Anrede zunächst als völlig selbstverständlich hinzunehmen, schüttelte dann aber kaum merkbar den Kopf, so als wäre sie sich ihrer Position doch nicht so sicher. Nach und nach kam Semjon zu der Ansicht, dass, selbst wenn sie jetzt eine Dienstbotin war, sie doch sicher nicht von Geburt an zu dieser Schicht gehörte. «Oder auch nur Angelica, wenn Sie das vorziehen. Das ginge auch», erklärte sie mit beherrschter Stimme.

«Wie Sie wünschen.» Ein anderer Mann hätte sich nach der Nennung ihres Vornamens eventuell weitere Freiheiten herausgenommen, aber Semjon blieb voller Respekt – und wurde mit einem Mal sehr neugierig. Sich um die teuren Mäntel und Pelze auf einem großen Ball zu kümmern, würde man wohl nur einer sehr vertrauenswürdigen, ergebenen Hausangestellten erlauben. Aber andererseits hatte sie so gar nichts Serviles an sich.

Ihr Stolz und ihre Herkunft zeigten sich deutlich in der Art, wie sie sich gab. Nicht überheblich, aber voller Selbstbewusstsein. Und sie war so wunderschön, dass sie heute Abend alle anderen Frauen ausstechen konnte. Das Mädchen gehörte auf die Tanzfläche, wo ein hingebungsvoller Tanzpartner nach dem anderen sie in die Arme schließen würde – und nicht hinter einen Vorhang am Ende eines Flurs. Semjon fragte sich, wie um alles in der Welt er wohl länger mit ihr sprechen könnte, ohne von einem zurückkehrenden Diener oder sonst wem gestört zu werden.

Aber dies war anscheinend nicht der richtige Zeitpunkt, denn sie schaute ihn auf eine Art und Weise an, die nicht gerade animierend wirkte, jetzt noch weitere Worte an sie zu richten. Ihr fester Blick machte ihn jedenfalls durchaus nervös.

«Ach ja, mein Mantel. Hier, bitte», sagte er und hielt ihr das Kleidungsstück entgegen. «Wie bereits erwähnt, es ist im Ballsaal ziemlich warm.»

Sie kam etwas näher und neigte ihren Kopf zu einem würdevollen Nicken, das ihm nahelegte, sich nun zu entfernen. Dann nahm sie ihm – peinlich bemüht, es zu keiner direkten Berührung kommen zu lassen – den Mantel ab. Die junge Frau war es zweifellos gewöhnt, auf derartigen Festivitäten von herumwandernden Männern angesprochen oder sogar in irgendeiner Weise berührt zu werden. Und aller Wahrscheinlichkeit nach hasste sie es inständig.

Sein Blick folgte ihr, als sie in das Zimmer zurücktrat, und er bemerkte gleichzeitig etwas bestürzt, dass keinerlei andere Kleidungsstücke in nüchternem, männlichem Schwarz zu sehen waren.

Alles andere war bestickt, mit Pailletten oder Pelz besetzt und gemustert – also ausschließlich Kleidungsstücke von Damen. Sie musste ihn für einen Idioten halten, dass er überhaupt hergekommen war.

Semjon gelang es noch, ihr ein Lächeln zuzuwerfen, bevor er sich schließlich mit einer sehr knappen Verbeugung abwandte, um in den Ballsaal zu gehen. Doch plötzlich ertönte noch einmal ihre sanfte Stimme.

«Sir …»

«Ja?»

«Ich kenne Ihren Namen gar nicht.» Ihre Lippen waren fest zusammengepresst, fast so, als müsste sie sich große Mühe geben, nicht in ein Lachen auszubrechen. «Wenn andere Männer es sich in den Kopf setzen sollten, das zu tun, was Sie soeben getan haben, könnte es schließlich durchaus sein, dass ich Ihren Mantel mit dem eines anderen Herrn verwechsle.» Sie griff nach einem kleinen Stift und einem Stück Papier, legte es auf ein Buch, um eine feste Unterlage zu haben, und lächelte ihn dann erwartungsvoll an.

Semjon nickte, als wäre die Angelegenheit von allergrößter Wichtigkeit. «Ich verstehe. Wenn Sie möchten, kann ich den Mantel auch dort abgeben, wo er eigentlich hingehört.»

Sie schüttelte den Kopf und schenkte ihm ein leichtes Lächeln. «Nein, das ist nicht nötig. Aber Ihren Namen hätte ich trotzdem gern gewusst.»

«Semjon Taruskin», erwiderte er. «Zu Ihren Diensten.»

Sie notierte den Namen ganz so, als wüsste sie, wie man ihn buchstabiert. Aber vielleicht wusste sie auch tatsächlich, wie man ihn schrieb. Und wieder nagte das vage Gefühl an ihm, diese Frau von irgendwoher zu kennen. Doch woher, das konnte er beim besten Willen nicht sagen.

Mit einer schnellen Geste steckte sie den Zettel in die Manteltasche. «Ich wünsche Ihnen viel Vergnügen bei dem Ball, Sir», erklärte sie nüchtern und entließ ihn diesmal wirklich.

«Vielen Dank, das werde ich bestimmt haben. Und ich bin sicher, mein Mantel hat nichts dagegen, die Zeit bis zu meiner Rückkehr mit ein wenig weiblichem Flitter zu verbringen.»

Ihre einzige Erwiderung auf seinen schalkhaften Scherz bestand aus einem Nicken.

Plötzlich ertappte Semjon sich bei einem heftigen Eifersuchtsanfall auf seinen Mantel. Und das nur wegen der Art, wie sie ihn hielt. Sie hatte ihn nicht zu fest in der Hand, strich geistesabwesend mit einer Fingerspitze darüber und wandte ihren Blick dabei nicht einen Moment von Semjons Gesicht.

Er hatte recht gehabt, ihre Augen waren grün. Die Farbe des Frühlings – in ihrem Fall jedoch von ein paar Schatten durchzogen. Schatten der Angst? Oder Schatten der Trauer? Er vermochte es nicht zu sagen. Ein Gefühl von Irrealität machte sich in seinem Inneren breit und gab ihm das Gefühl, von irgendetwas zu diesem entlegenen Raum gelockt worden und nicht etwa auf seinen eigenen zwei Beinen hierhergekommen zu sein. Und das nur, weil er einem Diener gefolgt war, der seinen gewöhnlichen Pflichten nachgekommen war.

Tatsächlich war er heute Abend nicht aus freien Stücken hierhergekommen. Nein, sein Bruder Marko hatte einfach zu viele auffordernde Andeutungen fallenlassen, als dass man sie hätte ignorieren können. So sollte Kyrill, der Älteste der drei Taruskins, darauf bestanden haben, dass das wolfsblütige Rudel von St. James sich weiterhin in der Öffentlichkeit zu zeigen hatte, während sie sich gleichzeitig um die privaten Angelegenheiten des Königs kümmerten. Angelegenheiten, die in gleichem Maße Diskretion und Brutalität erforderten.

Semjon, der nicht besonders pflichtgetreue Jüngste der Taruskins, hatte schließlich nachgegeben. Aber er hatte in keiner Weise damit gerechnet, sich der unwillkommenen Zuwendungen eines verliebten Mädchens erwehren zu müssen, oder dass ebendiese Bemühungen dazu führen würden, einfach irgendeinen Flur entlangzugehen und hinter einem goldenen Vorhang eine wahre Göttin vorzufinden.

Eine Göttin, die im Moment allerdings die Geduld mit ihm zu verlieren schien.

«Danke, Miss Harrow.»

Sie hob eine ihrer elegant geschwungenen Augenbrauen.

«Angelica, meine ich.» Er drehte sich entschlossen um und schritt den Flur zurück auf die sich nähernden Klänge einer Quadrille zu.

Es dauerte nur eine Stunde, bis er zu ihr zurückkehrte – genau die Zeit, die seiner Einschätzung nach angemessen war, um erneut das Gespräch mit ihr suchen zu können.

Semjon hatte sich vorher nach Jack umgesehen, um sicherzugehen, dass der Diener sie auch diesmal nicht stören würde. Er entdeckte ihn schließlich unter einer Treppe sitzend, wo er zusammen mit Kittredge aus einer kleinen braunen Flasche trank, die zweifellos mit Whiskey gefüllt war. Beide Männer waren rot im Gesicht und lachten.

Der Ball war in vollem Gang und schien sich mittlerweile in eine Art Orgie verwandelt zu haben. Einige der aufgeblasenen Kerle trugen nur noch Westen und Hemden und legten kleine Hüpfer und andere peinliche Schritte zu der immer lauter werdenden Musik aufs Parkett. Dabei wurden sie von den Damen beobachtet, die sich hinter ihren flatternden Fächern verbargen. Die Menge der Gäste, die an den Seiten der Tanzfläche standen, war nahezu unerträglich, und die Tatsache, dass sich viel zu viele Menschen in einem viel zu kleinen Saal vergnügten, widerte Semjon geradezu an.

Niemand würde seine Abwesenheit bemerken. Und eigentlich würde er ja auch gar nicht richtig fort sein. Sollte irgendjemand ihn beobachten, wie er die Tanzfläche verließ – wo er sich pflichtschuldigst von den etwas besseren Tänzerinnen zu ein oder zwei kleinen Tanzrunden hatte überreden lassen –, würde man höchstens annehmen, dass er irgendwo ein paar Gläschen Punsch in sich hineinschüttete oder sich über irgendeiner Balkonbrüstung erleichterte.

Die einzig anwesende Person, die ihn aufmerksam beobachtet hatte, war die verliebte junge Dame mit dem sehnsuchtsvollen Blick gewesen. Und die hatte mittlerweile zusammen mit ihrer Frau Mutter den Ball verlassen. Semjon konnte nur raten, was das Mädchen in ihm sah. Es waren ganz sicher nicht die Gedanken an eine Heirat, die sie umtrieben, sondern vielmehr sein Ruf als Liebhaber. Als begehrten Junggesellen würde man ihn jedenfalls ganz sicher nicht bezeichnen können. Nicht bei dem russischen Namen und den Geheimnissen, die seinen Familienclan umgaben. Da nützte es auch nicht, dass sie sich in einem Haus niedergelassen hatten, das so nah am St. James's Square lag.

Das geheimnisvolle Kommen und Gehen der drei Brüder sorgte für endloses Gerede. Und es hatte nicht gerade geholfen, dass bei den Morden, die Marko vor einem Jahr aufgedeckt hatte, sich einer aus ihren Reihen als Mitschuldiger entpuppt hatte. Und die bizarre Geschichte, die das Verschwinden des Schlangeneis umgab – jener wertvollen Preziose des Zaren –, hatte Kyrill in einen entlegenen Winkel im Norden von Russland geführt. Aber selbst ohne diese beiden Referenzen war es für einen Wolfsmann schon schwer genug, sich in London durchzusetzen – oder ein Wolfsheulen von sich zu geben.

Nein, Semjon war derjenige von den drei Brüdern, der seinem Benehmen nach am ehesten als Engländer durchgehen konnte. Und auch derjenige, der es vorzog, sich anzupassen. Schlafende Wölfe soll man nicht wecken. In letzter Zeit hatte sich niemand dem Rudel genähert und nach Streit gesucht. Und das gefiel den Brüdern.

Als er erneut den Flur entlangging, war die einzige Kerze zu einem Häufchen zusammengeschmolzen, das so sehr flackerte, als würde ein Wind durch den schmalen Gang gehen. Dabei war die Luft sogar noch stiller als zuvor. Und der Duft von Frauen war auch stärker geworden. Er zwängte sich förmlich in Semjons empfindliche Nase und ließ ihn an Angelica denken.

Der goldene Vorhang wurde noch immer von den Lichtern dahinter erleuchtet. Er schien fast zu glühen und zog Semjon magisch an. Eine Silhouette war diesmal nicht auszumachen. Vielleicht saß sie ja mittlerweile. Oder sie war längst gegangen.

Je näher er dem Vorhang kam, desto lauter trat er mit den Absätzen seiner Stiefel auf dem Holzfußboden auf. Sie sollte hören, dass er sich näherte. Doch niemand hinter dem Vorhang rührte sich oder sagte auch nur ein Wort.

Schließlich ließ Semjon eine Hand zwischen die Stoffbahnen gleiten und schaute in die Garderobe hinein.

Angelica war noch da. Sie lag schlafend auf einem Haufen Mäntel. Er nahm an, dass mehr und mehr Gäste eingetroffen und es irgendwann einfach zu viele Kleidungsstücke gewesen waren, um sie noch irgendwo unterbringen zu können.

Die junge Frau hielt den Stiel einer Rose in der Hand, und ihre Finger bewegten sich nervös hin und her. Die Blume war gerade aufgeblüht, und ihre pralle Frische wurde noch durch eine Spur glitzernder Tautropfen auf den Blütenblättern betont.

Für ihn sah es so aus, als würde sie die Rose an ihre Lippen halten – als hätte ein Liebhaber sie ihr geschenkt.

Semjon spürte plötzlich eine rasende Eifersucht in sich aufsteigen, die ihn überraschte und dann sogar anekelte. Hatte sie sich etwa von irgendeinem Kerl gegen eine Wand gepresst nehmen lassen wie eine ganz gewöhnliche Dirne und war dann in einen lüsternen Schlaf gesunken? In dem Raum waren kein Diwan und keine Chaiselongue zu sehen – geschweige denn ein Bett. Welche Hausangestellte würde wohl einen Rausschmiss riskieren, indem sie sich mit einem Mann auf den edlen Kleidungsstücken ihrer Herrschaft vergnügte?

Doch er rief sich schnell in Erinnerung, dass es sich bei ihr eben aller Wahrscheinlichkeit nach nicht um eine Dienstbotin handelte.

Semjon betrachtete sie ein paar Minuten, sog die Luft ein und dachte nach. Der Geruch sexueller Begegnungen hing nicht in der Luft – das konnte er mit Bestimmtheit sagen. Aber mehr war er sich eben auch nicht sicher. Vielleicht war die Rose ihr ja auch einfach nur als galante Geste von einem Gast überreicht worden und sonst nichts weiter.

Während sich seine Eifersucht nach und nach wieder verflüchtigte, setzte sich langsam eine andere Empfindung durch.

Erregung.

Ihre Pose erinnerte ihn an die Art Gemälde, mit denen einige Gentlemen ihre Privatgemächer schmückten. Die Art von Bildern, auf denen normalerweise eine schöne Frau zu sehen war. Vielleicht eine Schäferin mit porzellangleicher Haut, die in einem Heuhaufen schlief und gerade von einem stämmigen Bauernjungen entdeckt wurde, der seine unterdrückte Leidenschaft anscheinend kaum im Zaum halten konnte.

Die Art von Gemälde, die eine Frischvermählte in ein weitentferntes Zimmer verbannen oder gleich nach London schicken würde, um es dort in einem Geschäft für wertlosen Tand veräußern zu lassen. Angelica war in jeder erdenklichen Weise genau die Frau in Fleisch und Blut, die einer unerfahrenen, jungen Ehefrau schlaflose Nächte bereiten würde. Eine ältere Gattin hingegen wäre vielleicht sogar dankbar für die Pause der ehelichen Pflichten, die der Anblick von Angelicas Körper mit sich bringen würde.

Vielleicht war sie ja sogar mal eine Zofe gewesen, die aufgrund ihrer guten Erziehung und ihres guten Geschmacks eingestellt worden war, bis irgendein unglückseliges Ereignis dafür gesorgt hatte, sie in die unteren Ränge des Personals einzureihen.

Eigentlich hatte sie zu intelligent gewirkt, um auf die Listen und Tücken eines lüsternen Herrn mit eindeutigen Absichten hereinzufallen. Dem Besitzer dieses großen Steinungetüms in Mayfair, der den ganzen Abend mit der Frau eines anderen getanzt hatte, eilte durchaus der Ruf voraus, seinen weiblichen Hausangestellten hinterherzujagen. Aber was war schon dabei? Das taten in London viele Gentlemen. War sie vielleicht von einem gedankenlosen und egoistischen Herrn gezwungen und danach von ihrer schon lange leidenden Herrin zu einem niedrigeren Rang degradiert worden?

Angelicas leicht geöffneten Lippen entfuhr ein kaum hörbares Seufzen. Auf der Unterlippe sah er einen Tropfen des Taus von der Rose – oder zumindest glaubte er, ihn zu sehen.

Er kniete sich neben sie. Seine Hand schwebte über der lieblichen Rundung eines ihrer Schenkel. Er sehnte sich danach, ihn zu berühren, zog die Hand aber wieder zurück.

Ihre Brüste hoben und senkten sich in ihrem unruhigen Schlaf. Semjon konnte nicht anders, er musste einfach hinsehen. Diese zarte Haut! Die Vorstellung, dass irgendjemand jemals grob zu ihr gewesen sein könnte, machte ihn zornig.

Ihm stieg sofort eine Phantasie in den Kopf. Er stellte sich vor, wie sie sich schlaftrunken, aber lüstern aufbäumte, während er ihre Brüste streichelte, sie aus dem Mieder befreite und das geschmeidige Fleisch zu ungeahnten, erotischen Höhepunkten liebkoste, bis die steifen rosafarbenen Knospen deutlich sichtbar abstanden.

Er würde sich an ihren Spitzen laben und wie wild daran saugen. Eine Hand würde über die untere Rundung ihres Bauches streichen, bis er das erste Zittern ihrer weiblichen Erregung spürte.

Ach, mein schlafender Engel, dachte er voller Zuneigung. *Du hast nicht die geringste Ahnung, was ich denke oder dass ich dich ansehe. Träume nur. Träume, während du auf all dem Pelz und Staat liegst, und ich werde deinen Kopf mit meinen Phantasien füllen.*

Er würde ihre Hände nehmen, sie auf ihre nackten Brüste legen und sie anweisen, sich weiter zu streicheln, während er ihr dabei zusah und sich gleichzeitig seiner Kniehosen entledigte. Wenn sie dann lüstern genug wäre – und er nahm stark an, dass das nicht allzu lange dauerte –, würden ihre schlanken Finger schnell an ihren Nippeln ziehen, nach oben wandern, um ihre ganzen Brüste zu umfassen, und sie in einem Rhythmus massieren, der sie sowohl befriedigen als auch den Wunsch nach mehr in ihr auslösen würde.

Der Gedanke ließ seinen Schwanz zu voller Größe anwachsen, doch er blieb von dem weichen, dünnen Leder seiner Kniehosen eingezwängt, deren Knöpfe in Wahrheit immer noch geschlossen waren. Er wagte weder das Zepter seiner Männlichkeit noch das Objekt seiner Begierde zu berühren, ließ sich aber von seiner Phantasie leiten, bis die schlafende Frau vor ihm in seiner Gedankenwelt erwachte und nun auch ihn begehrte.

Er würde sie bitten, ganz langsam ihre Röcke zu lüften. Und während sie den weißen Stoff nach oben schob, würden ihre Beine, ihre Schenkel, ein appetitliches, gelocktes Schamdreieck und auch eine Ahnung ihrer intimsten, köstlichsten Verlockung sichtbar werden.

Semjon würde keine Zeit verschwenden und der jungen Frau dabei helfen, ihre Beine zu spreizen und ihre geschwollenen Schamlippen seinem heißen Blick zu präsentieren. Ihr selbst würde dieser Anblick natürlich verwehrt bleiben, aber das spielte keine Rolle. Sie würde dennoch voller Lust aufstöhnen und ihre Hüften instinktiv nach oben werfen, wenn sein forschender Finger in sie eindrang.

Er würde sie sogar dazu bringen, sich selbst zu schmecken, seinen benetzten Finger an ihre Lippen führen und sie auffordern, ihn abzulecken.

Und dann – er stützte sich auf eine Hand und genoss voller Inbrunst den Anblick der unberührten, schlafenden Schönheit – würde er den Finger durch seine Zunge ersetzen. Erst würde er nur mit der Spitze über ihre intimste Stelle streichen, sie dann aber so tief in ihre Mitte schieben, wie sie es ihm gestattete. Er würde die winzige Knospe liebkosen, die für eine Dame die intensivsten Gefühle bereithielt. Überwältigt von der Situation und gierig nach mehr, würde sie die gespreizten Beine schließlich krümmen und sie unterhalb des Knies festhalten, um sich ihm noch ungehemmter hingeben zu können.

Ein ausgezeichneter Grund für Semjon, den Kopf zu heben, ihre Beine sanft gegen ihre Schultern zu pressen und sie anzuweisen, diese Stellung zu halten, in der ihr Po leicht vom Bett abhob.

Und dann würde er alles sehen. Von den glitzernden Locken ihrer Scham, der geschwollenen Lustknospe, den roten Lippen ihres Geschlecht bis hin zu dem winzigen, puckernden Loch, dem sich vielleicht ein streunender Finger annehmen könnte, wenn sie es denn wollte. Der lüsterne Anblick, den sie bot, würde nach mehr Freuden verlangen. Er würde ihre üppigen Pobacken umfassen – vielleicht sogar ein bisschen grob –, und seine Zunge würde ihre enge Feuchte mit seidenweichen Liebkosungen und sanfter Hartnäckigkeit verwöhnen.

In diesem Moment ihres ersten gewaltigen Höhepunktes würde sie ganz ihm gehören. Er würde den Anblick genießen, während er sie in den Armen hielt und sich dabei alle

Mühe gab, seine eigene herannahende Entladung zurückzuhalten.

Ahh! Er neigte den Kopf und schloss die Augen. Einer Berührung der Angebeteten enthielt er sich zwar immer noch, aber er fragte sich, ob die schlafende, vollständig bekleidete Frau vor ihm seine aufgezwungene Phantasie wohl wie erhofft im Schlaf miterlebt hatte. Er ließ seine Lust abklingen.

Semjon brachte es nicht über sich, sie zu wecken. Würde man ihn mit ihr erwischen, würde sofort ganz London zu tratschen beginnen. Und wenn sie in der Welt tatsächlich tief gesunken war – und das vermutete er –, würde sie vielleicht sogar noch tiefer sinken. Auch wenn er nichts getan hatte, außer sie zu betrachten.

Seine sinnliche Tagträumerei hatte nur ein paar Minuten gedauert, aber als er aufstand, war sein ganzer Körper steif.

Angelica schlief weiter.

Sein Mantel – wo war der? Hoffentlich lag sie nicht darauf. Als er ihn schließlich entdeckte, bemerkte Semjon schnell, dass es sich immer noch um das einzige männliche Kleidungsstück im Raum handelte und voller Sorgfalt gesondert aufgehängt worden war. Er schlüpfte hinein, schob seine Arme durch die Ärmel, warf einen Blick in den Spiegel, um sein Revers zu richten, und versicherte sich, dass seine Erektion auch wirklich abgeklungen war. Aufgrund der Größe seines besten Stückes war zwar immer noch eine leichte Ausbeulung zu erkennen, aber das war bei einem Ball, der bis in die frühen Morgenstunden andauerte, geradezu unerlässlich. Semjon war sogar sicher, dass wahrscheinlich mehr als eine der beschwipsten, weiblichen Gäste versuchen würde, die Beule hinter den Knöpfen seiner Kniehose zu berühren, wenn er den Ball verließ.

Angelicas warmer Atem hatte dafür gesorgt, dass die Blütenblätter der Rose sich ein wenig entfaltet hatten, und er konnte sehen, dass ihr Inneres mit demselben Tausaft angefüllt war, der eben noch Angelicas Lippen benetzt hatte. Er lächelte traurig. Semjon verließ die junge Frau nur ungern. Aber wenn die Müdigkeit und die Mühe, sich um die Bedürfnisse so vieler Menschen zu kümmern, sie so sehr beanspruchten, dann hatte er auch kein Recht, sie aufzuwecken.

Schließlich gab es immer noch ein Morgen.

Er würde Nachforschungen anstellen und mehr über sie herausfinden. Ebenso wie über ihren Herrn und ihre Herrin. Wie war sie in deren Haus gekommen? War sie jemals ein Freudenmädchen gewesen – um den höflichen Ausdruck zu verwenden? War sie jemals verheiratet oder verwitwet gewesen? War sie jemals mit einem Soldaten durchgebrannt? Kurzum, er wollte alles wissen!

Vom Ende des Flurs war die raue, aber nicht unfreundliche Stimme von Jack zu hören. Der Diener sang und murmelte abwechselnd vor sich hin.

Semjon trat vor den Vorhang. «Miss Harrow ist eingeschlafen», sagte er zu Jack.

«Miss Harrow? So nennen Sie sie? Ausgesprochen freundlich von Ihnen, sie so respektvoll zu behandeln, wo sie doch nicht mehr als ein Dienstmädchen für die Herrschaft ist.» Der Diener schaute ihn eindringlich an. «Jetzt natürlich auch für andere Herrschaften.» Sein Blick wanderte zu Angelica. «Nein, so geht das nicht», erklärte er, als ihm wieder einfiel, wer und wo er war. «Aber vielleicht wissen die Damen es ja zu schätzen, wenn ihre Kleidung ein wenig angewärmt ist.» Er zwinkerte Semjon zu.

«Ich habe es nicht über mich gebracht, sie zu wecken», erklärte Semjon mit leiser Stimme.

«Dann muss ich es wohl tun.» Jack stapfte in das Zimmer, beugte sich über die schlafende Frau und sprach sie mit einem nicht unbedingt leisen Flüstern an. «Verflixt, Angelica, wach auf! Was ist, wenn die Herrin dich hier so rumliegen sieht, hä? Wach auf!»

Sie zuckte nur und gab dem Diener im Schlaf einen recht kräftigen Schubser.

«Sie wird doch keine Strafe bekommen, oder?», fragte Semjon.

«Das glaube ich nicht», erwiderte Jack und wandte seine Aufmerksamkeit dann wieder der lästigen Aufgabe zu, die schlafende Schönheit auf dem Mantelhaufen zu wecken – auch wenn Semjon selbst diese Aufgabe nicht unbedingt als lästig empfunden hätte. Der Diener schaute kurz auf, als er das Geräusch eines schnippenden Fingernagels hörte, der eine Guinee in die Luft schleuderte – gerade rechtzeitig, um die Münze aufzufangen, die Semjon ihm zuwarf.

«Passen Sie gut auf sie auf», sagte er nur.

«Das werde ich tun. Gute Nacht, Sir. Und danke schön.» Der Diener sah Angelica wie ein liebevoller, aber zugleich auch verärgerter Bruder an, beugte sich erneut über sie und schüttelte sie bei den Schultern. «Jetzt tu endlich, was ich dir sage, und wach auf!»

Semjon verließ den Ort genau so, wie er gekommen war. Und er war sich instinktiv sicher, dass Angelica bei Jack in Sicherheit war.

Kurze Zeit später war Semjon im Bau des Rudels am St. James's Square angelangt – nicht, ohne vorher allerdings noch einen kleinen Umweg über seinen Club genommen zu haben, wo er sich mit ein paar Gläsern von etwas Hochgeistigem gestärkt hatte. Dieser übermäßige Genuss sorgte allerdings dafür, dass er sich alles andere als gut fühlte. Und so steuerte er, im Haus angekommen, sofort auf die ausladende Treppe nach oben zu und wollte nichts weiter als in Ruhe und Frieden seinen Rausch ausschlafen.

Doch der weiche Griff einer Hand hielt ihn auf, und eine sanfte Stimme fragte ihn etwas auf Russisch.

«Natalja …», seufzte er. «Ich wollte gerade ins Bett gehen.»

Da er ihr in Englisch geantwortet hatte, sprach auch die junge Frau ihres Hausvorstehers in dieser Sprache weiter. «Ich wollte dir nur diese Nachricht geben, Semjon.»

Er sah hinab auf die glänzende, mit Bändern durchflochtene Zopfkrone auf ihrem Kopf. Natalja zog es vor, im Haus einen traditionell russischen Staat in all seiner bunten Pracht zu tragen. Im Freien und im Winter allerdings verbarg sie ihre Zöpfe und die hellen, bestickten Tuniken unter Hüten und Kutschermänteln.

«Ja?»

«Ein junger Mann war heute Abend hier und hat nach dir gefragt. Du warst auf dem Ball der Congreves …»

«Du hast doch wohl hoffentlich nicht aller Welt erzählt, wo ich bin», mahnte er mit strenger Stimme. Das Rudel hatte strenge Geheimhaltungsregeln bezüglich ihres Verbleibs.

«Aber natürlich nicht, Semjon», erwiderte sie ein wenig aufgebracht. «Hältst du mich denn für dumm?»

Semjon schüttelte den Kopf und rief sich ihren seltenen Mut und ihre Geschicktheit bei der Verteidigung des Rudels in Erinnerung. «Nein. Verzeih mir, Natalja. Ich bin müde und habe zu viel getrunken …» Er verstummte, als ihm einfiel, dass er ihr gerade einen guten Grund gegeben hatte, ihm eines ihrer bitter schmeckenden Kräuter-Heilmittel gegen diese selbst beigebrachten Leiden einzuflößen.

Er hasste das Zeug und spuckte es normalerweise sofort wieder aus, wenn sie nicht hinsah. Heute Abend allerdings schien es ihm, als hätte sie ihre häuslichen Pflichten bereits hinter sich gelassen und wollte vielleicht nur mit jemandem reden. Dazu war er auch durchaus bereit, hasste es aber, allzu sehr umsorgt zu werden.

«Na schön, Natalja», sagte er schließlich aus reiner Höflichkeit. Ihr Mund verzog sich sofort zu einem breiten, strahlenden Lächeln, und sie eilte in die Küche, um einen Kessel für Teewasser auf den Herd zu stellen.

Er folgte ihr in ihr Reich. Der Raum war eine Mischung aus russischer Gemütlichkeit – es gab einen riesigen Kachelofen, auf dem nachts ein Junge schlief, der jetzt allerdings nicht hier war – und modernster, englischer Küchentechnik. Das Feuer im Kamin war sorgfältig mit Asche bedeckt, aber sie stocherte in dem hohen Gluthaufen herum und legte noch ein paar frische Holzscheite auf. So dauerte es nicht lange, bis unter dem eingedellten Boden des Wasserkessels die Flammen loderten.

Sie hatte offensichtlich gerade gebacken, denn auf einem Regal waren mehrere Brotlaibe zum Auskühlen ausgebreitet. Natalja schaute in den Kessel, goss ein wenig Wasser hinzu, nahm aus diversen Gläsern einige getrocknete Kräuter und warf sie in die Teekanne. Hinzu kamen frischgemahlener Pfeffer und zu guter Letzt ein paar getrocknete Zweige aus einem Tongefäß, das mit einem Korken verschlossen war.

Semjon hatte keine Ahnung, worum es sich bei den getrockneten Dingen handelte, aber Nataljas Zaubermittel trank man am besten mit geschlossenen Augen und zugehaltener Nase. Doch sie taten ihr Werk.

Als der Kessel zu pfeifen begann, goss sie das kochende Wasser in die Teekanne und roch wohlwollend daran. Semjon verzog das Gesicht zu einer Grimasse, verbarg seinen Widerwillen allerdings vor ihr. «Das muss jetzt erst mal ziehen», erklärte sie.

Danach unterhielten sich die beiden recht angeregt über die Vorkommnisse auf dem Ball und kamen irgendwann schließlich erneut auf den Mann zu sprechen, der während Semjons Abwesenheit nach ihm gefragt hatte.

«Hat er eine Karte hinterlassen, Natalja?», fragte er.

Sie schüttelte den Kopf, während sie den Heiltrank in einen großen Becher goss.

«Was hat er denn genau gesagt?»

«Nicht viel. Nur, dass er hoffte, du würdest morgen hier sein. Das war die einzige Nachricht.»

«Also nichts Schriftliches, hm?»

«Nein. Ich nehme an, er wollte dich persönlich sprechen.»

Semjon zuckte gleichgültig mit den Schultern. «Wenn er sich wieder meldet, werde ich das wohl auch tun. Ich hoffe nur, er ist harmlos.» Er gähnte ausgiebig, und als seine zusammengerollte Zunge an den Gaumen stieß, waren ganz plötzlich die Fangzähne zu sehen, die das Markenzeichen der Rudel-Männer waren.

Natalja tat so, als wäre sie schockiert. «Jag mir doch nicht solche Angst ein, Semjon.»

Er lächelte müde. Die Auswirkungen des Schnapses ließen langsam nach. «Entschuldige. Aber du hast ja deinen lieben Ehegatten Iwan, der dich beschützt, nicht wahr?»

«Iwan schläft tief und fest. Kannst du ihn nicht schnarchen hören?» Sie zeigte vage in Richtung des Schlafzimmers, das dem Hausvorsteher und seiner Frau zugeteilt war.

«Nein. Und das ist auch ganz gut so.»

Sie lachte und schob ihm den Becher mit dem widerlich riechenden Gebräu zu. «Muss ich wirklich?», fragte er stöhnend.

«Ja.» Sie stemmte die Hände in ihre sehr weiblichen Hüften und sah ihn voller Strenge an. «Und zwar vor meinen Augen.»

Seine Mundwinkel zuckten, als er daran dachte, wie sehr er

es unter ganz anderen Umständen genossen hatte, jemanden vor seinen Augen zu haben. Sollte er Natalja von der schlafenden Hausangestellten erzählen? Er könnte die Geschichte ein wenig ausschmücken, um sie zu amüsieren. Die lüsterne Phantasie, die ihn beim Anblick der schlafenden Schönheit überkommen hatte, würde er natürlich weglassen. Auf jeden Fall würde er seinen Eindruck betonen, dass Angelica Harrow für eine Hausangestellte viel zu wohlerzogen war, und auch, dass in ihren Augen eine gewisse Traurigkeit zu erkennen gewesen war. Eine wunderschöne Heldin mit diesen beiden Qualitäten klang eigentlich wie der Beginn eines Märchens, und seine Erzählung über ihre kurze Begegnung würde Natalja sicher gefallen. Wenn sie nicht gerade ihrem ungestümen Temperament nachgab, war sie nämlich durchaus sentimental.

Also begann er in der Hoffnung, die junge Russin irgendwie abzulenken, ihr die Geschichte von Angelica zu erzählen. Zwischendurch nahm er mürrisch einen Schluck aus seinem Becher. Er hätte am liebsten gespuckt, behielt das Gebräu allerdings tatsächlich bei sich.

«Alles», wies Natalja ihn an.

«Von dem Gebräu oder der Geschichte?»

«Erst austrinken», schimpfte sie.

Semjon hob seufzend den Becher und hielt sich die Nase zu, während er das sehr heiße Getränk in seinen Mund schüttete und es wie ein Kutscher in einer Schänke in einem Zug austrank. Er keuchte, als er den Becher auf den Tisch knallte, und wischte sich die Tränen weg, die ihm aus den Augen liefen.

«Sehr gut», erklärte sie und war ganz offensichtlich höchst zufrieden mit ihm. «Das hätten wir hinter uns gebracht.»

«Ich habe das ungute Gefühl, du hast mich gerade vergiftet», sagte er mit schwacher Stimme. «Schick doch Rosen zu meiner Beerdigung, wenn du so freundlich wärst.»

«Welche Farbe hättest du denn gern?»

«Äh, rot.»

«Unter gar keinen Umständen. Rote Rosen sind etwas für Liebespaare. Nein, ich finde, für dich wäre ein geisterhafter Strauß weißer Lilien genau das Richtige.»

«Aber es ist mitten im Winter.» Er räusperte sich, um des sauren Nachgeschmacks in seinem Mund irgendwie Herr zu werden. «Blumen aus dem Gewächshaus sind viel zu kostspielig. Nein, sei bitte so gut und bring mich in aller Schlichtheit unter die Erde.» Doch seine müßigen Scherze reichten nicht aus, um seine Gedanken von der roten Rose loszureißen, die Angelica im Schlaf gehalten hatte. Und Nataljas arglose Bemerkung drängte ihm erneut die Frage auf, wer sie ihr gegeben hatte und warum.

Natalja griff nach den Brotlaiben, die sie gebacken hatte, und brach ein Stück davon ab. «Iss das», forderte sie ihn auf. «Das ist gut gegen den Nachgeschmack.»

Semjon machte sich voller Inbrunst über das Brot her. Er genoss den warmen, dunklen und erdigen Geschmack, der ihn an seine weitentfernte Heimat erinnerte, die er doch kaum kannte. Iwans Frau war wirklich ein wahrer Schatz. Er wischte die letzten paar Krümel von seinen Händen und lächelte sie erneut an.

«Also», sagte sie und setzte sich auf einen Stuhl. «Du hast mir längst noch nicht genug von dem Ball berichtet.»

«Mir kommt es vor, als wäre ich schon die gesamte Gästeliste durchgegangen und hätte unfreundliche Bemerkungen über so gut wie alle Anwesenden gemacht. Was willst du denn noch wissen?»

«Was die Frauen anhatten. Und zwar *en detail.*»

«Wie bitte?»

Natalja starrte ihn entschlossen an. «Der Abend ist kühl, also fang mit den Mänteln, Pelzen und Hüten an. Und danach dann ...» – sie senkte ihre Stimme zu einem sinnlichen Flüstern – «... was sie darunter trugen.»

«Ah, ich verstehe», meinte er lachend. «Nun, es war ein ganzer Haufen Zofen da, die den weiblichen Gästen die Mäntel und dergleichen abnahmen, bevor sie den Ballsaal betraten. Und dann hat ein Diener alles fortgebracht. Die Kleider waren natürlich sehr hübsch, aber an viele Details kann ich mich nicht erinnern, Natalja.»

«Und wer war die schönste Frau des Abends?», fragte sie voller Eifer. «Daran wirst du dich doch wohl sicher erinnern können.»

Er nickte, ließ sie auf die eigentliche Antwort aber ein klein wenig warten. «Ihr Name war Angelica Harrow, und sie befand sich im Grunde gar nicht unbedingt auf dem Ball.»

«Nein? Wo war sie denn dann?» Natalja sah ihn mit schmalen Augen an. «Soweit ich weiß, bist du ein Meister der Verführung, dem man unter gar keinen Umständen trauen kann.»

«Der Diener brachte ihr die Mäntel und Umhänge, um sie wegzuhängen und darauf aufzupassen, bis ihre Besitzer sie wiederhaben wollten.»

«Sie war ein Dienstmädchen?»

«Ich glaube, diesen Eindruck wollte sie erwecken», erwiderte Semjon vorsichtig. «Aber für mein Ohr und mein Auge wurde sie auf keinen Fall in diese Position hineingeboren.»

Natalja sah ihn traurig und mitleidig an. «O weh, eine gestrauchelte Schönheit, die für einen Hungerlohn zu Sklavenarbeiten gezwungen wird.»

Ihre melodramatische Ausdrucksweise ließ ihn leise lächeln. «Ich habe keine Ahnung.»

Sie brach ein weiteres Stück von dem Brot ab – diesmal für sich selbst – und kaute abwesend darauf herum. «Und hast du dich mit ihr unterhalten?»

«Eigentlich blieb mir gerade mal Gelegenheit, ihr meinen Mantel zu geben. Aber ja, ein paar Worte haben wir schon gewechselt.»

Natalja nickte nachdenklich. «Ich dachte mir schon, dass du irgendwie verändert wirktest, als du nach Hause kamst.»

«Ich war betrunken.»

Sie wischte seine Erklärung mit einer Handbewegung beiseite. «Nein, es war irgendetwas anderes. Du schienst mit deinen Gedanken ganz woanders zu sein – als würdest du über etwas Schönes, oder jemand Schönen, nachdenken. Und dabei handelte es sich ganz sicher nicht um einen der Trunkenbolde aus deinem Club.»

Er gab mit einem Kopfnicken zu verstehen, dass er ihre bemerkenswerte Intuition durchaus anerkannte. «Gut gemacht, Natalja. Ich habe nämlich von dem Moment, als ich den Ball verließ, an niemand anderen als Angelica gedacht. Und ich hoffe, irgendwie mehr über sie in Erfahrung zu bringen.»

«Wenn dir das gelingt, wirst du mir dann auch davon berichten?», hakte sie neugierig nach.

«Wenn ich der Ansicht bin, dass es für deine hübschen Öhrchen nicht zu unpassend ist, dann werde ich das bestimmt tun.»

«Ich bin jetzt eine verheiratete Frau», erklärte sie entrüstet. «Du kannst mir alles erzählen. Du und ich, wir sind die Jüngsten von allen in diesem düsteren Haus, also musst du mich ins Vertrauen ziehen. Mit wem soll ich denn sonst reden? Mit dem alten Lewschin ganz sicher nicht. Der steckt seine Nase doch immer nur in seine Haushaltsbücher. Und Antoscha ist ständig am Kritzeln. Ich glaube, er schreibt ein Buch über die Geschichte des Rudels.»

«Das aus vielerlei Gründen niemals veröffentlicht werden wird», ergänzte Semjon.

«So oder so, die beiden sind die Einzigen, die ständig da

sind. Du musst also mit mir reden, wenn mir der Sinn nach Zerstreuung steht.»

«Ich werde mein Bestes tun», sagte er lachend.

Natalja nickte, brach ein weiteres Stück von dem Brot ab und bestrich es mit Marmelade – fast so, als müsste sie sich für die nächste Runde Klatsch und Tratsch erst einmal stärken. «Wenn diese Angelica dir den Mantel abgenommen hat, dann hat sie ihn dir doch bestimmt auch wiedergegeben», meinte sie listig. «Du hast also zweimal mit ihr gesprochen.»

«Nein. Bei unserer zweiten Begegnung habe ich nicht mit ihr gesprochen.»

«Wieso denn nicht?»

«Sie war auf einem Haufen aus Pelzen eingeschlafen. Dabei hielt sie eine Rose in der Hand.»

Natalja seufzte. «Armes Ding. Aber anscheinend hat sie noch weitere Bewunderer außer dir.»

Ihre kluge Bemerkung traf den Nagel auf den Kopf – und Semjon wusste, dass sie das auch genau spürte. «Ja, aber das tut doch jetzt nichts zur Sache», erklärte er knapp. «Ich habe mir meinen Mantel selbst genommen und unsere schlafende Schönheit dem Diener überlassen.»

«Wirst du sie wiedersehen?», fragte Natalja arglos.

Semjon hätte ihr am liebsten auf ebenso kluge Weise geantwortet, stellte aber zu seiner Überraschung fest, dass er das irgendwie nicht übers Herz brachte. Er sah Natalja direkt in die weitgeöffneten, fragenden Augen und sagte nur ein Wort: «Ja.»

Kapitel Zwei

In derselben Nacht …

Als Angelica endlich erwachte, befand sie sich nicht mehr an dem Ort, an dem sie eingeschlafen war. Der verhängte Raum im Haus der Congreves mit seinen Wänden, Möbeln und den Mänteln und Pelzen, die man ihrer Obhut überlassen hatte, war so vollständig verschwunden, als hätte sie jedes einzelne Detail nur geträumt.

Jemand war in den Raum getreten. Ein Mann. Aber wer? Sie versuchte nachzudenken. Doch aus irgendeinem Grund war ihr Verstand genauso verschwommen wie ihre Sicht. Als sie sich umsah, stellte die junge Frau fest, dass sie auf einem nackten Holzfußboden lag. Ihr Fußknöchel steckte in einer Manschette aus kaltem Eisen, an der eine Kette rasselte, die wiederum an einem Haken befestigt war, den man in einen Balken getrieben hatte. Der Raum war nur schwach von einer Kerze beleuchtet, deren Licht von einer recht entfernten Ecke aus kreisende Schatten an die Wand warf.

Wer hatte sie hierhergebracht? Doch nicht der attraktive Mann mit dem fremdländischen Namen, der ihr seinen Mantel gegeben hatte. Und auch nicht der Diener Jack, der im Laufe des Abends mehrere Armladungen Damenbekleidung hin- und hergetragen hatte.

Nein. Es war jemand anderer gewesen. Ein älterer Mann. Jemand, den sie für einen Gast hielt, der sich verlaufen hatte. Genauso wie Semjon.

Als Angelica die Fäuste ballte, spürte sie, wie etwas Spitzes in ihre Handfläche stach. Sie hob die Hand und sah, dass sie eine langstielige rote Rose darin hielt. Und ganz plötzlich kehrte nach und nach ihre Erinnerung zurück.

Der ältere Mann war kurz nach Simon gekommen – Semjon, korrigierte sie sich selbst. Richtig, er hatte Semjon Taruskin geheißen. Sie hatte seinen Namen auf einem Stück Papier notiert und ihn in die Tasche seines Mantels gesteckt. Nur für den Fall, dass vielleicht noch ein anderer Mann mit einem ähnlichen Mantel auftauchen sollte. Sie erinnerte sich vage daran, dass sie ihm genau das auch gesagt hatte.

Ihr war es sogar gelungen, seinen Namen richtig zu schreiben – eine Tatsache, die ihn durchaus überrascht zu haben schien. Dabei hatte sie bereits von ihm gehört, denn Semjon eilte ein verwegener Ruf voraus. Ein Ruf, um den die Männer ihn beneideten und der die Damen zum Seufzen brachte.

Je länger sie die Rose in der Hand hielt, desto mehr schienen sich die nebulösen Schichten ihrer Erinnerung zu lüften. Sie stach sich erneut mit einem Dorn in die Handfläche, um ihrem Gedächtnis noch weiter auf die Sprünge zu helfen. Dabei war es ihr völlig egal, dass ein kleines Rinnsal Blut aus der ersten Wunde auf ihr weißes Kleid tropfte, das sich um ihren schmerzenden Körper schlang.

Semjons plötzliches Auftauchen hatte sie aufs höchste erschreckt. Doch als der zweite Mann – der ältere – durch den Vorhang trat, hatte ihre Wachsamkeit bereits wieder nachgelassen.

Die Rose in ihrer Hand … Genau! Derjenige, der nach Semjon gekommen und gegangen war, hatte sie ihr gegeben. Die Geste hatte sie zu dem Zeitpunkt durchaus verwirrt, doch es schien nicht nötig, ein Wort darüber zu verlieren. Eigentlich hatte sie angenommen, dass sie die Blume nur halten sollte, während er aus seinem Mantel schlüpfte.

Sie hatte die Rose höflich angenommen und keinerlei Fragen dahingehend gestellt, ob der Herr sie nun später einer Geliebten überreichen oder nur den Stiel gekürzt haben wollte, damit er sich die Blüte ans Revers stecken konnte. Nein, sie hatte damit gerechnet, dass er ihr schon sagen würde, was sie damit tun sollte.

Doch der ältere Herr hatte nichts dergleichen getan, sondern war einfach nur seltsam still gewesen, nachdem er aus seinem Mantel geschlüpft war. Er hatte das Kleidungsstück dicht an sich gepresst gehalten, so als würde er darauf warten, dass sie irgendetwas tat. Aber was hatte er konkret gewollt? Angelica konnte immer noch nicht klar denken.

Er hatte ihr den Mantel nur zögerlich geben wollen und angefangen, am Bund seiner Kniehose herumzufummeln, während sie diskret den Blick abgewendet hatte. Dabei hatte Angelica abwesend der aus der Ferne klingenden Musik aus dem gutgefüllten Ballsaal gelauscht und dabei deutlich gemerkt, wie der Lärm der Anwesenden immer lauter und der Ball immer ausgelassener wurde.

Ihre aus einem Pflichtgefühl heraus gestellte Frage, ob sie ihm vielleicht einen Knopf annähen sollte, hatte er zu ihrer großen Erleichterung mit einem gemurmelten Nein beantwortet. Er schwitzte stark und stand einfach nur mit hochrotem Kopf da. Sein ohnehin schmutziges Hemd war schon ganz feucht vor Schweiß.

Um genau zu sein, schien sein ganzer Körper eine Art fauligen Geruch zu verströmen, den sie zwar nicht richtig benennen konnte, der dem Gestank von Verwesung allerdings recht nahe gekommen war.

Angelica hatte die Nase gekräuselt und, ohne nachzudenken, die Rose davorgehalten, tief ihren lieblichen Duft eingeatmet und sich an der außergewöhnlichen Frische der Blume erfreut. Ohne weiter auf den unangenehmen Mann vor sich zu achten, hatte sie die straff eingerollten Blütenblätter berührt, sie vorsichtig voneinander getrennt und schließlich festgestellt, dass sich im Herzen der Rose ein seltsamer, kristallener Tau gesammelt hatte.

Das Verlangen, den Tau zu kosten und dem Blick des Mannes und seiner abstoßenden Erscheinung zu entkommen, hatte dafür gesorgt, dass sie eine Fingerspitze in den Saft getaucht, den Finger zu ihren Lippen geführt und dann … dann … dann einfach zu Boden gestürzt war. Dabei hatte sie einen kleinen Tisch umgeworfen, auf dem das Buch lag, indem sie normalerweise ihre Notizen machte.

Keuchend und voller Schrecken hatte sie sich dann irgendwie am Revers von Semjons Mantel hochgezogen. Sie konnte kaum stehen. Der männliche Duft, der von dem Kleidungsstück ausging, hatte ihr zwar kurzfristig einen Kräfteschub beschert, doch der ließ schon sehr bald wieder nach. Also hatte sie den Mantel losgelassen und war erneut zu Boden gesunken – diesmal auf die Knie. Der andere Mann hatte sie nur mit heiserer Stimme ausgelacht und dabei wie ein kläffender Köter geklungen.

Angelica hatte noch versucht, fortzukriechen und dem düsteren Raum und dem seltsamen, hinterlistigen Fremden irgendwie zu entfliehen. Der Stiel der Rose, den sie immer noch fest umklammert hielt, war in ihrer Hand so dick wie ein junger Baum geworden, und die Blüte schien auf die Größe eines menschlichen Kopfes angewachsen zu sein.

Ihre andere Hand hatte versucht, aus dem heruntergefallenen Buch eine Seite herauszureißen, um voller Verzweiflung einen Hilferuf zu Papier zu bringen. Doch noch bevor sie ihren Plan in die Tat umsetzen konnte, hatte der Mann das Buch mit dem Fuß weggestoßen. Schluchzend hatte sie daraufhin die Rose weggeworfen, aber der Fremde hatte sie ihr wieder in die Hand gedrückt, ihre tauben Finger um den

Stiel gelegt und so fest zugedrückt, bis die scharfen Stacheln in ihre Haut gedrungen waren.

Danach erinnerte sie sich an nichts mehr.

Angelica starrte voller Entsetzen auf die Rose, die sie immer noch fest in der Hand hielt. Die harmlos wirkenden Blütenblätter waren mit einer mächtigen und gefährlichen Droge behandelt worden. Sie warf die Blume in eine Ecke und rollte sich auf dem Boden zusammen, als sie Schritte hörte, die immer näher kamen.

Zwei Leute, bei denen es sich, nach den Geräuschen zu urteilen, um Männer handelte.

Sie blieben direkt vor ihrem Kopf stehen. Einer von ihnen beugte sich vor, um den Sitz der Kette zu überprüfen, die an der Manschette um ihren Knöchel befestigt war. Er schien zufrieden. Durch ihr Haar hindurch konnte sie die schweren Stiefel des Mannes sehen. Stiefel mit abgerundeten, verschrammten Spitzen und einer gerissenen Sohle am linken Fuß, die notdürftig geflickt worden war. Die Schuhe des anderen Mannes waren da schon weitaus eleganter. Es handelte sich um Reitstiefel, die sicher ein kleines Vermögen gekostet hatten und auf Hochglanz poliert waren. Angelica konnte fast ihr Antlitz darin erkennen – ein vom Weinen verquollenes, schmutziges Gesicht, das zur Hälfte von ihrem verfilzten Haar bedeckt war.

«Hallo, Angelica», begrüßte sie der Besitzer der eleganten Stiefel. «Schrecklich, dich in einem derart schändlichen Zustand vorzufinden. Dabei bist du doch sonst immer so stolz auf deine Schönheit, nicht wahr, meine Liebe?»

Plötzlich bohrte sich die Spitze einer der Stiefel in ihre Wange. Ihr Herz wurde von eisigem Entsetzen gepackt, und ihr stockte der Atem. Diese Stimme kannte sie bereits ihr ganzes Leben lang. Angelica schaute auf, sah in das Gesicht ihres Stiefbruders und verlor das Bewusstsein.

Semjon konnte nicht schlafen. Er stand auf, schlüpfte aus seinem Nachtgewand und zog sich recht nachlässig wieder an. Aber wer würde ihn in den dunklen Straßen von London schließlich schon sehen? Und selbst wenn ihn jemand sah, es wäre demjenigen sicher völlig egal, ob er nun korrekt gekleidet war oder nicht. Und während er voller Bedacht, niemanden zu wecken, aus dem Haus des Rudels schlich, drehten sich seine Gedanken nur um eine einzige Person – Angelica.

Seine außergewöhnlich großen Schritte führten ihn zunächst auf einen Marktplatz, der sich schon jetzt, kurz vor Sonnenaufgang, mit Menschen füllte. Doch die Händler und die Besucher des Marktes waren viel zu beschäftigt, ihre Stände aufzubauen und mit den Bauern zu feilschen, um ihn zu bemerken. Überall standen zitternde Zugpferde herum und stampften in eintönigem Rhythmus mit ihren riesigen Hufen auf den Boden. Ihre erschöpften Muskeln waren ganz schwer von den mit Wintergemüse beladenen Wagen, die sie über die ausgefahrenen Straßen der Stadt hatten ziehen müssen. Semjon betrachtete ohne jedes Interesse die hochaufgestapelten Berge aus Kohlrabi und Rüben, an denen immer noch Erde klebte. Ein anderer Stand bot riesige Kohlköpfe und immer noch an dicken Stämmen festgewachsenen Rosenkohl feil. Und direkt daneben fanden sich auch Büschel krauser Grünkohlblätter.

Stämmige, in warme Wollschals und Röcke eingepackte Bauersfrauen liefen in Holzschuhen über das Kopfsteinpflaster. Sie waren hier, um Pasteten, Gelee und andere Leckereien zu verkaufen. Nachdem sie ihre Körbe, in denen sie alles mit sich herumtrugen, ausgeleert hatten, arrangierten sie ihre Waren einfach auf dem nackten Boden. Eine besonders gewiefte Bauersfrau hatte in einem merkwürdigen Behältnis, das eigentlich nur von einem Kesselflicker stammen konnte, ein Feuer entzündet. Sie bereitete Tee und Kaffee darauf zu, den die Kunden aus geliehenen Bechern tranken, die sie nach Gebrauch wieder zurückgeben mussten. Die Getränke verkauften sich ausgesprochen gut und schnell.

Trotzdem entschied Semjon sich gegen eines der heißen Getränke, denn die Kundschaft der Frau bestand fast ausschließlich aus extrem verrufen wirkenden Gestalten. Und auch wenn der Tee und der Kaffee den Menschen ausgesprochen gut zu schmecken schienen, so waren Semjon die borstigen und verdreckten Bärte der Männer und die aufgesprungenen Lippen der Frauen doch zu unhygienisch.

Er ging mit hocherhobenem Kopf weiter. Ah, endlich. Ein von einem Metzgerjungen gezogener Rollwagen fuhr an ihm vorbei, an dem herumschwingende Tierhälften befestigt waren. Der Junge hatte auch mit Fett marmorierten Hammel geladen, führte wegen der winterlichen Jahreszeit aber kein Lamm. Semjon konnte kaum widerstehen, sich eines der rohen Fleischstücke zu schnappen. Das war der Wolf in ihm, und er würde sich keineswegs für dieses Verlangen entschuldigen.

Und wenn er nun wirklich etwas von dem rohen Fleisch nahm … was dann? Ungegart durfte er es nicht essen. Nein, er würde einen Stock hindurchstechen und es zusammen mit den Vagabunden und Bettlern, die sich am Rand des Marktplatzes herumdrückten, über einem Feuer braten müssen.

Vielleicht würden sie ihn ja sogar als einen der ihren akzeptieren – ein Straßenräuber in gestohlener Kleidung. Oder aber sie würden ihm eins über den Schädel geben und sich am Inhalt seiner Manteltaschen bedienen.

Semjon kicherte und kaufte sich stattdessen lieber eine kleine Fleischpastete, die er in Sekunden hinunterschlang, um sich nach dem Genuss recht unelegant, aber mit ausgesprochenem Vergnügen die Fingerspitzen abzulecken.

Danach verließ er den Marktplatz. Aber nicht, ohne einen

Schilling in eine schmutzige Handfläche zu werfen, die sich ihm aus einem düsteren Hauseingang entgegenstreckte. Als ein junges Küchenmädchen und ein fetter Koch mit leeren Körben den Hauseingang betraten, nickte er ihnen kurz zu.

Nachdem er eine Weile gegangen war, stellte Semjon fest, dass er direkt in die Richtung vom Haus der Congreves lief. Nur noch ein paar Minuten Fußweg, und er würde davorstehen.

Und Wunder über Wunder – als er dort ankam, drang aus den Fenstern tatsächlich noch Licht. Den letzten Feiernden wurde gerade in ihre Sänften und Kutschen geholfen, während Congreve und seine weitaus jüngere Frau sie vom obersten Absatz der imposanten Außentreppe verabschiedeten.

Als die Eingangstür sich endlich schloss, hörte er deutlich, wie Penelope ihrer Anstrengung mit einem «Na, endlich!» Luft machte.

Semjon lächelte. Als er eine Hand an den Hals führte, um seine Krawatte zu einem ordentlich aussehenden Knoten zu binden, fiel ihm auf, dass er vergessen hatte, sie anzulegen. Er sah nach unten. Sein Hemd hing halb aus der Hose, und sein offener Mantel flatterte im kühlen Wind, der über die Themse strich. Zumindest seine Kniehose saß ordentlich.

Congreve raunte seiner Frau ein paar beruhigende Worte zu, die Semjon aber nicht recht verstehen konnte. Plötzlich hörte er, wie die Herrin des Hauses seinen Namen rief, und er schaute auf.

«Mr. Taruskin! Was tun Sie denn hier? Ich dachte, Sie wären schon längst gegangen.»

«So war es auch, Mrs. Congreve.» Er fuhr sich in dem fruchtlosen Versuch, seine Erscheinung etwas gepflegter wirken zu lassen, durch die Haare. «Aber ich konnte nicht schlafen, und da habe ich mich entschieden, einen Spaziergang zu machen. Und dabei bin ich zufällig auch hier vorbeigekommen.»

«Einen Spaziergang? Um diese Zeit? Sind Sie denn verrückt geworden? Kommen Sie doch rein, und trinken Sie einen Sherry mit uns. Es ist sicher auch noch etwas von dem Aspik und diversen Scheiben Fleisch da. Und dann schicken wir Sie bei Tagesanbruch wieder nach Hause», schlug sie vor.

Auch ihr Gatte schaltete sich schließlich ein. «Ja, kommen Sie. Wir können sowieso erst schlafen, wenn die Sonne aufgeht. Sie holen sich ja den Tod, wenn Sie bei dieser Kälte weiter auf dem Kopfsteinpflaster herumstehen.»

Semjon zögerte. Eigentlich hatte er gehofft, zu dieser frühen Stunde einer Küchenmagd des Hauses zu begegnen und sie diskret über Angelica und auch die Congreves auszuhorchen. Aber jetzt, wo das Paar ihn sogar persönlich eingeladen hatte, wäre er doch ein Narr, diese Freundlichkeit nicht zu seinem Vorteil auszunutzen.

Als er die Stufen hinaufeilte, stellte er voller Missfallen fest, dass in Penelope Congreves glänzenden Augen ein unverstellter Ausdruck der puren Lust geschrieben stand.

«Sie sehen wirklich aus, als wären Sie gerade aus dem Bett gestolpert, Mr. Taruskin», sagte sie mit einer gewissen Bewunderung in der Stimme. «Das zersauste Haar und die geröteten Wangen. Und Ihre Kleider – herrjemine, was für ein romantischer Anblick. Seufzt jetzt gerade vielleicht irgendwo eine junge Dame befriedigt in ihre Kissen?»

«Nein, Mrs. Congreve.»

«Sie können es mir ruhig sagen. Wer ist es?», fragte sie und schwebte durch die Tür ins Innere des Hauses. Ihr schnaufender Gatte folgte ihr auf dem Fuß, schien aber eindeutig gelangweilt von ihrem Geschnatter.

Semjon hoffte inständig, sie würde ihre Flirtversuche einstellen. Es war auch so schon schwierig genug, zumindest eine kurze Frage bezüglich des hübschen Dienstmädchens fallenzulassen, das sich um die Umhänge und Mäntel gekümmert hatte. Penelope war einfach zu schlau, um ihn nicht sofort zu durchschauen.

«Kommen Sie, kommen Sie», lud Congreve ihn freundlich ein und schob Semjon förmlich durch die Tür, als dieser weiterhin zögerte.

Er nickte und folgte dem Paar in die Eingangshalle. Das Dienstmädchen, das sich ebenfalls in der Eingangshalle aufhielt, konnte kaum noch auf den Beinen stehen und musste ein Gähnen unterdrücken, als die beiden sich an sie wandten.

«Squiggs, nimm Mr. Taruskins Mantel!», wies Penelope sie in scharfem Ton an. «Und zwar fix!»

«Ach, nein, ich würde ihn lieber anbehalten», erklärte Semjon. «Ich werde nicht lange bleiben.»

Das gelassene, junge Dienstmädchen Squiggs stellte sich sofort wieder in Position und verharrte mit ausdruckslosem Gesicht in ihrer Ecke.

«Ist das andere Mädchen fort?», fragte Semjon Mrs. Congreve.

«Welches andere Mädchen?»

«Sie heißt Angelica. Ich hatte im Eifer des Gefechts den falschen Flur genommen und sie zufällig kennengelernt.»

Penelope Congreve zuckte nur mit den Schultern. «Haben wir ein Dienstmädchen, das so heißt?», fragte sie ihren Gatten mit spitzer Stimme. Keine Antwort. «Congreve, ich rede mit dir!»

Doch der Mann grunzte lediglich. Er war einfach zu alt und zu weise, um ihren Köder zu schlucken.

Der wahre Zustand einer Ehe ließ sich doch am besten in den erschöpften Stunden nach einer Party beurteilen, dachte Semjon bei sich. Mr. Congreve mochte sich zwar selbst zahlloser Indiskretionen schuldig gemacht haben, aber Semjon hatte die starke Vermutung, dass seine kühle Frau ebenfalls umtriebig war. Eigentlich war ihm das zwar vollkommen gleichgültig, aber jetzt konnte er seine Frage kaum noch zurückziehen. Der Gedanke jedoch, dass Congreve auch nur versucht haben sollte, Angelica zu berühren, erfüllte ihn mit Abscheu.

Also entschied er ganz plötzlich, sie von hier fortzubringen. Und wenn er sie erst mal gefunden und mit ihr gesprochen hatte, würde es sicher ein Leichtes sein, sie von seinem Vorhaben zu überzeugen.

Wenn sie denn wirklich fortgehen wollte, rief er sich voller Pflichtbewusstsein in Erinnerung.

Pah! Er hatte das eindeutige Gefühl, sie würde sich in seine Arme werfen und nur so flehen, von ihm gerettet zu werden.

Wenn sie dann erst mal sicher an seiner Seite wäre, würde er sich schon überlegen, was er mit ihr tun sollte. Semjon war noch nie jemand gewesen, der mehr als ein oder zwei Tage im Voraus dachte – ein Privileg, der Letztgeborene der drei Brüder zu sein. Auch wenn er ihre Ratschläge jedes einzelne Mal ignorierte, waren sie es doch, die das Nachdenken für ihn übernahmen – während er sich so wild aufführte, wie es ihm eben gerade beliebte.

«Ihr Nachname war Harrow, glaube ich. Oder so ähnlich.» Semjon gab sich alle Mühe, dem Klang seiner Stimme etwas Beiläufiges zu geben, so als wäre es ihm völlig gleichgültig, was dem kleinen Dienstmädchen widerfahren war.

«Ach die.» Penelope warf ihrem Mann einen angewiderten Blick zu, den er allerdings nicht einmal zu bemerken schien. «Natürlich. Angelica. Wie konnte ich nur ihren Nachnamen vergessen? Ich Dummerchen.» Sie warf Congreve ein schmallippiges Lächeln zu. «Wir haben Harrow heute Abend eine letzte Chance gegeben, sich gut um die Garderobe zu kümmern. Nicht wahr, mein Lieber?»

«Ich verstehe.» Semjon Taruskin wartete geduldig ab, ob sie vielleicht noch mehr sagen würde.

«Er hat sie auf Empfehlung eines Freundes als Zofe für mich eingestellt», erklärte sie und zeigte mit ausgestrecktem Finger auf ihren Gatten. «Wohlgemerkt, auf Empfehlung eines Freundes von ihm, nicht von mir. Unbesehen. Äußerst unklug. Ich habe ihr von Anfang an nicht ganz vertraut, und sie schien sich auch ein wenig zu gut für die Arbeit zu sein. Es schien mir also am besten, sie ein bisschen zurechtzustutzen. Mr. Congreve konnte gar nicht anders, als mir zuzustimmen, denn ich habe ihm gedroht, ihm das Leben zur Hölle zu machen, wenn er sich mir nicht anschließen würde. Ich bekomme immer das, was ich will.»

Ihr Redeschwall schien gar nicht enden zu wollen, während sie die beiden in die Bibliothek und zu einer Karaffe mit einem Set kleiner Gläser führte. Semjon konnte deutlich hören, wie die Dienerschaft in den anderen Räumen des Hauses damit beschäftigt war, die Möbel wieder umzurücken und die Überreste der Feier zu beseitigen. Ab und zu durchquerte sogar der ein oder andere Dienstbote die Bibliothek. Aber nicht, ohne Mrs. Congreve vorher einen nervösen Blick zugeworfen zu haben.

Die Herrin des Hauses reichte die Gläser persönlich herum und nippte anmutig, aber in schneller Abfolge an ihrem Glas, das sie während der Unterhaltung der beiden Männer mehrfach auffüllte. Semjon folgte den Ausführungen nur mit halbem Ohr und hoffte, irgendwann einen Blick auf Angelica zu erhaschen oder zwischen all dem Lärm irgendwo ihre sanfte Stimme zu hören. Nach einer Weile entschuldigte er sich unter einem Vorwand und beugte sich in der Parodie eines galanten Kusses über Penelopes Hand. Dabei gab er sich große Mühe, seine Lippen nicht wirklich auf ihre Pergamenthaut zu pressen. Glücklicherweise war die Hausherrin recht betrunken und schien seinem Verhalten gegenüber völlig gleichgültig zu sein.

Als Semjon sich wieder aufrichtete, sah er, dass Mr. Congreve auf einem Stuhl zusammengesunken war. Der Schlaf hatte ihn übermannt – wie einen betagten Herrn, der zu viel Sherry getrunken hatte und zu lange aufgeblieben war.

Noch während Semjon ihn betrachtete, klappte der Mund des alten Mannes auf, sodass man deutlich die fleischige Zunge in seiner Mundhöhle liegen sehen konnte. Und er begann laut zu schnarchen.

«Da sehen Sie, womit ich mich herumschlagen muss.» Penelope wischte sich eine Träne von der Wange.

Sie tat sich zweifellos selbst leid. Aber auch wenn sie vielleicht allen Grund dazu hatte, ließen ihre Tränen Semjon völlig kalt. Schließlich war er immer noch weit davon entfernt, seine Göttin zu finden. Und auf der Suche nach ihr das ganze Haus auf den Kopf zu stellen war schließlich kaum möglich.

«Ja. Ich möchte meinen, er ist müde. Genau wie wir alle. Ich muss jetzt gehen, Mrs. Congreve», erklärte er mit fester Stimme.

«Sind Sie sicher?», fragte sie leise.

«In der Tat.» Er befreite sich von dem überraschend festen Griff, mit dem sie ihn am Arm festhielt, und bot ihr stattdessen ein Kissen an. Mit einem breiten Gähnen, das jeden einzelnen ihrer gepflegten, kleinen Zähne offenbarte, warf sie sich auf das Kissen und schaute kokett zu ihm auf.

Semjon trat voller Eile den endgültigen Rückzug an, überließ die Congreves sich selbst und schloss die Tür zur Bibliothek hinter sich.

Auf dem Weg zur Eingangstür dachte er noch, wie gut es war, keinen Hut getragen zu haben, den er dann in seiner Eile vielleicht in der Bibliothek vergessen hätte. Als er sich in den Räumen zu seiner Rechten ein letztes Mal nach Angelica umschaute, entdeckte er stattdessen Jack.

Der Diener, der seine Livree gegen gröbere Arbeitskleidung getauscht hatte, um den anderen Dienstboten beim Möbelrücken zu helfen, warf ihm einen besorgten Blick zu und nahm ihn schließlich beiseite.

«Sir, dürfte ich Sie wohl kurz sprechen?»

Semjon wusste sofort, dass die Sorge des Mannes Angelica galt.

«Ja, natürlich.» Er ließ sich von ihm in eine Nische führen, wo keiner der vorbeieilenden anderen Dienstboten sie hören oder sehen konnte. «Was ist denn?»

«Unsere Miss Harrow ist fort, Sir. Nachdem Sie gegangen waren, ist es mir nicht gelungen, sie zu wecken. Und als ich eine Stunde später noch mal nach ihr schaute, da war sie nicht mehr da.»

«Was? Haben Sie das Haus abgesucht?» Er musste den Klang seiner Stimme kontrollieren und seine instinktive Angst um die schöne Frau unterdrücken, die er so sehr begehrte. War vielleicht ein anderer Mann auf sie gestoßen, während sie schlummernd dalag?

«Natürlich. Sonst wäre ich ganz sicher nicht zu Ihnen gekommen», erwiderte Jack. «Sie ist nicht in ihrer Dachkammer, und keine der anderen Frauen hat sie gesehen. Eine von ihnen sagte mir, dass die Herrin außer sich sei, weil Angelica nicht da war, um die Mäntel wieder auszugeben. Ich habe gehört, es gab ein wahnsinniges Durcheinander.»

«Vergessen Sie das, Mann. Meinen Sie, Angelica wurde vielleicht entlassen und ist deshalb fort?»

«Nein. Ihre Habseligkeiten liegen immer noch in der Kammer. Es fehlt nichts. Nur sie ist fort. Und dieselbe Frage habe ich auch schon einigen anderen Dienstboten gestellt. Wäre sie wirklich entlassen worden, hätte irgendjemand doch davon gehört. Mrs. Congreve ist sehr enthusiastisch, wenn es um eine Szene oder wildes Rumbrüllen geht. Ihr Gatte kann da auch nichts ausrichten. Sie tut, was ihr gefällt.»

«Mh. Das will ich meinen, dass ihr Gatte da nichts ausrichten kann», murmelte Semjon.

Der Diener zuckte nur mit den Schultern, als wären die Congreves ihm im Moment völlig gleichgültig. «Den beiden wäre es auch egal, wenn Angelica für immer verschwinden würde. Irgendwas scheint mir an der Sache faul zu sein. Aber was es ist, kann ich auch nicht sagen. Es sieht Angelica so gar nicht ähnlich. Sie war immer freundlich zu anderen und hätte sich sicher irgendeiner mitfühlenden Seele anvertraut. Mir hätte sie jedenfalls bestimmt erzählt, wenn sie vorgehabt hätte davonzulaufen.»

«Nun, anscheinend hätte jedermann verstanden, wenn sie es denn getan hätte. Hab ich recht?», fragte Semjon.

«Je höher man aufsteigt, desto schlimmer kann es in diesem unglückseligen Haus werden», erklärte der Diener nüchtern. «Ich hätte gedacht, dass sie als Mrs. Congreves Zofe vielleicht mehr als der Rest von uns wusste. Aber sie hat nie etwas gesagt. Hier gehen Dinge hinter verschlossenen Türen vor sich, die nur der Herr und die Herrin öffnen können.»

«Ich verstehe. Das verheißt nichts Gutes.»

Jack senkte den Kopf, als würde er ein kleines Gebet sprechen, und schaute dann wieder zu Semjon auf. «Sie hatten mir aufgetragen, mich um sie zu kümmern, Sir. Das habe ich versucht. Ich hätte es auch getan, wenn Sie mir nichts dafür gegeben hätten …»

Semjons Nackenhaare stellten sich auf. Wer auch für Ihr Verschwinden verantwortlich war, er selbst hatte sich definitiv mitschuldig gemacht. Auch er hatte sie schließlich schlafend und schutzlos zurückgelassen. «Großer Gott, wo kann sie denn nur hin sein, Mann? Was hat sie für Freunde? Wo ist ihre Familie?»

«Ich habe keine Ahnung. Keiner von uns wusste viel über sie. So ist das nun mal in London, Sir.»

«Ja. Ja, natürlich. Aber konzentrieren wir uns für den Moment nur auf diesen Abend. Was ist genau passiert, nachdem ich sie beide allein gelassen habe?»

«Sie wollte nicht aufwachen, und ich konnte nicht bei ihr bleiben, weil die Herrin laut nach mir rief. Sie müssen schon weg gewesen sein, sonst hätten Sie ihr Brüllen sicher auch gehört.»

«Höchstwahrscheinlich, ja.» Seine Gedanken rasten und zogen diverse Möglichkeiten in Erwägung. «Können Sie mich zu dem Raum bringen, wo die Mäntel aufbewahrt wurden, Jack? Würde das auffallen?»

Der Diener zögerte. «Wo ist denn die Herrin? Sie würde bestimmt drohen, mich auspeitschen zu lassen. Sie und Mr. Congreve haben wegen Angelica viel gestritten.»

«Die liegt nach diversen Gläsern Sherry schlafend auf einem Kissen in der Bibliothek. Und Mr. Congreve sitzt in einem Sessel schnarchend daneben.»

Jack nickte, als stimme diese Beschreibung mit dem überein, was er schon oftmals selbst gesehen hatte. «Dann kommen Sie mit.»

«Für den Anfang ist der Raum mit den Mänteln wohl am aussichtsreichsten», erklärte Semjon mit einer gewissen Dringlichkeit in der Stimme.

Nach ein paar Minuten, in denen sie mehrfach um diverse Ecken gebogen waren, stießen die beiden Männer schließlich auf den engen Flur, an dessen Ende der besagte Raum lag. Auf dem Weg dorthin sahen sie, wie Kittredge Mrs. Congreve die Treppe hinauftrug. Sie lag schwer und reglos in seinen Armen und tat so, als ob sie schlief.

Keinem von den Bediensteten schien aufzufallen, was da mit ihrer Herrin geschah, und die Tatsache, dass Jack einen Gast durch das Haus eskortierte, schien für sie auch nicht von Belang zu sein.

Die beiden Männer eilten den Flur hinunter. Semjon konnte schon von weitem sehen, dass die Vorhänge achtlos zu einer Seite geschoben worden waren, so als wäre jemand voller Eile aus dem Raum gestürmt.

Die Mäntel, die Pelze und die Mantuas waren alle verschwunden. Es sah fast so aus, als wäre der Raum geplündert worden. Doch der Unterschied zu den Folgen einer großen Party, wenn die müden oder betrunkenen Bediensteten in Kleiderhaufen herumwühlten, um Miladys Sachen hervorzuziehen, war nur schwer auszumachen. Die wenigen, vorhandenen Stühle lehnten gegen eine Wand, aber einer davon war offensichtlich umgestoßen worden. Die Schneiderbüste allerdings stand noch aufrecht da – eine stumme Zeugin dessen, was hier vor sich gegangen war.

«Ich habe sie auf dem Kleiderhaufen liegend zurückgelassen. Sie schlief immer noch», erklärte Jack. «Zurückgekommen bin ich dann erst viel später. Und zwar, um den Streit zwischen zwei Zofen zu schlichten. Die beiden waren wie zwei kratzende und beißende Hyänen, aber Angelica war nirgendwo mehr zu entdecken.»

«Haben Sie das Haus durchsucht?»

Jack schüttelte den Kopf. «Ich wurde anderenorts gebraucht im Haus.»

«In diesem Raum hängt ein schlechter Geruch», stellte Semjon fest. «Nach Fäulnis und Schlimmerem.»

Jack schnüffelte halbherzig in den Raum hinein. «Das kann ich nur bestätigen, Sir. Aber es wurde auch noch nicht gelüftet. Die Großen und Mächtigen stinken natürlich genau wie alle anderen auch. Ebenso ihre Kleidung. Und ganz besonders nach einer langen Nacht.»

Semjon hielt kurz inne, um seine Willenskraft darauf zu konzentrieren, seinen Wolfsblick zu aktivieren. Dazu wandte er sein Gesicht von Jack ab, damit der Diener nicht mitkriegte, wie die Farbe seiner Pupillen sich in ein glühendes Gelb verwandelte. Dann näherte er sich mit langsamen Schritten einer der Wände, wo er schwach ausgeprägte, längliche Kratzspuren erkannt hatte.

Ja. Er roch tatsächlich ihren Duft unter dem anhaltenden Verwesungsgeruch, dessen Ursprung er sich nicht recht erklären konnte – auch wenn Jack darauf hingewiesen hatte, dass am heutigen Abend viele Menschen in diesem kleinen Raum ein und aus gegangen waren.

Semjon starrte konzentriert auf die Wand. Die Kratzer stammten von feinen, weiblichen Fingernägeln, und ihm war sofort klar, dass diese Spuren von ihr stammten. Vielleicht war Angelica gegen die Wand geprallt und hatte sie im darauffolgenden Niedersinken mit ihren Fingernägeln zerkratzt. War sie etwa über den Mantelhaufen gestolpert, nachdem sie endlich aufgestanden war? Er hatte auch die Möglichkeit, in Erwägung zu ziehen, dass ihr gar nichts Schlimmes widerfahren war und sie sich einfach nur aus dem Staub gemacht hatte. Das leuchtete nämlich durchaus ein, wenn man an die Spannungen zwischen ihr und ihrer Herrin dachte.

Dass sie vielleicht mit einem unbekannten Liebhaber getürmt war – die Rose in ihrer Hand bereitete ihm immer noch Kopfzerbrechen –, war jedenfalls keine Möglichkeit, über die er nachdenken wollte.

Plötzlich stieß er mit der Seite seines Stiefels gegen etwas Hartes. Semjons Blick schnellte nach unten.

Er erkannte sofort das Buch, das sie als Unterlage benutzt

hatte, um seinen Namen auf einen Zettel zu schreiben, den er dann in seiner Tasche gefunden hatte. Semjon bückte sich, um das Buch aufzuheben, und schlug es auf.

Ein paar Seiten schienen erst vor kurzem herausgerissen worden zu sein. Dort, wo sie einst eingebunden gewesen waren, hingen jetzt nur noch ein paar dünne Leinenfäden. Semjon führte das Buch zu seiner Nase und atmete sofort den unverkennbaren Geruch von Angst ein. Ihre Hände waren schwitzig gewesen, und ihr Körper hatte einen namenlosen Schrecken verströmt, den nur er spüren konnte.

Für Jack und für alle anderen war das, was er da in der Hand hielt, nichts weiter als ein Buch. Semjon blätterte blitzschnell durch die anderen Seiten, um zu sehen, ob jemand vielleicht in verzweifelter Hast etwas hingekritzelt hatte. Nein. Da war nichts.

Das Buch war nicht allzu groß, sodass er es unbemerkt in seine Tasche stecken konnte. Dabei berührte er das kleine Stück Papier, an das er bis eben gar nicht mehr gedacht hatte. Das Stück Papier, auf dem sein Name stand.

Nachdem Jack in nicht allzu weiter Ferne geschäftige Geräusche gehört hatte, war er wieder zurück auf den Flur getreten. Semjon führte jetzt auch das kleine Stück Papier zu seiner Nase, um herauszufinden, ob es genauso roch wie die Seiten des Buches.

Von der weiblichen Hand, die den Zettel berührt hatte, war auch ein Geruch wahrzunehmen, aber dieser hatte rein gar nichts Angsterfülltes an sich.

Nein, er war rein und lieblich. Allein aufgrund dieser Tatsache wusste Semjon, es war eine durchaus angenehme Erfahrung für sie gewesen, ihn zu sehen. Voller Sorgfalt studierte er die elegante Handschrift. Auf dem Zettel stand nur sein Name. Aber der war mit so ausgesprochener Sorgfalt notiert worden, er spürte genau, dass es ihr Freude gemacht hatte, ihn niederzuschreiben. Und diese Erkenntnis ließ eine gewisse Hoffnung in ihm aufkeimen.

So wenig, woran er sich halten konnte. So viel, was er in Erfahrung bringen musste. Wo immer sie sich in dieser vor Menschen wimmelnden Stadt auch aufhielt, er würde sie finden. Und er würde sich voller Brutalität jedermann annehmen, der ihr wehtat.

Semjon steckte das kleine Stück Papier wieder zurück zu dem Buch in seiner Tasche und trat hinaus auf den Flur zu Jack.

«Hier ist nichts weiter zu finden», erklärte er mit Bestimmtheit.

Kapitel Drei

Angelica hatte Mühe, die Augen aufzuschlagen. Sie wusste nur, dass ihre Wange sich gegen etwas presste, was wie Wolle kratzte. Nachdem sie sich etwas aufgerichtet hatte, sah sie sich vorsichtig um. Man hatte sie in einem anderen Raum auf den Boden gelegt. Doch diesmal fanden sich weder polierte noch schmutzige Stiefel in der Nähe ihres Gesichts.

Wartend – auch wenn sie nicht recht wusste, worauf sie eigentlich wartete – hielt sie die Luft an und lauschte, ob nicht irgendwo der leise Atem eines anderen Menschen zu hören war. Doch abgesehen von einigen Geräuschen, die von draußen zu ihr drangen, war nichts zu hören.

Immerhin wusste sie, dass sie sich noch in London befand, denn sie konnte deutlich die grobschlächtigen Rufe der Straßenhändler hören. Auch einen Pferdewagen erkannte sie, denn der Kutscher brüllte seinem Pferd die schlimmsten Schimpfwörter zu, von denen man kaum glauben mochte, dass sie zur englischen Sprache gehörten.

Trotzdem hätte sie natürlich überall sein können. Schließlich kam es oft vor, dass gute Gegenden direkt neben den etwas raueren Stadtvierteln lagen. Angelica würde jedenfalls nicht zum Fenster eilen und um Hilfe rufen. Sie war ja nicht mal sicher, ob sie sich allein in dem Raum befand.

Sie schien neben einem hohen Bett mit Mahagonirahmen zu liegen, in dessen Pfosten Spiralen eingraviert waren und dessen Seidenbaldachin der Stolz jeder Pariser Halbweltdame gewesen wäre.

Die Fenster des Raumes waren ganz in ihrer Nähe. Die Tür, oder auch die Türen, die sie nicht sehen konnte, schienen allerdings weiter weg zu sein. Sie sah sich um und betrachtete jedes einzelne Detail der teuren, aber irgendwie auch geschmacklosen Einrichtung. Von den mit kleinen Quasten versehenen Ecken des Baldachins hingen winzig kleine Putten herunter, die an einen Schwarm fliegender Moskitos erinnerten.

Das anrüchige Dekor war luxuriös und hatte etwas überaus Sinnliches. Aber der bizarre Kontrast zu dem nüchternen Raum, in dem sie zuvor eingesperrt war, sorgte für zusätzliches Unbehagen bei Angelica. Mittlerweile war sie immerhin überzeugt, dass sie allein in diesem Zimmer war, und blieb genau dort liegen, wo sie war.

Vorerst.

So wie sie ihren Stiefbruder kannte, hatte er bestimmt einen scheußlichen Grund gehabt, dieses hübsche Gefängnis für sie zu wählen. Was ausgeklügelte und kunstvolle Grausamkeiten anging, war Victor Broadnax nicht zu übertreffen.

Seine Pläne oder das, was er als Nächstes tun könnte, ließen sie erschaudern, aber sie zwang sich, ihre Ängste zu unterdrücken. Dann dachte sie mit einem Mal an die eiserne Manschette an ihrem Knöchel und rollte sich zusammen, um danach zu greifen. Doch auch die Manschette war fort. Angelica rieb sich die wunden Stellen, die immerhin bewiesen, dass sie überhaupt fixiert gewesen war. Dabei fühlte sie sich die ganze Zeit, als würde sie sich in einem Wachtraum befinden.

Die junge Frau zog sich dichter an das Bett heran, hob den Kopf und ließ ihren Blick über die Tagesdecke in den Raum wandern. Zwar sah sie niemanden, aber es gelang ihr endlich, die Stelle auszumachen, wo sich die Tür befand. Gleichzeitig sagte sie sich, dass sie ganz sicher abgeschlossen sein würde.

Doch der einzige Weg nach draußen führte nun mal durch diese Tür oder die Fenster. Der Winkel, in dem das Sonnenlicht in den Raum drang, und der Klang der entfernten Stimmen von der Straße verrieten ihr, dass sie sich wahrscheinlich in einer der höheren Etagen aufhielt. Nachdem sie sich geräuschlos an einem der Bettpfosten aufgerichtet hatte, tat sie ein paar schwere Schritte in Richtung des nächsten Fensters.

Glücklicherweise wurde jedes eventuelle Knarren der Holzdielen von dem Teppich verschluckt, auf dem sie gelegen hatte. Gut und schön.

Angelica stand seitlich neben den hauchdünnen Vorhängen und sah hinunter auf das Eisengeländer, das den knappen Platz zwischen Haus und Straße umgab.

Dort stand ein stämmiger Kerl, der seine dicken Finger hinter dem Rücken umklammerte. Er trug einen schweren Mantel mit hochgeschlagenem Kragen und einen unscheinbaren Hut. Die Passanten schauten ihn ab und zu an und eilten an ihm vorbei. Angelica selbst konnte sein Gesicht nicht erkennen.

Diese Seite des Hauses war also bewacht. Und der Hintereingang zweifellos auch. Sie schaute die unter ihr liegende Straße auf und ab, konnte aber immer noch nicht sagen, wo sie sich befand. Aber schließlich hielt sie sich auch noch nicht allzu lange in London auf.

Die Häuser schienen neu zu sein, sahen irgendwie aber auch recht schmucklos aus – fast so, als wären sie fertig gebaut auf irgendeinem ehemaligen Feld in den Außenbezirken von London gewachsen. Die Gebäude standen dicht an dicht zusammen. Es gab keine Gassen oder einen freien Platz dazwischen, sodass eine unbeobachtete Flucht kaum möglich war. Und auch das schlichte weiße Kleid, das sie schon in dem kleinen, stickigen Raum mit den Mänteln getragen hatte, machte es ihr unmöglich, unbemerkt zu entkommen. Als Angelica an sich hinabschaute, stellte sie zu allem Übel fest, dass sie auch noch barfuß war.

Plötzlich hörte sie schwere Schritte, die sich näherten, dann aber innehielten. Ihr schien, als würde es sich um zwei Paar Füße handeln, die in fast perfektem Gleichklang voranschritten, aber sicher war sie sich dessen keineswegs. Als sie mit einem Mal allerdings hörte, wie zwei metallene Gegenstände leise aufeinandertrafen, wurde ihr sehr schnell klar, dass irgendjemand einen Schlüssel in das Schloss der Tür geschoben hatte. Und als der Schlüssel nach einer weiteren Sekunde wieder entfernt wurde, drehte der Türgriff sich auf dieselbe verstohlene Weise.

Angelica wich zurück und versuchte, sich hinter den Vorhängen zu verstecken, wusste aber, dass es gar keinen Zweck hatte, sich hinter den hauchdünnen Stoffbahnen zu verbergen. Aber im schlimmsten Fall könnte sie von diesem Platz aus immerhin die Fenster einschlagen und springen. Sie blickte erneut nach unten.

Angelica schätzte, dass sie sich in der dritten Etage befand. Sie würde bei einem Sprung also ernsthafte Verletzungen von sich tragen und vielleicht sogar auf dem Eisengeländer aufgespießt werden. Der Wachmann würde ihren zerschmetterten Körper schnell davontragen, und irgendjemand würde ein hübsches Sümmchen für das Schweigen versehentlicher Zeugen zahlen.

Nachdem der sich langsam drehende Türgriff seine letzte Rotation hinter sich gebracht hatte, öffnete sich die Tür einen Spalt. Dann schob sich ein schlicht beschuhter Fuß dazwischen, und eine Frau mit einem Tablett betrat den Raum. Sie schien Angelica nicht zu sehen. Allerdings blickte sie sich nicht einmal um, sondern ging sofort zu einem der Tische und stellte dort das Tablett ab. Dabei sagte sie kein Wort.

Nachdem die Frau sich umgedreht und den Raum wieder verlassen hatte, schloss sie die Tür mit einem Schnappen. Ihre schweren Schritte entfernten sich mit jeder Sekunde mehr, bis schon bald nichts mehr außer Stille zu hören war. Angelica begann wieder zu atmen. Ihr wurde sehr schnell bewusst, gar nicht gehört zu haben, wie der Türgriff oder der Schlüssel im Schloss sich wieder gedreht hatte. Warum nur?

Das konnte eigentlich nur eine Falle sein.

Sie würde doch wohl nicht einfach so die Tür öffnen und die Treppen hinunterlaufen können. So einfach konnte es doch nicht sein.

Aber dann wurde die Stille plötzlich erneut unterbrochen, der Türgriff drehte sich, und auch das Schloss wurde wieder versperrt. Irgendjemand auf der anderen Seite der Tür – sie hatte erneut ein weiteres Paar Schritte gehört – zog den Schlüssel wieder aus dem Schloss.

Angelica hätte am liebsten aufgeschrien, um ihre Freiheit gefleht oder sich den Weg nach draußen freigekämpft. Alles wäre besser als dieses unheilvolle Katz-und-Maus-Spiel.

Doch sie konnte nichts tun, als aufmerksam zu lauschen. Die Schritte ihres Entführers entfernten sich und klangen dabei genauso korrekt wie die polierten Stiefel, die er trug.

Sie warf einen erneuten Blick auf das zugedeckte Tablett. Victor wollte also, dass sie etwas aß. Plötzlich fiel ihr das kristallene Gift in der Rose wieder ein, und sie wurde von einer Welle der Übelkeit erfasst. So schwach sie auch war, sie würde keinen Bissen herunterbringen können.

Angelica durchschritt nachdenklich den Raum. Ihre Gemütslage schwankte zwischen nackter Angst und sinnloser

Entschlossenheit. Solange Victor sich nicht entschied, mit ihr zu sprechen, würde sie seine Gefangene sein.

Sie setzte sich auf das Bett und brach in Tränen aus.

Als das Sonnenlicht ein paar Stunden später vom Blau der Abenddämmerung verschluckt wurde, entdeckte sie einen gefüllten Wasserkrug, der in einem Waschbecken stand. Sie spritzte sich ein paar Tropfen auf den Arm, um die Flüssigkeit auf Gift zu testen. Doch ihre Haut brannte weder, noch löste sie sich. Es schien sich also wirklich nur um Wasser zu handeln. Angelica tauchte ein Tuch hinein, rieb sich damit das Gesicht ab und kämmte sich dann die Haare.

Sie wusste, Victor würde zu gegebener Zeit schon noch zu ihr kommen – er zog die Nacht grundsätzlich dem Tag vor. Angelica fragte sich, in welcher Verbindung ihr Stiefbruder wohl zu diesem Haus stand und ob es sich vielleicht sogar in seinem Besitz befand. Das Erbe, das er vor kurzem angetreten hatte, wäre für den Erwerb jedenfalls mehr als ausreichend gewesen.

Aber auch wenn er tatsächlich hier lebte, das Zimmer, in dem sie sich befand, zeigte keinerlei Anzeichen dafür. Im Gegenteil – es schien eindeutig von weiblicher Hand eingerichtet worden zu sein.

So leise es ging, unterzog sie die Regale einer genaueren Untersuchung, öffnete und schloss einige Schubladen, fand aber nichts von Belang. Es schien genau die Art von Raum zu sein, die für erotische Stelldicheins benutzt wurde. Ein Raum mit allem möglichen sinnlichen Komfort, aber ohne etwas Beständiges.

Hungrig und unglaublich durstig – von dem Wasser aus dem Krug wollte sie nicht trinken – setzte Angelica sich in einen Lehnsessel und dachte darüber nach, wann sie Victor das letzte Mal gesehen hatte.

Ihr Stiefbruder war auf seine eigene Weise durchaus schneidig gewesen. Er war wie das jüngere Ebenbild seines rüpelhaften Vaters – ihres Stiefvaters. Samuel Broadnax hatte sich selbst stets als Gentleman bezeichnet, war aber definitiv keiner gewesen. Irgendwann war er von einem tödlichen Fieber befallen worden und zwei Tage nach ihrer Mutter unbeklagt gestorben.

Sosehr sie sich auch bemühte, Angelica konnte einfach keinerlei zärtliche Gefühle für die Dame aufbringen, die sie vom Tag ihrer Geburt an abgelehnt hatte und sie sofort in die Obhut einer ganzen Reihe von Kindermädchen und Gouvernanten gegeben hatte.

Alles unsympathische und ernste Frauen, von denen ihr nicht eine Einzige auch nur die geringste Freundlichkeit entgegengebracht hatte. Und zwar auf Anweisung ihrer Mutter. Daran gab es keinen Zweifel, denn Angelica hatte vor einiger Zeit handschriftliche Instruktionen für jedes einzelne Kindermädchen gefunden, die alle in der Handschrift ihrer Mutter verfasst gewesen waren.

Schon das geringste Vergehen war von Angelicas Betreuerinnen mit grausamen Schlägen mit einer Birkenrute geahndet worden – auf die nackten Beine, und das bis weit in ihre Adoleszenz hinein. Die junge Frau war damals einfach zu feige gewesen, um an Flucht auch nur zu denken, und hatte die Schläge nach all den Einschüchterungen und sinnlosen Grausamkeiten ihrer Kindheit einfach über sich ergehen lassen.

Die späte Entdeckung, dass ihr etwas älterer Stiefbruder es über alle Maßen genossen hatte, diesen Bestrafungen beizuwohnen, hatte sie außerordentlich schockiert. Besonders, da sie seinerzeit keine Ahnung von seiner Anwesenheit gehabt hatte.

Durch den einzig mitfühlenden Dienstboten des Hauses hatte Angelica erfahren, dass der junge Master Victor sich seine Anwesenheit bei ihren Bestrafungen durch Bestechung gesichert hatte. Und durch beiderseitig befriedigende Übungen in Perversion mit der Frau, die sich sowohl Angelicas Geographiestunden als auch den Schlägen mit großer Energie angenommen hatte.

Das geographische Wissen hatte sich später allerdings als durchaus nützlich erwiesen. Ohne das Studium der Karten hätte Angelica sich niemals in London zurechtgefunden, als sie schließlich tatsächlich aus dem Landhaus ihres Stiefvaters geflüchtet war.

Nur mit einem kleinen Beutel Geld und den Kleidern, die sie am Leib trug, hatte sie überlebt und war wegen ihrer Schönheit und ihrer Herkunft sofort von einem Dienstbotenbüro als Zofe vermittelt worden.

Die Congreves waren der letzte von drei dieser Haushalte gewesen. Dort hatte sich schnell herausgestellt, dass es fast unmöglich war, dem Griff von Mr. Congreves feuchten Händen zu entgehen. Und seine Frau hatte Angelica ebenso verabscheut. Sie hatte unbedingt weggewollt und bereits am Abend gewusst, als man ihr die Aufsicht über die Mäntel und Pelze übertragen hatte, dass dies vielleicht ihr letzter im Haushalt war.

Bis Semjon Taruskin aufgetaucht war, um seinen Mantel an der falschen Stelle abzugeben, hatte Angelica allerdings nur vorgehabt, später ein wenig spazieren zu gehen.

Er war freundlich, ja sogar überaus höflich gewesen, und Angelica war weder das eine noch das andere gewöhnt. Als er seinen Namen genannt hatte, war ihr sofort eingefallen, dass sie ihn schon einmal in einer der nicht enden wollenden Klatschgeschichten der weiblichen Bediensteten des Congreve-Haushalts gehört hatte.

Außerdem hatte sie das Gefühl, ihn schon einmal irgendwo gesehen zu haben. Es war wirklich durchaus möglich, dass der junge Mann ihr auf einem ihrer Streifzüge bereits begegnet war. Bei den seltenen Gelegenheiten eines halben freien Tages hatten die Parks von London ihr immer eine willkommene Pause von ihren anstrengenden Verpflichtungen geboten.

Sie war sicher, dass er oft ausritt, denn ihrem gesenkten Blick war nicht entgangen, dass er muskulöse Beine und starke Waden hatte. Außerdem besaß er die aufrechte Haltung, die einem erfahrenen Reiter eigen war – vom Kopf mit den zerzausten dunklen Haaren über die breiten Schultern bis hin zu den langen Beinen.

Ihr schien er jedenfalls durch und durch ein Gentleman zu sein. Wenn er in der Nähe oder sogar direkt an einem der schönen Plätze an den Parks wohnte, die von der feinen Gesellschaft als Laufsteg genutzt wurden, dann war sie ihm vielleicht tatsächlich schon aufgefallen.

Doch da die innere Traurigkeit ihr fast die Kehle zuschnürte, rückten alle Gedanken an ihre kurze Begegnung mit Semjon Taruskin schnell in den Hintergrund.

Sie musste sich irgendwie selbst retten, denn zu Hilfe würde ihr ganz sicher niemand eilen.

Ihre Augen füllten sich mit Tränen, die ihr übers Gesicht liefen und so heiß wie ihr eigenes Blut waren. Angelica hatte nicht die Kraft, sie fortzuwischen. Und als das letzte Licht des Tages am Himmel immer schwächer wurde, fiel sie in dem Lehnsessel in einen sorgenerfüllten Schlaf.

Irgendwann ließ sie allerdings ein leichter Schmerz in den Beinen zusammenzucken, und sie öffnete langsam die Augen. Sofort bemerkte sie den honigähnlichen Geruch von Bienenwachs, der in der Luft hing. Ein Mann stand mit dem Rücken zu ihr und hielt eine Flamme an jede einzelne der Wachskerzen in dem großen Kandelaber.

Sie erkannte ihn sofort und versuchte so leise wie möglich aufzustehen. Doch da ihre Glieder von dem Sitzen in dem Lehnsessel ganz steif waren, gelang ihr das nicht sofort. Victor war also eingetreten, während sie so gut wie bewusstlos gewesen war. Zweifellos hatte er vorher durch das Schlüsselloch gespäht. Sie erinnerte sich gut, dass er das schon im Landhaus so oft getan hatte, dass sie irgendwann schließlich dazu übergegangen war, ein zusammengeknülltes Taschentuch in das Schlüsselloch zu stopfen, wenn sie sich aus- oder anzog.

«Habe ich dich geweckt, Angelica?», fragte er, ohne sich umzudrehen oder seine Tätigkeit zu unterbrechen.

Am liebsten hätte sie den Kandelaber gepackt, die brennenden Kerzen in sein Gesicht gedrückt und wäre um ihr Leben gerannt. Die junge Frau richtete sich leicht auf und stützte sich mit den Armen auf die Lehne des Sessels. Doch ihre Beine zitterten.

Plötzlich drehte er sich zu ihr um, sah sie an und verschränkte dabei die Arme vor der Brust. Er schien ihr etwas fülliger geworden und nicht mehr der junge Dandy mit schlanker Figur, sondern ein kräftiger, erwachsener Mann zu sein.

Und auch das Böse, das ihn antrieb, schien an Stärke zugenommen zu haben. Das konnte sie in seinen Augen sehen.

«Offenbar schon. Du kannst dich wieder setzen. Ich werde dir das Tablett bringen. Du hast ja nicht einen Bissen gegessen.»

«Und ich werde auch nichts essen! Bring es fort!»

Sein Gesicht nahm einen harten Ausdruck an. «Erteilst du mir etwa Befehle, meine liebe Schwester?»

«Ich bin nicht deine Schwester!»

Er zuckte nur mit den Schultern. «Laut Gesetz schon.

Und wer bin ich, dass ich mich dem Gesetz entgegenstellen könnte.»

Angelica stand jetzt fest auf dem Boden und spürte, wie das Blut in ihren Beinen langsam wieder zu fließen begann. Trotzdem bezweifelte sie immer noch sehr stark, dass es ihr gelingen würde, an ihm vorbeizukommen. Von einer Flucht ganz zu schweigen.

«Was willst du von mir?», fragte sie mit verzweifelter Stimme. «Du warst es, vor dem ich fortgelaufen bin. Nachdem du … nachdem du versucht hast, mich anzufassen.»

«In der Tat.»

«Lass mich gehen», flehte sie. «Du kannst mich in diesem Haus doch nicht als Gefangene halten, Victor!»

«Bist du denn eine Gefangene?», erwiderte er in geradezu unerträglich ruhigem Ton.

Sie streckte ihm eine Faust entgegen – eine sinnlose Geste, die ihn lediglich zum Lachen animierte. «Du hast mich betäubt und entführt. Du oder irgendjemand, den du dazu beauftragt hast. Es war der Mann da draußen, richtig? Und als ich aufwachte, war ich in irgendeinem Raum an eine Wand gekettet. Wo befand sich dieser Raum? In diesem Haus oder in einem anderen?»

«So viele Fragen», wies er sie zurecht. «Ich weiß gar nicht, wo ich anfangen soll.»

Angelicas Röcke schwangen, als sie ein paar Schritte nach vorn trat. Victors Blick fiel sofort auf ihren Unterleib. Sie zuckte zurück, als hätte er ihr ins Gesicht geschlagen.

«Aber jetzt bist du doch nicht angekettet», erklärte er eindringlich. «So etwas mache ich nicht mit Frauen – es sei denn, dass es sich dabei um ein Spiel handelt, das sie gerne spielen. Das gibt es durchaus. Wachmann und Gefangene. Sünde und Bestrafung.»

Angelica wurde rot vor Scham. «Du hast das also für ein

Spiel gehalten?! Du und diese schmutzige Hexe, die alles getan hat, um mich zu quälen.»

«Miss Hopkins stand in unseren Diensten, um deiner widerspenstigen Natur Herr zu werden, Angelica. Die gute Nancy. Sie hat mir so viel beigebracht.»

«Sie hat dich zusehen lassen!»

Victor grinste. «Allerdings. Und du warst nicht die Einzige, die mit der Birkenrute behandelt wurde. Du durftest wenigstens die Röcke anbehalten und hast die Schläge nur auf die Beine bekommen. Für die Hausmädchen war das schon etwas anders. Impertinentes Personal muss in einem gutgeführten Haushalt einfach zur Räson gebracht werden. Ich habe ihr bei den Bestrafungsaktionen sogar geholfen. Und das war mir ein außerordentliches Vergnügen.»

Angelica spuckte ihrem Stiefbruder mitten ins Gesicht. Victor wischte sich die paar Tropfen, die sie aus ihrem trockenen Mund hatte hervorbringen können, fort, trat zwei Schritte vor und hielt sie mit einer seiner großen Hände am Hals fest, um ihr den eigenen Speichel ins Gesicht zu reiben.

«Tu das niemals wieder», raunte er. «Von jetzt an wirst du mir zu jedem Zeitpunkt Respekt entgegenzubringen haben.»

Angelica bekam kaum mehr Luft und zerrte an seiner Hand. Er behielt sie zwar dort, wo sie war, lockerte seinen Griff aber ein klein wenig.

«Wieso … wieso bringst du mich nicht einfach um?», keuchte sie. «Ich werde mich nicht noch einmal von dir brechen lassen. Niemals wieder!»

Er ließ sie los und schubste sie zurück auf den Sessel. Angelica fiel auf den Sitz wie eine Lumpenpumpe, die von einem verdrossenen Kind ausgemustert worden war.

«Du bist eine wertvolle Ware, Angelica», erklärte er, nachdem er sie einen Moment lang eindringlich betrachtet hatte. «Und ich bin jetzt ein Geschäftsmann.»

«Du bist ein widerlicher Mistkerl, sonst nichts!»

Er seufzte und fing an, den Raum zu durchschreiten. «Ich hätte dich nicht am Hals packen sollen. Deine bemerkenswerte Schönheit darf unter keinen Umständen verunstaltet werden. So erzielst du nämlich einen höheren Preis. Bist du noch Jungfrau, Angelica?»

«Was?!» Victors letzte Frage zeigte deutlich, wie weit seine Verderbtheit bereits fortgeschritten war. Sollte ihr die Flucht doch verwehrt bleiben, würde sie wahrlich lieber sterben.

«Ich könnte das von dem Stier, der unten Wache hält, ab und zu kontrollieren lassen. Meine Kupplerin hier weiß schon, wie man so etwas prüft. Ein Wort von mir, und sie holt ihn rauf. Verstehst du?» Er schnippte mit den Fingern. «Soll ich das tun?»

«Nein!» Als sie begriff, welcher Natur seine Geschäfte waren, begannen ihre Gedanken verzweifelt zu rasen. «Hast du mich deshalb entführen lassen? Wieso ich? Es gibt … es gibt doch Tausende von Frauen in London, die sich bereitwillig verkaufen lassen würden!»

Er nickte mit weiser Miene und blieb stehen. «Aber es ist nun mal der Kampf, den einige Kunden begehren. Die Unwilligkeit der Reinheit erregt sie. Und als ich das erste Mal gebeten wurde, dergleichen zu beschaffen, da dachte ich sofort an dich.»

«Du solltest dich schämen, Victor!»

«Schämen?» Er grinste. «Ich weiß nicht mal, was das Wort bedeutet. Du wirst es mir schon erklären müssen. Ich glaube, Miss Hopkins hat dir diese demütigende Emotion oft genug nahegebracht.»

Angelica sagte nichts. Sie war entsetzt und voller Angst. Und doch spürte sie einen Hauch von Hoffnung in sich aufkeimen. Es war zwar nur ein Schimmer, aber wenn er sie wirklich ohne Verunstaltungen verkaufen wollte, dann hatte sie vielleicht doch noch eine Chance – wie klein sie auch sein mochte.

«Wie lange ist es jetzt her, seit du das letzte Mal in die Nacht geflüchtet bist?», fragte er nachdenklich. «Zwei Jahre? Drei? Ich dachte, ich würde dich vielleicht finden, wenn ich nach London reise, aber ich habe dich nur einmal ganz kurz gesehen. Du fuhrst in der Kutsche einer Dame und trugst eines ihrer abgelegten Kleider. Und da nahm ich gleich an, dass du irgendwo als Zofe in Diensten stehst.»

Angelica ließ ihn weiterreden.

«Schließlich hattest du keinerlei Referenzen. Und keine vernünftige Familie würde ihre kostbaren Blagen einem unbekannten Mädchen überlassen, das sich als Gouvernante bezeichnet.» Er warf ihr einen abschätzigen Blick zu. «Und um dich als Hure zu verdingen, dazu bist du zu stolz. Das wusste ich.»

Angelica richtete sich instinktiv auf.

«Damit blieb nur die Arbeit in irgendeinem Laden. Und ich dachte nicht, dass du dich dafür hergibst. Das wäre einfach ein zu öffentlicher Ort für dich gewesen. Also bist du Zofe geworden, hab ich recht?»

Sein Gesichtsausdruck war so ungemein selbstgefällig, dass sie nicht antwortete.

«Aber dich zu finden stellte schon ein gewisses Problem dar. Ich war schließlich gerade dabei, mein Geschäft zu etablieren und hatte viele andere Dinge zu tun. Wie du selbst gerade sagtest, es gibt in London viele Frauen, die bereit sind, sich zu verkaufen. Aber mein Unternehmen ist auf ganz bestimmte Vorlieben spezialisiert.»

Halt den Mund! Am liebsten hätte sie ihm das tausendmal entgegengebrüllt. Sie wollte ihn erwürgen, ihm das liederliche Leben aus dem Körper pressen und seine Seele zur Hölle jagen. Aber der Gedanke an seine überlegene Stärke –

ganz zu schweigen von seinen Untergebenen in diesem Haus – ließ diese verrückte Idee sofort wieder in den Hintergrund treten.

«Ich zog auch in Erwägung, dass du vielleicht die Geliebte irgendeines reichen Mannes geworden wärst. Vielleicht sogar die Frau von jemandem, der keine Frage stellt. Aber wie ich sehe, ist es dazu nicht gekommen.»

Sie schüttelte den Kopf. Dabei war sie nicht mal überrascht, dass er sie in den vergangenen Jahren mit derartiger Besessenheit gesucht hatte. «Und wie hast du herausgefunden, dass ich für die Congreves arbeite?»

«Der alte Knabe und ich gehören demselben Club an. Eines Abends war er leicht betrunken und gab mit einer Liste in der Hand mit seinen Eroberungen an. Dabei beschrieb er zufällig eine junge Schönheit. Eine neue Zofe, die er für seine Frau eingestellt hatte. Ich dachte mir gleich, dass es sich dabei um dich handeln könnte. Und als ich dann auf die Liste schaute, stand da tatsächlich dein Name. Angelica Harrow. Dein Name war sogar mit einem Stern gekennzeichnet.»

«Wieso?»

«Er erklärte mir, das hieße, du wärst als Nächste dran.»

«Ich bin ihm entwischt», erwiderte Angelica. «Seine Frau hatte da so ihre Vermutungen, aber damit lag sie völlig falsch.»

«Ich verstehe», sagte Victor fröhlich. «Gefällt mir, wie geradeheraus du das sagst. Das klingt, als wolltest du nicht länger so tun, als wärst du empört.»

Er sah sie durch zusammengekniffene Augen an, und Angelica dämmerte langsam, dass es wohl am besten wäre, sich vorerst auf sein Spiel einzulassen.

«Du musst doch mittlerweile wissen, wie die Welt sich dreht. Wenn das Glück nicht gerade auf ihrer Seite ist, können Frauen ihr Schicksal nicht frei wählen. Und Glück hast du ja nun wirklich nicht allzu viel. Was meinst du? Sollten wir bezüglich deiner, äh, Beschäftigung nicht langsam mal zu irgendeiner Einigung kommen?»

Sie zögerte, denn es wollte ihr einfach nicht gelingen, rechtzeitig eine Lüge zu formulieren.

«Du willst doch nicht etwa endgültig als Zofe oder schmutziges Straßenmädchen enden, oder? Als mein Diener dich in den Leinensack steckte und durch den Hinterausgang dieses riesigen Hauses schleppte, hat er kein Geld bei dir gefunden. Und mit einer Frau ohne Familie kann es sehr schnell bergab gehen.» Er grinste erneut – diesmal noch breiter. «Hab ich nicht recht, Angelica?»

Die junge Frau nickte und sank auf das Bett. Sie rang die Hände, bis es wehtat, und vermied jeden Blick in Richtung Victor. Doch in ihrem Schmerz sah sie ohnehin nichts mehr.

Kapitel Vier

Semjon kehrte in großer Eile in das Haus des Rudels zurück und fragte sich auf dem Weg, ob er seinen Verwandten von seiner Sorge um die verschwundene Frau berichten sollte. Er entschied sich dagegen.

Die älteren Angehörigen des Klans würden nur auf die Notwendigkeit von Besonnenheit und Diskretion pochen – so, wie sie es immer taten. Einige der jüngeren würden sich über seine Ritterlichkeit gegenüber einer Zofe vielleicht sogar lustig machen, und er würde sich ihnen entgegenstellen müssen, um seinen Status zu bewahren.

Was seine Blutsbrüder anging, so war Kyrill weit weg, und Marko, der mittlere der Taruskin-Brüder, hatte sicher kein Interesse an den Komplikationen von Semjons Liebesaffären. Natalja hingegen wäre sicher gespannt auf weitere Ausführungen. Schließlich hatte sie ja schon den Anfang der Geschichte gehört. Sie würde ihn wohl erst dann in Ruhe lassen, bis sie wusste, ob die Geschichte nun ein gutes Ende oder aber – möge der Große Wolf sie davor bewahren – ein schlechtes gefunden hatte.

Wohin war Angelica Harrow nur verschwunden? Und wieso kümmerte ihn das nur so sehr?

Liebe war es nicht. Nein, davon war er weit entfernt. Eine Frau war verschwunden. Zwar hatte es sich zugegebenermaßen um eine wunderschöne Frau gehandelt, zu der er sich, wie durch ein unsichtbares Band verbunden, sofort hingezogen gefühlt hatte, aber in dem Raum waren keinerlei Blutspuren zu sehen gewesen. Und es waren auch sonst nirgendwo irgendwelche nachweisbaren Zeichen eines Kampfes zu erkennen. Abgesehen vielleicht von den Kratzern, die ihre Fingernägel hinterlassen hatten. Doch dieser Hinweis ließ sich in vielerlei Richtungen interpretieren. Es konnte auch gut sein, dass sie ungeachtet der Besorgnis ihrer Kollegen einfach wiederauftauchte und Semjon längst vergessen hatte.

Eigentlich wusste er rein gar nichts über sie. Und noch schlimmer, er hatte nicht die geringste Ahnung, wo er ansetzen sollte. Der Wind wurde stärker. Er schlug den Mantelkragen hoch und senkte den Kopf, um seinen nackten Hals warm zu halten. Dann steckte er seine Hände in die Taschen und berührte den Zettel, auf den sie seinen Namen geschrieben hatte.

Die Berührung des Zettels sorgte dafür, dass sich ihm sofort die feinen Härchen im Nacken aufstellten – ein klares Zeichen, dass seine Wolfsnatur eine Spur von ihr gewittert hatte.

Wenn sie sich vom Haus der Congreves entfernt hatte, so, wie er das jetzt tat, würden seine übernatürlichen Instinkte vielleicht einer Fährte folgen, die sich nicht über einen Geruch, sondern eher über eine Ausstrahlung definierte. Semjon versuchte, die wenigen Aktivitäten auf der Straße auszuschalten und sich ganz und gar auf diese Ausstrahlung zu konzentrieren.

Sie war hier entlanggekommen. Er horchte tiefer in sich hinein, um seine zehn Sinne zu aktivieren. Sterbliche hatten nur fünf Sinne. Das Rudel, dessen Abstammung irgendwo zwischen dem vermischten Blut der Großen Wölfe und den uralten Helden der Steppe lag, war doppelt gesegnet. Neben Sehen, Hören, Berühren, Schmecken und Riechen besaß es noch fünf weitere Sinne, mit denen die Familie allerdings niemals prahlte. Magnetismus. Ein Erinnerungsvermögen, das Jahrhunderte einschloss. Ein Zeitempfinden, das sogar noch weiter zurückreichte. Die Fähigkeit, zwischen Unwahrheit und Wahrheit und zwischen Unreinheit und Reinheit zu unterscheiden. Und das unfehlbare Erkennen wahrer Liebe.

Wenn es bei der Bekanntschaft mit der jungen Unbekannten also um letzteren Punkt ging, war er auf der sicheren Seite, dachte Semjon bei sich und stemmte sich gegen den Wind.

Angelica. Der Name schien förmlich in der kalten Luft zu schweben, die er mit seinen schnellen Schritten durchschnitt. Plötzlich stellte Semjon voller Schrecken fest, je stärker ihre Spur wurde, desto ausgeprägter traten seine Wolfsmerkmale zutage. Seine Finger pressten sich in der Manteltasche zusammen und verwandelten sich nach und nach in haarige Pfoten mit langen, dicken Nägeln. Unter seinem Hemd war das deutliche Kribbeln eines borstigen Nackenfells zu spüren. Die längeren, festen Haare durchstießen zunächst den Leinenstoff des Hemdes, drangen dann durch die Seide seiner Weste, wurden schließlich aber von dem weitaus dickeren Material seines Mantels aufgehalten.

Verdammung. Wie das juckte.

Semjon spürte deutlich, wie die Haare anfingen, um seine Schnauze herum zu sprießen. Oder um sein Kinn herum, wie er sich selbst sagte. Aber das war für einen Mann, der sich allem Anschein nach auf dem Nachhauseweg befand, um mit ein wenig Schlaf den Nachwirkungen einer Feier Herr zu werden, nichts Ungewöhnliches. Und als ihm ein Hausmädchen auf dem Weg vom Markt entgegenkam, betrachtete sie die dunklen Schatten um seinen Unterkiefer mit geradezu unverstelltem Wohlwollen.

Frauen mochten einen gewissen Bartschatten. So war das nun mal. Und was seine Pfoten anging – oder Hände, wie er sie nannte –, die würde er einfach weiterhin tief in den Manteltaschen vergraben.

Als Semjon an einer Straßenecke ankam, wusste er nicht mehr recht, welche Richtung er einschlagen sollte. Sein immer stärker werdender Instinkt dirigierte ihn nach links und damit in die entgegengesetzte Richtung des St. James's Square, seines eigentlichen Ziels. Er blickte die Straße hinunter, die seines Wissens auf ein ehemaliges Feld führte, das mittlerweile aber von der nicht enden wollenden Ausbreitung Londons verschluckt und von Spekulanten bebaut worden war.

Der kalte Wind des Winters schien genau aus dieser Richtung zu kommen und war stärker denn je. Aber da sein Instinkt ihm keine andere Wahl zu lassen schien, zog er die Schultern hoch und ging den Weg etwa zwei Meilen weiter.

Als die Straße mit einem Mal abrupt endete und er sich umsah, entdeckte er eine Reihe neu errichteter Stadthäuser und eine schäbige alte Taverne – und zwar die Art Taverne, die rund um die Uhr geöffnet war. Einfach an die Tür klopfen konnte er im Moment nicht, denn Semjon hatte keine Ahnung, wie er seine Pfoten mittels bloßen Willens wieder in Hände verwandeln konnte. Es passierte, wenn es passierte.

Aber wenn er in der Taverne ein ruhiges Eckchen für sich fand, würde er auch ohne die Hilfe dieser Körperteile ein Ale trinken können. Schließlich hatte er eine ausgesprochen lange Zunge. Als er die Tür schließlich aufstieß, war er überaus erfreut, eine Horde Männer im Gastraum sitzen zu sehen, die laut redeten und sangen. Er steuerte direkt auf die leere Kaminecke zu und setzte sich vor das schwache, aber dennoch wohltuende Feuer.

Ein junges Mädchen trat zu ihm und nickte, als er zwei Becher des besten Ales bestellte. Und es dauerte nicht lange, bis sie mit zwei großen Gefäßen zurückkehrte, über deren

Ränder sich heftiger Schaum ergoss. Er dankte ihr, und das Mädchen nahm mit einem Zwinkern die Zwanzig-Shilling-Münze an sich, die er bereits großzügig auf den Tisch gelegt hatte.

Semjon krümmte sich ein wenig zusammen, damit niemand ihn sehen konnte, und leckte an dem Schaum. Dann ging er dazu über, seine Zunge tiefer in den Becher zu versenken, sodass es ihm gelang, jeweils die Hälfte des Inhaltes zu leeren.

Er setzte sich zufrieden auf.

«Fertig, oder?» Das junge Mädchen war an seinen Platz zurückgekehrt. «Noch eins?»

«Nein.»

Sie nickte und schien völlig unbeeindruckt von seiner knappen, direkten Antwort. Er befand sich in einer Taverne für Arbeiter, und jedwede Finesse wäre hier völlig fehl am Platz gewesen. Zwar hatte er sich mit seinem üppigen Trinkgeld ohnehin schon als Außenseiter verraten, aber die junge Frau würde ganz sicher nicht damit angeben. Schließlich würde sie dann Gefahr laufen, dass man ihr die Münze sofort wieder abnehmen könnte. Semjon erhob sich und setzte sich an der Bar ans Ende einer ganzen Reihe von Männern, deren breite Schultern und kräftige Arme auf eine Maurertätigkeit hindeuteten. Die rauen Kerle tranken Unmengen Ale und stopften sich dazu große Stücke Käse und Brot in den Mund.

«Wie ich sehe, ist hier 'ne Menge für euch zu tun, Jungs.» Er machte eine Geste in Richtung Tür, und die Männer schienen sofort zu verstehen, dass er auf die neu entstehenden Straßenzüge anspielte.

Der Maurer neben ihm knuffte einem Kollegen spielerisch in die Seite. «Ja. Deshalb müssen wir ja auch kräftig essen und trinken, um bei Kräften zu bleiben.»

«Sind die Häuser schon verkauft?», wollte Semjon wissen.

«Ja. Die meisten schon. Ein Gentleman ist sogar schon eingezogen. Die andern stehen noch leer, aber in diesen kalten Nächten schlafen dort einige Straßenhändler.»

«Man wird die armen Mistkerle schon noch früh genug rausschmeißen», erklärte ein stämmiger Mann. «Schade. Die sind wie wandelnde Läden. Und bei den vielen Arbeitern hier machen sie auch einen ganz guten Profit. Brüllen allerdings den ganzen Tag, wenn sie ihre Waren feilbieten.»

Die anderen Maurer grummelten zustimmend und beendeten langsam ihr Mahl.

«Dann wohnt hier also noch niemand?», fragte Semjon und hoffte, dass niemand wissen wollte, wieso er diese Frage stellte.

«Niemand außer dem Gentleman», erwiderte einer der Männer. «Und sein Kammerdiener. Ein übler Kerl. Stinkt so schlimm, als wäre er schon zwei Wochen tot und würde langsam verwesen. Aber er scheint dennoch sehr lebendig zu sein. Der kann noch jeden von uns unter den Tisch trinken.»

Semjon erinnerte sich an den Geruch von Fäulnis, der in dem Garderobenraum in der Luft gehangen hatte. Seine verstärkten Sinne – alle zehn – hatten ihn nicht ohne Grund an diesen Ort geführt.

«Tatsächlich? Zeigt ihn mir mal, wenn er hier reinkommt. Ich wette, ich kann mehr trinken als er. Und auch mehr als jeder andere hier.»

«Ach ja?», meinte der stämmige Mann und richtete sich mit der Aussicht auf eine Wette sofort auf. «Er ist soeben eingetreten.»

Semjon schaute in die Richtung, in die der Mann zeigte, und erblickte einen Mann mittleren Alters, der nicht besonders groß, aber durchaus stark gebaut war. Der Mann trat ein und setzte sich allein an einen der Tische. Die junge Bedienung zögerte nicht lange und brachte ihm sofort eine Flasche Whiskey und ein kleines Glas an den Tisch.

«Ach so. Also wenn es sich um Whiskey handelt, dann ist die Wette vom Tisch. Davon bekomme ich Hirnsausen. Ich dachte, es ginge um Ale.»

«Nein.» Der stämmige Mann schien sofort das Interesse zu verlieren, als er merkte, dass die Wette wohl abgeblasen war, und kehrte zu seiner Mahlzeit zurück.

Semjon stand auf, verabschiedete sich und ging leichten Schrittes auf die Tür zu, so als wäre nichts gewesen. Doch je mehr er sich dem Kammerdiener näherte, desto schneller raste sein Blut.

Wer immer der Mann auch war, er hatte seine Hände auf Angelica gehabt. Der Gedanke machte Semjon unglaublich zornig. Der Mann, der da Whiskey in sich hineinschüttete, war viel zu ungestalt und grob, als dass sie aus freien Stücken mit ihm gegangen wäre. Bei welchem Gentleman er wohl in Diensten stand?

Er wusste, dass sie in der Nähe war. Ganz in der Nähe. Plötzlich öffnete sich die Tür der Taverne, und Semjon nutzte die Gelegenheit, sich an einem weiteren eintreffenden Arbeiter vorbei ins Freie zu drücken.

Draußen hatte er einen guten Blick darauf, was noch von dem offenen Feld übrig war, das die viel zu neu aussehenden Häuser umgab. Die Straße war ein trüber Anblick und sah eigentlich eher aus wie das Bühnenbild einer Provinzposse. Längst nicht alle Häuser waren schon mit Fensterglas versehen, sodass der Wind mit klagenden Geräuschen durch die Öffnungen pfiff.

Semjons Blick wanderte zu dem Gebäude in der Mitte, das nicht nur Fenster, sondern sogar Vorhänge hatte. Wieso wohl? Außer den Männern, die hier arbeiteten, schien es keinerlei Nachbarn zu geben, die eventuell herumschnüffeln könnten. Dies war der perfekte Ort, um jemanden …

Zu verstecken.

Und wieder gewannen seine Instinkte die Oberhand. Sein ganzer Körper dröhnte und schien die Präsenz der Frau zu spüren, nach der er suchte. Semjon berührte das Stück Papier in seiner Manteltasche – seine einzige physische Verbindung zu Angelica.

Der Papierfetzen war warm. Aber schließlich hatte er auch die ganze Zeit in seiner Tasche gesteckt und war von seinem Körper gewärmt worden. Semjon ging weiter, um irgendwie einen Blick auf die Rückseite des Hauses mit den Vorhängen erhaschen zu können. Seine Stiefel schlurften über den Schmutz der ungepflasterten Straßen, und er war überaus dankbar, dass es nicht regnete. Regen hätte die Straße sofort in einen schlammigen Strom verwandelt.

Plötzlich hörte er das Holpern einer Pferdekutsche hinter sich. Es war leiser als gewöhnlich, denn die Räder rollten über schmutzigen Sand und nicht über Kopfsteinpflaster. Die Kutsche blieb direkt vor dem Haus mit den Vorhängen stehen.

Einer der Vorhänge bewegte sich, und für den Bruchteil einer Sekunde konnte er dahinter Angelica ausmachen. Semjon war wie vom Blitz getroffen und konnte sich gerade noch zurückhalten, ihren Namen zu rufen. Er sah den ängstlichen Ausdruck auf ihrem Gesicht, als die junge Frau in den Raum zurücktrat und aus seinem Blickfeld verschwand.

Doch plötzlich erregte eine weitere Bewegung seine Aufmerksamkeit – diesmal auf der Straße. Der sogenannte Kammerdiener kehrte aus der Taverne zurück. Semjon drückte sich gegen eine halbfertige Mauer, um zu beobachten, wie der kräftige Mann das Haus betrat, in dem sich Angelica aufhielt.

Keine Minute später verließ ein anderer Mann das Haus. Er war groß und kräftig, trug polierte Stiefel und war auch ansonsten wie ein Gentleman gekleidet.

Semjon wurde sofort von einem erneuten Anflug der Eifersucht gepackt. War sie etwa mitten in der Nacht mit diesem Lackaffen durchgebrannt?

Doch selbst wenn es so wäre, es ginge ihn nichts an, sagte er sich. Und wenn der Knabe ungebunden sein sollte, tat sie vielleicht besser daran, ihre Zeit mit ihm statt mit einem verheirateten Wüstling wie Congreve zu verbringen. Sie zu verurteilen, dazu hatte Semjon kein Recht. Schließlich galten sowohl er als auch all seine Brüder ebenfalls als Außenseiter. Sie verkehrten in erster Linie mit frei denkenden Frauen, die einen gewissen Ruf hatten, und verschmähten die unschuldigen Mädchen, die nur auf der Suche nach einem Ehemann waren.

Doch Semjons Gedanken kehrten schnell wieder zu Angelica zurück. Als sie in dem Garderobenraum gestanden hatte, war ihr Blick voller Traurigkeit gewesen. Aber das, was er soeben in ihren Augen gesehen hatte, war panischem Schrecken gleichgekommen.

Sie hatte geschlafen und war allein gewesen. Es konnte sehr wohl möglich sein, dass man sie mit Gewalt in diesen entfernten Teil Londons gebracht hatte. So etwas kam durchaus vor.

Der Gentleman von eben – wenn er denn wirklich einer war – stieg in die Kutsche, die prompt kehrtmachte und sich in Richtung Stadtzentrum aufmachte. Soweit Semjon wusste, befand sich jetzt also nur noch der Kammerdiener im Haus. Es war allerdings durchaus möglich, dass sich noch weitere Dienstboten im Inneren aufhielten. Einfach hineinzustürmen und sie rauszuholen war also schlechterdings möglich. Nein, er musste zunächst mit ihr sprechen.

Semjon trat hinter der Mauer hervor, marschierte bis zum letzten Haus des Straßenzuges und ging so lange weiter, bis er an eine Stelle kam, wo er das Haus in aller Ruhe beobachten konnte, bis die Sonne unterging.

Mit etwas Glück würden sich die Wolfsmerkmale an seinem Körper wieder zurückbilden. Schließlich würde er Hände und Finger besser gebrauchen können als die Pfoten, die er jetzt hatte. Aber es wurde immer kälter, und er würde den Pelz noch vermissen, der seinen Körper wärmte.

Angelicas Herz raste, als sie von dem Fenster zurücktrat. Semjon wiederzusehen hatte sie über alle Maßen schockiert. Wenn sie selbst nicht mal wusste, wo sie sich befand, wie hatte er sie dann finden können?

Sie wehrte sich heftig gegen den Gedanken, dass vielleicht auch er ihr Feind war und dem Mann, der sie an der vergifteten Rose hatte riechen lassen, als Verbündeter diente.

Doch der Blick, den sie ausgetauscht hatten, passte einfach nicht zu dieser Vermutung. Seine Augen waren bei ihrem Anblick vor Freude aufgeleuchtet und hatten die Fassade des Hauses abgesucht, als hätte er das Gebäude noch nie gesehen. Und dann, als ihr Stiefbruder das Haus verlassen hatte, war sein Blick ihm mit den stechenden gelben Augen eines Wolfes gefolgt.

Angelica erinnerte sich nicht, dass seine Augen eine derart merkwürdige Farbe gehabt hatten – es sei denn, sie hatten das Gold der Vorhänge reflektiert, die am Ort ihres Kennenlernens gehangen hatten. Nein, sie kannte die Farbe seiner Augen. Sie waren haselnussbraun.

Obwohl die junge Frau sehr schnell hinter die Vorhänge zurück- und damit aus Semjons Blickfeld getreten war, hatte sie ihn immer noch sehen können. Und sie erinnerte sich an das helle Aufleuchten in seinen Augen, als er Victor in die

Kutsche hatte steigen und fortfahren sehen. Doch als er kurz darauf weitergegangen und irgendwann ein für alle Mal verschwunden schien, hatte ihr Herz jeden Mut verloren.

Verzweifelt und mittlerweile halb verhungert, rollte sie sich auf dem Bett zusammen und weinte, als würde ihr das Herz brechen.

Als sie die Augen wieder öffnete, erhob sich ein neuer Mond am Himmel. Sie schloss ihre Lider wieder und betete um Schlaf. Doch der Schlaf wollte einfach nicht kommen.

Victor war nicht in ihre versperrte Kammer zurückgekehrt, und das Tablett war auch noch nicht abgeholt worden. Angelica war unendlich erschöpft, dachte halbherzig über Fluchtmöglichkeiten nach und ließ ihre Gedanken ansonsten treiben.

Jetzt, wo das letzte Quäntchen Kraft in ihrem Körper nachließ und auch keine Hilfe in Sicht war, schien eine Flucht unmöglich. Also warte ich lieber einen besseren Augenblick ab, dachte sie bei sich. Iss etwas. Akzeptiere das Unausweichliche.

Plötzlich hörte sie leise Schritte. So leise, dass sie sie zunächst für Einbildung hielt. Angelica zitterte.

Der Türgriff drehte sich lautlos, und mit einem kaum hörbaren Geräusch wurde der Schlüssel ins Schloss gesteckt.

Angelicas unterdrückter Zorn flammte sofort wieder auf, und sie sah sich nach einem Gegenstand um, den sie Victor an den Kopf werfen konnte. Als die Tür sich schließlich tatsächlich öffnete, schnellte sie wie wild herum und erblickte …

Semjon! Er hatte einen Finger auf seine Lippen gelegt, um sie schweigen zu heißen.

Angelica griff nach einer Stuhllehne, um sich abzustützen.

Er winkte sie zu sich.

Sie schüttelte den Kopf.

Mit schnellen Schritten – fest und ruhig wie die eines wilden Tieres – kam er auf sie zu. «Sie müssen mit mir kommen», flüsterte er eindringlich. «Der andere Mann schläft. Das konnte ich sehen, weil keine Vorhänge vor seinem Zimmer hängen.»

«Wie konnten Sie das denn bei Neumond erkennen?», fragte Angelica. Dabei wollte sie ihm glauben. Sie musste ihm glauben.

«Ich kann Ihnen nicht sagen, wie ich es erkennen konnte, aber ich habe es gesehen. Kommen Sie, Angelica. Wir könnten jeden Moment entdeckt werden.»

«Wieso sollte ich Ihnen trauen?» Die junge Frau zitterte am ganzen Leib.

«Sie müssen mir vertrauen. Sie sind nicht aus freien Stücken hier. Sie wurden entführt. Das weiß ich.»

Angelica schüttelte erneut ablehnend den Kopf. Sie war wie gelähmt vor Angst.

Doch als Semjon eine Hand ausstreckte, griff sie zu ihrer eigenen Überraschung dennoch nach seinen Fingern. Sie waren warm und strotzten vor einer undefinierbaren Kraft, die sich sofort auf ihren eigenen Körper übertrug. Und so kehrte ihr Mut Stück für Stück zurück.

Gerade genug, um einen Schritt auf ihn zuzugehen.

Semjon hob sie sofort hoch, trug sie die Treppe hinunter, durch die Eingangstür und in eine wartende Kutsche. Der mit zugezogenen Vorhängen versehene Wagen war schwarz, wirkte aber trotz jeder fehlenden Verzierung sehr kostspielig. Nachdem der Fahrer dem Pferd mit den Zügeln auf das Hinterteil geschlagen hatte, setzte sich die Kutsche in Bewegung. Semjon zog Angelica zu sich heran, wickelte sie in eine weiche Decke ein und legte den Arm um sie.

«Wer sind Sie?», fragte sie. «Wo fahren wir hin?»

«Sie kennen meinen Namen.»

Angelica legte den Kopf erschöpft gegen seine Brust, während er starr geradeaus durch das kleine Fenster starrte, von dem die Passagiere die Straße im Blick behalten konnten.

«In der Tat. Kann es sein, dass ich mit Ihnen vom Regen in die Traufe gekommen bin?»

«Wenn Sie mich fragen, ob ich ein Mann wie derjenige bin, der Sie bei Nacht entführt hat, dann lautet die Antwort nein.»

«Aber auch Ihrem Umgang mit Frauen eilt ein gewisser Ruf voraus.»

«Pah! Ich habe noch nie eine Frau zu etwas gezwungen. Und das würde ich auch niemals tun.»

Sie presste sich noch ein wenig fester an ihn. «Wie haben Sie mich denn gefunden? Und wieso wollten Sie mich überhaupt finden?»

«Instinkt.»

Angelica dachte kurz über die knappe Entgegnung nach. «Ist das die Antwort auf beide meiner Fragen?»

Er gab ihr einen Kuss auf die Stirn und strich mit einer Hand über ihr Haar. «Ja.»

«Werden Sie mich gehen lassen, wohin ich will?»

Semjon gab ein Brummen von sich. «Wenn Sie das wollen? Aber ich denke, zu Ihrer eigenen Sicherheit sollten Sie vorerst in meiner Obhut bleiben.»

Angelica erwiderte nichts auf seine Worte. Sie war viel zu verstört von den Geschehnissen und ganz schwach vor Hunger und Durst. Ihr Magen zog sich krampfartig zusammen, und sie musste würgen, als die Kutsche um eine Ecke bog.

Semjon kräuselte die Nase. Sogar Angelica selbst konnte die Galle in ihrem Mund riechen, und er öffnete eines der Seitenfenster. «Erbrechen Sie sich», wies er die junge Frau an. «Und vergessen Sie dabei, dass Sie eine Dame sind.»

Angelica gehorchte und sank danach zurück in die Kissen. Sie wischte sich den Mund im vollen Bewusstsein ab, dass sie sicher wie eine Vogelscheuche aussah.

«Wann haben Sie das letzte Mal etwas gegessen, Angelica?»

«Ich habe keine Ahnung», murmelte sie. «Ich weiß ja nicht einmal, wie lange ich in jenem Haus war. Ich erwachte in einem leeren Zimmer mit einer Eisenmanschette um die Knöchel, die an eine Wand gekettet war.»

Sein Kiefer verspannte sich, und in seinen Augen blitzte ein Ausdruck reinsten Zornes auf. «Dann verdient er den Tod.»

Angelica fuhr mit ihrem Bericht fort, fühlte sich dabei aber auf seltsame Weise emotionslos. «Nachdem ich ohnmächtig wurde, brachte man mich an einen anderen Ort. Mein neues Gefängnis war weitaus angenehmer. Fast wie die Unterkunft für die Geliebte eines reichen Mannes, wie ich fand.»

«Angelica …»

«Aber die Tür war versperrt, und ich war immer noch gefangen. Ich war allein. Victor schickte zwar ein Dienstmädchen mit einem Tablett voller Essen zu mir hinauf, aber ich wollte nichts anrühren.»

«Dann müssen sie mir versprechen, dass Sie etwas essen, wenn ich Sie sicher untergebracht habe», erklärte Semjon.

Sie nickte. Sonst tat sie nichts.

«Der Name Ihres Entführers ist also Victor. Kennen Sie auch seinen Nachnamen? Oder den Namen des anderen Mannes? Seines Kammerdieners?»

Von einem urplötzlichen Grauen erfasst und ganz überwältigt von der Scham über die heimtückische Misshandlung und die Drohungen durch ihren Stiefbruder, schüttelte sie nur den Kopf.

Sie konnte und wollte bei Semjon nicht ein Wort über die

hässliche Wahrheit verlieren. Ja, sie war seiner Aufforderung, ihn zu begleiten, nachgekommen und würde sicher auch bei ihm bleiben, bis sie wieder bei Kräften war. Sie würde sogar mit ihm schlafen, wenn er es denn wünschte. Das war sie ihm einfach schuldig.

Doch nach einer gewissen, nicht allzu langen Zeit würde sie sich wieder allein auf den Weg machen. Und zwar in ein neues Land, wo niemand sie finden würde. Amerika. Oder auch Kanada. Oder auf die andere Seite des Erdballs nach Australien. Angelica fühlte sich ebenso wertlos wie eine Strafgefangene und war bereit, sich selbst das Urteil eines permanenten Exils aufzuerlegen, um ihrer Vergangenheit zu entfliehen. Ihr war alles egal. Aber dieser galante Mann, ihr Retter, verdiente etwas Besseres.

Sie war einfach zu befleckt für ihn.

Zwei Tage später …

Semjon hatte Angelica in einem hübschen, kleinen Häuschen in Mayfair untergebracht. Diese, *Mews* genannten Gebäude standen hinter den großen Prachtbauten von Mayfair und waren von der Hauptstraße nicht einzusehen. Das Haus, in dem sie untergekommen waren, gehörte seiner Auskunft nach einem Freund von ihm. Es gab keine Dienstboten, aber die brauchte sie auch nicht. Schließlich war sie selbst einst einer von ihnen gewesen.

Da Angelica sich mit Erzählungen über ihre Person sehr zurückgehalten hatte, erkundigte sie sich auch nicht, wo Semjon tatsächlich wohnte. Sie stellte keine Fragen über seine Familie oder seinen fremdländischen Namen, erinnerte sich aber dunkel an irgendwelche Klatschgeschichten, dass er zwei Brüder hatte, die einst Lebemänner gewesen, jetzt aber verheiratet waren.

So sei es.

Sie und Semjon würden sich jetzt selbst eine Weile der Häuslichkeit hingeben. Er war die Freundlichkeit selbst, und das sonnendurchflutete, kleine Haus war ein wunderbarer Rückzugsort. Semjon hatte sogar Konten bei diversen Geschäften, einem Fleischer und einem Lebensmittelhändler, für sie eingerichtet. Angelica hatte eine Liste mit den Dingen angelegt, die sie brauchte, und sie waren umgehend ins Haus geliefert worden. Abgesehen davon, hatte sie sich damit beschäftigt, Ordnung zu schaffen und die Topfpflanzen zu gießen, die auf den tiefen Fensterbänken auf die Ankunft des herannahenden Frühlings warteten. Ja, sie hatte sich sogar mit einer streunenden Katze angefreundet, die ihr eines Tages über den Weg gelaufen war.

Du und ich, wir sind aus demselben Holz geschnitzt, hatte sie gedacht, als sie das scheue, kleine Tier zum ersten Mal streichelte.

Bei alledem gab sie sich größte Mühe, nicht an Victor zu denken. Sollte er sie finden – sie fragte sich, aus welchem Grund er sie wohl überhaupt suchen sollte –, würde Semjon sie schon irgendwie verteidigen.

War er wirklich solch ein Lebemann, wie einige Leute behaupteten? Oder übertrieb er es mit seiner Galanterie wirklich allzu sehr, wie andere vielleicht meinten?

Angelica empfand das nicht so. Sie hatte das Gefühl, zum ersten Mal seit Jahren wieder frei atmen zu können, und dafür musste sie ihm überaus dankbar sein.

Sie starrte auf das Kohlefeuer in dem kleinen Küchenofen und stocherte darin herum, um es noch heller lodern zu lassen. Es sollte ein leichtes Mittagessen für sie beide geben. Brot und Chutney hatte sie zwar fertig gekauft, aber die Koteletts briet sie selbst.

Angelica richtete sich auf, hüstelte etwas und schaute auf

die Uhr auf dem Kaminsims im anderen Raum. Alles, was sie brauchte, war in greifbarer Nähe. Das Haus war einfach perfekt für sie, auch wenn Semjon für die Zimmer fast zu groß gewachsen war. Besonders für die beiden Räume in der oberen Etage.

Er hatte ihr sogar mitgeteilt, dass alles, was er für das Haus angeschafft hatte, ganz ihr gehörte. Für den Moment zumindest, dachte sie. Nicht für immer.

Ein weiterer Wintertag neigte sich dem Ende zu. Nachdenklich, ja fast verträumt saß sie mit der Katze in ihrem Schoß da und wartete auf ihn.

Er hatte den Schlüssel zum Haus. Sie musste also nicht aufspringen und die Eingangstür öffnen, wenn er irgendwann kam. Nach etwa einer halben Stunde hörte sie, wie er ihren Namen rief, und kurz darauf ein Klopfen. Die dösende Katze sprang von ihrem Schoß und rollte sich andernorts zusammen, sodass Angelica doch aufstand und zur Tür lief. Sie öffnete sie genau in dem Moment, als er den Schlüssel ins Schloss stecken wollte.

Sie nahm ihm den Schlüssel aus der Hand und zog ihn ins Haus. Dabei drückte Semjon ihr einen keuschen Kuss auf die Stirn.

«Wir rosig du aussiehst», murmelte er. «Und womit hast du deinen Tag verbracht?» Die beiden hatten mittlerweile eine derartige Vertrautheit entwickelt, dass sie «du» zueinander sagten.

«Mit nichts Besonderem. Aber ich habe Koteletts beim Metzger bestellt und habe vor, sie für dich zuzubereiten.»

«Ein ehrgeiziges Unterfangen.»

«Ist doch nicht schwer.» Sie warf einen Blick auf die Flasche, die er in der Hand hielt. «Ist das Wein?»

«Ja. Ein französischer.»

«Dann lass uns zusammen fröhlich sein.»

Er nahm sich die Freiheit, sie in seine Arme zu ziehen und ihr erneut einen Kuss zu geben, der diesmal allerdings schon etwas weniger keusch ausfiel. Der Kuss bescherte Angelica nicht nur ein tiefes Gefühl der Ruhe, sondern erregte sie gleichzeitig auch so sehr, dass sich eine leichte Nervosität hinzugesellte.

Sie setzten sich zum gemeinsamen Essen hin und tranken Wein, während er ihr etwas über seine Erlebnisse des Tages berichtete. Dabei imitierte er sogar einige der Menschen, mit denen er heute zu tun gehabt hatte. Semjon hatte eine Gabe, Leute nachzuahmen, und es dauerte nicht lange, bis Angelica lauthals zu lachen begann.

Wie einfach das Zusammensein mit ihm doch ist, dachte sie geradezu wehmütig und wollte auf keinen Fall, dass diese Episode in ihrem Leben jemals endete.

Als sie schließlich aufstand, um den Teekessel auf den Herd zu stellen, streckte er sich in voller Länge auf dem Sofa aus. Dabei musste er seine Füße, die immer noch in den Stiefeln steckten, allerdings auf der Armlehne ablegen, denn das Möbelstück war gut fünfzehn Zentimeter zu kurz für ihn.

«Wo gehst du hin?», fragte er mit tiefer Stimme.

Sie sagte es ihm.

«Vergiss den Tee und komm lieber zu mir, Angelica. Ich will dich halten. Das wird uns beiden guttun.»

Sie warf ihm einen erschrockenen Blick zu. Die leichte Heiserkeit in seiner Stimme verriet ihr, dass er gefühlvoller Stimmung war. Er öffnete einladend die Arme, und sie trat sofort zu ihm.

«Leg dich hin», flüsterte er.

Nachdem Angelica ihre Röcke so arrangiert hatte, dass sie sich mühelos hinlegen konnte, streckte sie sich an seiner Seite aus. «*Ich* passe sehr gut auf das Sofa», neckte sie ihn.

«In der Tat.»

Sie legte ihm eine Hand aufs Herz, um den steten Schlag zu spüren, und es dauerte nicht lange, bis er die seine darüberlegte.

«Bist du glücklich in diesem Haus?», wollte er wissen und strich ihr über das Haar.

«Ja, Semjon. Ich fühle mich hier sehr sicher.»

Er schwieg, und sie sah zu ihm auf. Seine nachdenklichen Augen und der abwesende Blick weckten ihre Neugier, und sie hob eine Hand, um über seinen starken Kiefer zu streichen. Er drehte den Kopf, um sie besser sehen zu können.

Angelica öffnete ihre Lippen und atmete ein. Und ehe sie es sich versah, hatte er sich auf die Seite gedreht, sie zu sich herangezogen und küsste sie wie wild.

Kapitel Fünf

Semjon schien genau zu wissen, was er wollte. Er hielt sich in seiner Sinnlichkeit nicht mehr zurück, war aber dennoch überaus zärtlich. Sein Mund bedeckte den ihren. Er küsste sie mit lasziver Langsamkeit und gab ihr so Gelegenheit, immer weicher zu werden. Seine Hände glitten mit glühender Wärme über ihren sich aufbäumenden Körper, und Angelica presste sich voller Inbrunst gegen seinen Leib. Ihre Leidenschaft brannte bald so sehr, dass sie jede Spur der eben noch empfundenen Angst wie ein Feuer vertilgte.

Schon bald war ihr ganzer Körper von einem Gefühl erfüllt, für das sie keine Worte fand. Aber sie wollte ohnehin nicht sprechen. Er murmelte ihr Zärtlichkeiten ins Ohr, und sie küsste ihn dafür. Wie sehr sie seinen Geschmack doch genoss. Seine Lippen auf den ihren, sein starker Kiefer, sein Hals – sie vergrub ihr Gesicht darin und atmete die warme Natürlichkeit seiner Erregung ein.

Er zog ein Bein an, um einen seiner Schenkel mit entschlossenem Druck zwischen die ihren zu pressen. Und auch wenn sie wusste, dass dies erst der Anfang war, so war Angelica doch schon jetzt bereit, sich ihm völlig hinzugeben. Immer noch an seiner Seite liegend, öffnete sie ihre Schenkel und schlang die Beine um ihn.

Semjons langsame, wiegende Bewegungen sorgten dafür, dass ihr Körper von schaudernder Lust erfasst wurde. Sie passte sich instinktiv seinen Bewegungen an und stöhnte kaum hörbar in seinen begierig geöffneten Mund.

Semjon erwiderte ihre leisen Lustlaute mit noch mehr Küssen, ließ seine Hand über ihr Mieder gleiten und liebkoste ihre Brüste sanft durch die dünnen Leinenschichten hindurch. Das sinnliche Reiben erregte Angelica über alle Maßen. Während er ihre Brüste abwechselnd umfasste, pressten ihre Nippel sich immer härter gegen den weichen Stoff. Schließlich senkte Semjon den Kopf, um ein wenig an ihrem Ohr zu knabbern.

Angelica hatte zwar schon gesehen, wie andere Männer das bei ihren Frauen taten, war aber selbst noch nie in den Genuss gekommen. Semjon saugte zärtlich an einem ihrer Ohrläppchen und strich dabei ihr Haar zurück. Sie spürte seinen warmen Atem. Es fiel ihr nicht schwer, sich vorzustellen, was er mit ihren steifen Brustwarzen anstellen würde, und sie sehnte sich schon jetzt nach seiner gekonnten Stimulation.

O großer Gott … einen männlichen Mund um den einen und zärtlich zwirbelnde Finger an dem anderen Nippel zu spüren … und eine heiße Zungenspitze, die an der Brustwarze zwischen seinen Lippen leckte. Verträumt und davongetragen von einem leidenschaftlichen Taumel, fragte sie sich, wie sie ihn wohl wissen lassen konnte, dass dies ihr erstes Mal war.

Was für ein Geschenk, dass ihr erster Mann ein Liebhaber seines Kalibers sein würde.

«Darf ich dich anschauen?», fragte er leise flüsternd. «Zunächst nur deine Brüste. Wir wollen nichts überstürzen.»

Angelica nestelte an den winzigen Knöpfen zwischen den Leinenfalten herum, doch ihre Hand wurde schnell durch kräftigere Finger ersetzt, die jeden einzelnen Knopf mit Entschlossenheit öffneten. Seine Hand glitt unter ihr Schnürleibchen, wo er durch das dünne, fast transparente Leinen des Unterkleides hindurch ihre Brustwarzen stimulierte.

Sein meisterliches Geschick brachte sie schnell an den

Punkt atemloser Verzückung. Am liebsten hätte Angelica den dünnen Leinenstoff aufgerissen und damit diese letzte zarte Barriere für seine forschenden Hände selbst entfernt.

Semjon schien zu ahnen, was in ihr vorging, denn er umfasste ihre Finger, die sich bereits um den Rüschenkragen des Unterkleides gelegt hatten und bereit waren, mit einem Ruck ihre Brüste freizulegen.

«Lass mich», keuchte sie. «Es soll nichts mehr zwischen uns sein. O Semjon …»

«Noch nicht», erklärte Semjon mit heiserer Stimme. Er holte tief Luft, schwang sich hoch in eine halbsitzende Position und drehte seine Gespielin auf den Rücken. Dann setzte er sich mit einer gewissen Dominanz, aber doch behutsam rittlings auf ihre Hüften.

«Oh!»

Angelica sah keuchend zu ihm auf und legte ihre Hände auf seine gespreizten, in Kniehosen steckenden Beine. Er hatte etwas unglaublich Beeindruckendes an sich. Seine dunklen, von langen Wimpern halb verborgenen Augen sahen auf sie herab und weideten sich an dem Anblick der in die weichen Kissen gedrückten Angelica.

Als er ihre Hände ergriff und abwechselnd einen Kuss auf beide Innenflächen drückte, umspielte ein laszives, ja fast gefährliches Lächeln seine Lippen. Und als er ihre Hände irgendwann unter seine Knie legte, verstand sie sofort, was er im Sinn hatte.

Er wollte, dass sie ihm sinnliche Freiheiten gewährte, ohne dass sie darauf zu reagieren hatte. Der Gedanke war zutiefst erregend. Sie hob ihren Oberkörper etwas an und presste ihre vor Lust fast schmerzenden Brüste nach oben.

Einen kurzen Moment lang legte Semjon seine Hände mit einem erwartungsvollen Seufzer auf ihre Rundungen und massierte sie mit außerordentlich geschickten, kreisförmigen

Bewegungen. In ihrer Position konnte sie nichts weiter tun, als seine liebevollen Berührungen hinzunehmen und sich ganz dem Gefühl hinzugeben.

Irgendwann hielt er inne, um Zeigefinger und Daumen einer jeden Hand mit Speichel zu benetzen und damit über das Leinen ihres Unterhemdes zu fahren, bis sich an den Punkten über ihren stolz aufgerichteten Nippeln zwei feuchte Flecken bildeten. Und wieder ging er dazu über, ihre Brustwarzen zu zwirbeln und sie zwischen seinen Fingern hin- und herzurollen. Dabei sah er ihr die ganze Zeit ins Gesicht.

Angelica wollte die Augen schließen und sich einfach nur der intensiven Lust hingeben, die er ihr bescherte. Gleichzeitig aber wollte sie ihn auch anschauen. Doch es dauerte nicht lange, und sie wurde so von seiner geschickten Stimulation ihrer Nippel überwältigt, dass ihre Augenlider sich flatternd schlossen und sie ihn förmlich anflehte, weiterzumachen.

Die Beule in seiner Kniehose wurde immer größer. Seine Hoden zogen sich zusammen und pressten sich an die Wurzel seiner herrlichen Erektion. Das, was Angelica über diese Dinge wusste, entsprang nicht etwa eigener Erfahrung, sondern stammte von Bildern, die sie bei ein oder zwei Blicken in ein Buch mit erotischen Abbildungen aufgeschnappt hatte. Ein Buch, das allerdings nicht ihr selbst, sondern einer ihrer Herrinnen gehört hatte. Hinzu kam zwar noch der unanständige Klatsch einiger Hausmädchen, aber bisher hatte die junge Frau noch nie einen vollständig unbekleideten Mann gesehen.

Doch wie sie sich so atemlos unter seinen starken Beinen wand, wusste Angelica genau, dass Semjon auf eine durch und durch männliche Weise wunderschön sein würde.

Sie zog eine ihrer Hände unter seinen Knien hervor und legte sie mutig auf den Schritt seiner Hose. Das weiche Leder fühlte sich ganz heiß an, und der kaum zu bändigende Luststab darunter zuckte unter ihren Berührungen. Sie strich ein-, zweimal der Länge nach darüber und liebkoste sein Organ dann mit pressenden Berührungen – alles in der Hoffnung, dass ihre unerfahrenen Bemühungen ihm Freude bereiteten.

Semjon atmete zischend ein und biss sich auf die Unterlippe. «Ich explodiere gleich! Nicht! Ich flehe dich an!»

Angelica legte ihre Hände wieder auf seine Schenkel und betrachtete ihn eingehend. Sein Gesicht war ganz rot vor Erregung, und auf seinem Hals war ein schwach glänzender Schweißfilm zu erkennen.

In einer schnellen Bewegung richtete Semjon sich auf, um sein Hemd aus der Hose zu ziehen. Dann verschränkte er die Arme, ergriff mit den Händen den Saum des Hemdes und zog es sich über den Kopf. Ohne seine Position zu verändern, warf er das Kleidungsstück auf den Boden und stemmte die Hände in die Hüften. Semjons Atem ging mittlerweile so schnell, dass sein Oberkörper förmlich bebte.

Die Stellung ließ die Muskeln und Sehnen seiner Arme hervortreten, und er sah aus, als wäre er aus Eichenholz und Eisen gemacht. Seine Brust war von einem Flaum feiner dunkler Haar bedeckt, der von Schulter zu Schulter reichte und sich in einer schmalen Linie über seinen festen, muskulösen Bauch fortsetzte. Angelica ließ ihren Blick lüstern über seinen Leib wandern. Seine Brustwarzen wurden vor ihren Augen ganz hart und dunkel – dabei hatte sie sie noch nicht einmal berührt.

Aber sie wollte ihn berühren, denn er sah einfach hinreißend aus, wie er da so halbnackt auf ihr saß. Und was immer noch folgen sollte, sie wollte es. Sie wollte ihn. Und zwar ganz. Doch Semjon schien sich keinen Deut um seinen eigenen Körper zu scheren, sondern konzentrierte sich ganz auf den ihren.

Nachdem sein Atem sich wieder etwas beruhigt hatte,

wanderten seine Hände wieder nach vorn, um das Unterkleid nach unten zu schieben und so endlich ihre Brüste freizulegen. Semjon war so groß, dass er ein wenig nach hinten rutschen musste, um an ihren Nippeln zu saugen. Dabei presste sich sein langer Riemen, den sie mit solcher Freude umfasst hatte, gegen ihr intimstes Körperteil. Ihr Beschützer war sexuell so aufgeladen, dass er nicht anders konnte, als sich sanft an ihr zu reiben.

Angelica ließ ihre Hände durch sein Haar gleiten. Sie liebte die Üppigkeit seiner wilden Mähne und hielt seinen Kopf in beiden Händen, während er mit selbstvergessener Intensität an ihren Knospen saugte, das zarte Fleisch ihrer Brüste umfasste und es so zusammendrückte, dass er beide Nippel gleichzeitig in den Mund nehmen konnte. Er knabberte und leckte, er presste und drückte, und als sie schließlich vor Verzückung aufschrie, drang ein tiefes Brummen aus seiner Kehle.

Plötzlich richtete er sich auf. Sein Atem ging noch stockender.

Angelica fühlte sich mit einem Mal verlassen, und ihre Brüste wurden kalt. Also umfasste sie diese kurzerhand selbst.

«Ja», entfuhr es ihm mit heiserer Stimme. «O ja.»

Und wieder wusste die junge Frau ohne jede weitere Erklärung, was er wollte, und fing an, unter seinen Augen ihre Brüste zu liebkosen. Sie ließ ihre Handflächen in kleinen Kreisen über die steifen Nippel gleiten und bäumte sich dabei auf, um die erotisierende Reibung von Haut auf Haut an diesen beiden Stellen noch besser genießen zu können. Als sie ihre Brüste allerdings plötzlich mit festem Griff umfasste, sah Semjon sie überrascht an.

Seine Augen weiteten sich. «Du bist aber grob zu dir, Angelica.»

«Das brauche ich jetzt», flüsterte sie, ließ von ihren Brüsten ab, nahm aber sofort ihre Nippel zwischen die Finger, um sie noch vehementer zu bearbeiten, als er es eben getan hatte. Sie zog an ihren Knospen und kniff so fest zu, dass sie schon bald eine dunkelrote Farbe angenommen hatten. Angelica wollte, dass sie ein bisschen wehtaten, damit er sie mit seinem liebkosenden Mund wieder beruhigen konnte. Es schien Semjon fast in den Wahnsinn zu treiben, was sie da mit sich trieb. So dauerte es nicht lange, bis er ihre Hände wegstieß und sich mit dem Mund erst über die eine, dann über die andere rote Kirsche hermachte.

Doch plötzlich hielt er inne, gab ein gegen ihren Hals gepresstes Keuchen von sich und stemmte seine Hüften in die Höhe. Er fluchte.

«Was ist denn los?»

«Nichts. Du erregst mich nur über alle Maßen.» Er erhob sich, ging fast schwankend zu einem der Stühle und setzte sich hin, um seine Stiefel auszuziehen. Er griff nach dem Knopf seines Hosenbundes, zögerte aber, als er sie erneut ansah. Semjon öffnete den Knopf, behielt die Hose aber noch an.

«Du zuerst, meine Schöne.»

Voller Wollust und mit den Gedanken ausschließlich bei ihm und was sie gleich tun würden, blickte Angelica ihn einfach nur an und fing dann an, ihre Röcke hochzuschieben. Ihre Pantoffeln waren längst zu Boden gefallen – schon bei den ersten Schritten ihres sinnlichen Spiels –, doch die Strümpfe hatte sie noch an. Oberhalb der Knie war sie jetzt völlig nackt.

Sie schob den Rock höher. Und noch höher.

Seine Augen weideten sich gierig an jedem Zentimeter, den sie ihm zeigte, und seine Lippen öffneten sich verzückt, als das Leinen über die feinen Löckchen zwischen ihren Schenkeln strich.

Voller Scheu ließ sie einen Finger in die enge, warme Spalte gleiten, so wie sie es manchmal schon unter der Bettdecke getan hatte, wenn sie ganz allein gewesen war. Und während Angelica beobachtete, wie er sie beobachtete, wanderte ihr Finger über die Lustknopse, die sie so lange liebkoste, bis sie steif aus ihren feuchten Löckchen hervorstand.

Semjon vergaß seine Knöpfe sofort, stand auf und kniete sich kurzerhand neben sie. Er sah sie nicht an, sondern küsste die winzige Perle zwischen ihren Beinen und saugte sie in seinen Mund.

Großer Gott. Ihr Körper wurde von einer heißen Welle pulsierender Lust erfasst – wieder und wieder. So etwas konnte sie sich selbst nicht bescheren.

Semjon spreizte ihre Schenkel und schob die Falten ihres Rockes über ihre Hüfte. Er war jetzt längst nicht mehr so kontrolliert wie zu Anfang ihres Spiels. Dazu war das Feuer der Lust einfach zu groß, das durch den Anblick, den Duft und den Geschmack ihres intimsten Körperteils entfacht worden war. Er hob ihr Bein an, legte es hinter seinen breiten Rücken und öffnete ihre Schamlippen sanft mit den Fingern.

Angelica stöhnte und gab sich ganz der Verzückung hin, die sie sich bei ihren einsamen und zaghaften Entdeckungsreisen niemals hätte träumen lassen. Die Zunge, die sich eben noch um ihre Nippel gekümmert hatte, konzentrierte sich jetzt ganz auf ihren Kitzler. Sie leckte darüber, ging dann zu seiner Spitze über und wirbelte schließlich um die gesamte Perle, nachdem er sie in den Mund genommen hatte.

Jetzt … Jetzt … Das Wort hallte wie ein Echo in ihrem Kopf. Sie konnte ihm einfach nicht sagen, dass dieses unsagbar köstliche Gefühl völlig neu für sie und sie eigentlich eine unerfahrene Unschuld war. Großer Gott. *Das* würde er ihr niemals glauben.

Angelica war schlichtweg zu überwältigt, um irgendetwas

zu sagen oder zu tun. Sie wurde von einem lüsternen Mund verschlungen, der nichts weiter wollte, als ihr Lust zu bescheren. Eine Lust, die so groß war, dass sie kurz davorstand, sich aufzulösen.

Seine großen Hände glitten unter ihren Po und fingen an, ihn mit kräftigen Bewegungen zu kneten. Semjon drückte ihre Pobacken zusammen, zog sie auseinander und gab sich auf unanständige, aber außerordentlich erregende Weise dem Spiel mit ihrem Hinterteil hin. Seine Zunge hatte mittlerweile von ihrer Lustknopse abgelassen. Semjon rang nach Luft und wischte sich den feuchten Mund an der Innenseite ihrer Schenkel ab.

Er knabberte an der zarten Haut, während sie sich unter seinen Berührungen lüstern hin- und herwarf und seinen Namen rief.

Doch plötzlich stellte er all seine Berührungen ein. Angelica öffnete die Augen und bemerkte erst, dass Tränen darin standen, als er sie fortwischte und ihr dann ins Gesicht blickte.

«Sag mir, was du möchtest», forderte er sie auf. «Ich kann mich nicht mehr länger zurückhalten. Also bist du zuerst dran.»

«Mehr», keuchte sie einfach nur. «Mehr …»

Er nickte, ihrem Wunsch gehorchend, und vergrub seinen Kopf erneut zwischen ihren Beinen. Mit noch größerer Umsicht öffnete er die geschwollenen Lippen ihres Geschlechts und ließ dann seine Zunge in ihre Spalte gleiten.

Zunächst leckte er nur, tauchte dann aber immer tiefer ein. Angelicas Körper spannte sich an. Die Spitze seiner Zunge berührte das intakte Häutchen ihres Hymens. Er schien es zu testen – aber nur für ein paar Sekunden, so als hätte er überhaupt nicht damit gerechnet, dass es überhaupt da war.

Das Gefühl hatte etwas seltsam Sinnliches, aber gleichzeitig spürte sie auch eine gewisse Angst in sich aufsteigen. Würde er wütend darüber sein, dass sie ihm ihre Jungfräulichkeit verschwiegen hatte?

Semjon zog sich aus ihrer Mitte zurück und schaute sie verwirrt an. «Bin ich etwa … dein erster Liebhaber, Angelica?»

«Ja», erwiderte sie flüsternd. Angelica zitterte am ganzen Körper.

«Bist du sicher, du willst …»

«Ich möchte, dass du der Erste bist», erklärte sie mit leidenschaftlicher Stimme. «Das weiß ich von ganzem Herzen, Semjon.»

Sie riss an ihrer Kleidung, während er noch versuchte, sie davon abzuhalten. Doch Angelica wehrte sich so lange gegen sein Eingreifen, bis sie schließlich ganz nackt war. «Jetzt», wisperte sie und legte sich zurück. Seine Liebeskünste hatten jede Abwehr und jede Selbstbeherrschung fortgewischt. Und auch jede Spur von Scham war wie weggeblasen.

«Angelica …», hob er verwundert an und betrachtete sie mit unglaublicher Zärtlichkeit.

Sie setzte sich auf und zerrte an seinem halbgeöffneten Hosenbund. Semjon zeigte keinerlei Gegenwehr, sondern ließ die Knöpfe aufspringen und die Hose zu Boden fallen, sodass er endlich in all seiner erigierten Pracht vor ihr stand.

«Jetzt!»

Er kam auf allen vieren auf sie zu. Sein langer, harter Schwanz war viel zu steif, um zu wippen. Sie griff danach und strich so forsch über die heiße, seidige Haut, als wäre sie mit dem Wissen geboren worden, wie sie ihm Freude bereiten konnte.

«Ich möchte dich in mir spüren!»

«Wir dürfen nichts überstürzen, mein Engel», flehte er.

Sie hob ihre Knie mit den Händen an und spreizte die

Beine, bis sie völlig offen vor ihm lag. Sein Blick wanderte zwischen ihre Mitte und dann wieder zu ihrem Gesicht. Er sah verwirrt aus.

«Ich kann nicht warten.» Das war alles, was sie sagte, als sie ihn zu sich herabzog.

Er ergriff sein Gemächt und zog seine Vorhaut zurück. Dann positionierte er seine Eichel genau dort, wo eben noch seine Zunge gewesen war.

«Jetzt?», fragte er voller Dringlichkeit in der Stimme.

Sie klammerte sich an seinen Schultern fest, hob ihre Hüften an und nahm ihn mit einem festen Stoß nach oben selbst in sich auf. «Ah! O ja, Semjon!», rief sie.

Und so waren sie vereint.

Kapitel Sechs

«Iwan, wo ist Antoscha?»

Der Hausvorsteher warf Semjon einen missbilligenden Blick zu, als jener durch die Eingangstür kam und sie hinter sich schloss. «Er schreibt gerade im vorderen Salon. Tragen Sie eigentlich nie einen Hut?»

«Nein.» Semjon lenkte seine Schritte in Richtung Salon.

«Wir haben Winter. Sie werden sich noch den Tod holen. Haben Sie denn gar keine Angst vor einem Schnupfen?»

«Ganz und gar nicht. Ich finde kaltes Wetter ausgesprochen belebend», erklärte Semjon fröhlich. Er schaute in den Spiegel und fuhr sich mit einer Hand durchs Haar – hoffnungslos zerzaust sowohl vom Wind, der draußen herrschte, als auch von Angelicas wilden Zärtlichkeiten während ihres Liebesspiels in der Morgendämmerung. Und da er Letzteres unbedingt im Gedächtnis behalten wollte, kämmte er sich auch jetzt nicht.

Semjon wandte sich von seinem Spiegelbild ab und schickte sich an, in Richtung Salon zu gehen. Doch Iwan hieß ihn mit einer Handbewegung, stehenzubleiben. «Einen Moment. Darf ich fragen, wieso Sie mit ihm sprechen wollen? Bisher haben Sie noch nie das geringste Interesse an seiner Tätigkeit als Sekretär gezeigt.»

«Verzeihung, aber diese Besprechungen langweilen mich nun mal über alle Maßen. Vom Anfang bis zum Ende. Und ich wünschte, Antoscha würde sich nicht mit der Anfertigung detaillierter Protokolle von jeder dieser Besprechungen abmühen, nur weil dabei ab und zu mal jemand einschläft.»

«Sie zum Beispiel», erklärte Iwan. «Und es ist keine Entschuldigung, dass Sie ständig so lange aus sind. Manchmal kommen Sie ja überhaupt nicht nach Hause.»

Semjon zog es vor, diese Spitze zu ignorieren. «Und muss er eigentlich immer darauf bestehen, am Ende auch noch eine langatmige Zusammenfassung zu verlesen?»

«Es ist überaus unhöflich von Ihnen, dabei grundsätzlich so auffallend zu gähnen», sagte Iwan bissig.

«Dann werde ich mich direkt bei ihm entschuldigen.»

Semjon wusste, dass der Hausvorsteher angewiesen war, ihn im Zaum zu halten, während seine Brüder sich anderenorts aufhielten. Außerdem war es durchaus möglich, dass der ältere Herr eine gewisse Eifersucht hegte, weil Semjon sich so gut mit seiner jungen Frau Natalja verstand. Ein gewisser Takt wäre also sicher angebracht, entschied er.

«Und was sein Meisterwerk angeht, Iwan», fuhr er fort, «ich bin sicher, es ist exzellent geschrieben, und Antoschas Erwerb eines Jahresvorrats Papier und Tinte beschert den Herstellern sicher beträchtliche Gewinne. Alles in allem, ein lobenswertes Unterfangen.»

Iwan rümpfte nur die Nase.

«Aber ich bin nicht sicher, ob die Geschichte des Rudels von St. James an die Öffentlichkeit gehört.»

Der Hausvorsteher hob die Augenbrauen. «Antoscha hat mir versichert, dass Ihre nächtlichen Vergnügungen darin nicht vorkommen werden.»

«Wie belieben?»

«Semjon, Sie haben den schlimmsten Ruf unter den Taruskins und sind in keiner Weise diskret. Ist Ihnen eigentlich schon mal in den Sinn gekommen, dass Ihre Affären ein schlechtes Licht auf das gesamte Rudel werfen könnten?»

Das ließ sich nun wirklich von vielen seiner Verwandten behaupten. Semjon war entrüstet. «Was ist schon dabei, Iwan? Soll ich etwa zum Mönch werden?»

«Machen Sie sich doch nicht lächerlich.»

«Was erwarten Sie dann von mir?», fragte Semjon ungehalten.

«Ich rufe Ihnen lediglich in Erinnerung, dass jede Liebschaft auch ein gewisses Risiko in sich trägt», erklärte Iwan steif.

Semjon verschränkte die Arme vor der Brust, bereit, mit herausforderndem Blick in den Augen seinen Mann zu stehen. «Was das angeht, Iwan, da sind wir einer Meinung. Und zwar mehr, als Sie ahnen. Aber ich bin ein freier Mann, und meine Herzensangelegenheiten sind meine Sache und nicht die Ihre.»

Der Hausvorsteher seufzte und warf Semjon einen strengen Blick zu. «Wer ist es denn dieses Mal?»

«Ich weiß nicht, wovon Sie da reden.»

«Grischa, Todt und Wladimir haben mir berichtet, dass sie in Ihrem Auftrag ein kleines Haus in Mayfair bewachen.»

«Ach das.» Semjon löste seine verschränkten Arme und begann, im Zimmer auf und ab zu marschieren. «Das gehört einem Freund von mir.»

«Wieso sind die Männer dann vor dem Gebäude postiert? Ich nehme kaum an, dass sie die Geranien auf den Fensterbänken bewachen», fügte Iwan wohlüberlegt hinzu.

«Nein, ganz recht. Das tun sie nicht.»

«Sie sind recht zugeknöpft, nicht wahr? Die Männer haben mir berichtet, dass niemand außer Ihnen dort ein und aus geht.»

«Na, dann gibt es doch auch keinen Grund zur Sorge, nicht wahr, Iwan?»

Der ältere Mann räusperte sich. Er war eindeutig nicht zufrieden mit der Antwort.

Semjon versuchte sein aufloderndes Temperament im Zaum zu halten und rief sich in Erinnerung, dass die jüngeren Mitglieder des Rudels – die drei Wächter eingeschlossen – dazu verpflichtet waren, Rechenschaft über ihre Aktivitäten abzulegen. Ihm selbst stand eine Form der Freiheit zu, welche die anderen sich erst noch verdienen mussten. Aber er fluchte innerlich, dass er vergessen hatte, die drei Männer anzuweisen, noch nichts über das Haus in Mayfair verlauten zu lassen.

Nicht dass er sie zum Lügen auffordern würde. Aber er hatte wirklich nicht damit gerechnet, dass Angelica sehr lange in diesem Haus bleiben würde. Auf ihre zurückhaltende Art war sie doch wild wie eine Wölfin. So hatte er in ihren wunderschönen Augen noch keinen Blick bemerkt, der darauf schließen ließ, dass sie für immer bei ihm bleiben wollte – selbst, als sie nach einer Nacht, einem Tag und einer weiteren Nacht köstlicher Liebesspiele so glückselig in seinen Armen gelegen hatte.

Noch hatte er sie nicht gebeten, die Einzelheiten ihrer seltsamen Entführung zu offenbaren. Die junge Frau schien ihr gesamtes Vertrauen in ihn gelegt zu haben – gerade so, als hätte der Verlust der Jungfernschaft ihre Angst wie von Zauberhand verschwinden lassen. Wie ein Recke hatte er sich gefühlt, wie sie da so mit offenem Herzen, voller Leidenschaft und später ganz verletzlich in seinen Armen geschlummert hatte.

In einigen untätigen Momenten hatte er sich einem brennenden Wunsch hingegeben, den er allerdings nicht mit ihr hatte teilen wollen: Nur zu gern würde er den vollen Namen ihres Entführers herausfinden und ob er vielleicht noch Komplizen hatte. Schließlich gab es durchaus kriminelle Verbrecherringe, die Frauen und auch Mädchen entführten, die dann auf Nimmerwiedersehen in den überfüllten Mietshäusern und Bordellen von London verschwanden.

Semjon wusste zwar, wo der Mann wohnte, aber das war auch schon alles. Er nahm stark an, dass außer diesem Victor auch noch andere Personen mit der Sache zu tun hatten. Doch bisher hatten seine Nachforschungen nichts Hieb- und Stichfestes ergeben, und er hatte keinerlei weitere Hinweise.

Semjon hatte zwar eine Kontaktperson im Amt für Besitzurkunden gebeten, die Dokumente für das neue Baugebiet durchzusehen, aber es gab einfach noch nicht viele Unterlagen darüber. Und keine der Urkunden war auf jemanden ausgestellt, dessen Vorname Victor lautete.

Und da Angelica ihm im Moment nicht mehr erzählen wollte – oder auch einfach noch nicht bereit dazu war –, musste er schon auf eigene Faust Nachforschungen anstellen.

«Gibt es noch etwas, worüber Sie mit mir sprechen wollen?», fragte er Iwan mit friedvoller Stimme.

«Nein. Tun Sie, was Ihnen beliebt.»

Der ältere Mann stakste davon und widmete sich wieder seinen Aufgaben, während Semjon sich auf den Weg in den vorderen Salon machte.

Als er die Hand hob, um an die Tür zu klopfen, fiel ihm geistesabwesend auf, dass seine Finger recht pelzig waren. Gestern Abend waren sie das noch nicht gewesen. Egal. Manchmal kamen und gingen die Zeichen des Wolfes in ihm, wie sie wollten.

«Herein», erklang Antoschas Stimme aus dem Salon.

Semjon drehte den Türknauf und trat ein. Der vordere Salon war von Sonnenlicht durchflutet, sodass die Blässe des Sekretärs umso mehr auffiel.

«Kritzel, kritzel, kritzel. Du machst wohl niemals Pause», sagte Semjon scherzend. «Wie läuft es mit dem Buch?»

«Langsam.» Antoscha schrieb den angefangenen Satz zu

Ende und löschte seine akribische Handschrift sorgfältig ab. Semjon machte es sich derweil auf einem Stuhl bequem und beobachtete den Sekretär dabei mit ungeduldigem Blick. «Es fehlen noch fünf Seiten bis zum Schluss.»

«Wie schön für dich, Ant. Hast du dir auch schon einen Titel überlegt?», fragte er.

«Die vollständige Geschichte der transasiatischen Wolfssippe und ihrer genealogischen Vorfahren, mit Anhängen.»

«Ziemlich langer Titel.» Semjon dachte ein paar Sekunden nach und kratzte sich dabei die besorgniserregenden Stoppeln an seinem Kinn. «Mit einem solchen Titel wirst du nicht ein Exemplar davon verkaufen.»

«Das Buch ist eine wissenschaftliche Abhandlung», erklärte Antoscha mit ruhiger Stimme, nahm seine Brille ab und legte sie beiseite.

«Aber es spricht doch auch nichts dagegen, ein wenig Geld damit zu verdienen, oder? Ich habe gehört, dass du jetzt über ein Jahr Tag und Nacht daran gearbeitet hast.»

«In der Tat», erwiderte Antoscha mit einem trüben Seufzer.

«Dann gib dem Buch einen anderen Titel. Sonst wird es beim Buchhändler sicher im Regal liegen bleiben. Wenn du die Leser dazu bringen willst, es zu kaufen, solltest du schon einen aufregenderen Titel wählen. Und lass bloß die langen Worte weg.»

Antoscha schüttelte einen winzigen Tintentropfen aus der Feder und kaute ein paar Sekunden geistesabwesend am Ende seines Schreibgerätes herum. «Mmmh. Ich nehme an, ich könnte es wohl auch *Die aufregende Geschichte des Rudels von St. James und der ungemein schneidigen Taruskin-Brüder* nennen. Wäre das besser?»

«Ja.» Semjon musste über die trockene Antwort des Sekretärs lachen. «Definitiv eine Verbesserung, möchte ich meinen.» Er war froh, dass Antoscha guter Stimmung war, denn er hatte vor, ihn um einen Gefallen zu bitten. «Ernsthaft, ich freue mich schon darauf, es zu lesen.»

Antoscha warf ihm einen aufmerksamen Blick zu. «Aber du bist doch kaum hier.» Im Gegensatz zu Semjons Beziehung zu Iwan waren die beiden Männer per Du.

Semjon bestätigte die Worte des Sekretärs mit einem Nicken. Er hegte keinerlei Absicht, sich nach dem Hausvorsteher auch noch mit dem Sekretär zu streiten.

«Das trifft leider zu. Und es gibt bisher ja nur eine Abschrift. Aber eines Tages werde ich es schon lesen, Antoscha. Ich verspreche es.»

Der Sekretär betrachtete ihn einige Sekunden schweigend. «Darf ich fragen, wieso du mir derart Honig um den Bart schmierst, Semjon?», erkundigte er sich schließlich.

«Überhaupt nicht», erwiderte der junge Mann empört. «Aber ich wollte dich um etwas bitten. Wenn das Buch beendet ist, hättest du dann vielleicht Zeit, mir zu helfen?»

«Lass hören.» Antoscha lehnte sich auf seinem nicht sehr stabil aussehenden Stuhl zurück.

«Ich frage im Auftrag eines Freundes.»

«Eines weiblichen Freundes», ergänzte der Sekretär. «Bei euch Taruskins geht es doch eigentlich immer um weibliche Freunde.»

Semjon räusperte sich. «Das spielt keine Rolle. Aber ich muss herausfinden, wer der Besitzer einer bestimmten Liegenschaft ist.»

«Willst du etwa mit Grundstücken spekulieren?»

Semjon bewegte seinen Kopf auf eine Weise, die genau zwischen einem zustimmenden Nicken und verneinenden Schütteln lag.

«Du bist ein echter Londoner», fuhr der Sekretär fort. «Ich nehme an, du willst hier ein paar Wurzeln schlagen.»

«Das habe ich bereits getan, Antoscha. So wie wir alle.»

Der andere Mann seufzte wehmütig. «Ich selbst träume immer noch von St. Petersburg. Die Kanäle. Der Newski-Prospekt. Prachtvolle Architektur, wohin man nur schaut.»

«Du wirst dir die Nase abfrieren, wenn du dorthin zurückkehrst.» Semjon schlug mit der Hand auf den Tisch, um seinem Einwand mehr Nachdruck zu verleihen. «Als wenn London nicht schon kalt genug wäre.»

Als Semjon auffiel, dass Antoscha einen neugierigen Blick auf ebendiese Hand warf, unterzog er sie selbst einer genaueren Betrachtung. Sie war noch behaarter als beim Klopfen an die Tür, und die Finger wuchsen über dem zweiten Knöchel zusammen, sodass sie schon jetzt fast wie eine Pfote aussahen.

«Londoner oder nicht», sagte der Sekretär, «die Zeichen des Wolfes sind stärker in dir als bei allen anderen von uns.»

Semjon spürte eine gewisse Bestürzung in sich aufsteigen. «Ist es so auffällig?»

«Manchmal schon.» Antoscha studierte ihn noch etwas genauer. «Hast du bemerkt, dass die Herausbildung der Merkmale mit irgendetwas zusammenhängt? Vielleicht mit dem, was du isst? Oder deinem mentalen Zustand?»

Semjon zog es vor, nichts dergleichen zuzugeben. Seine gelegentlichen Spaziergänge über den Markt und der Hunger nach Fleisch. Seine Beschützerinstinkte, die dafür sorgten, dass sich sein Nackenfell aufstellte, wenn Angelica in unmittelbarer Gefahr geschwebt hatte – nichts von alledem sollte in Antoschas großem, dickem Buch Erwähnung finden. Selbst dann nicht, wenn der Sekretär ein Pseudonym für ihn benutzte.

«Mir geht es immer gleich», erwiderte Semjon vage. Diese Erwiderung musste für Antoscha einfach reichen.

«Gewiss», murmelte der Sekretär. «Aber wobei soll ich dir denn nun helfen?»

«Ach ja. Danke, dass du mich daran erinnerst. Es gibt da ein neues Baugebiet am Ende der …» Er nannte die Straße. «Aber es ist mir unmöglich, herauszufinden, wer das Ganze finanziert oder wem das Bauland eigentlich gehört. Die neuen Häuser können und werden gekauft und verkauft, aber das Land, auf dem sie stehen, wird von den Besitzern nur verpachtet. Ein seltsames Arrangement.»

«Aber durchaus nicht unüblich.»

Semjon bestätigte den Einwand des Sekretärs mit einem kurzen Nicken. «Aber das ist eine merkwürdig einsame Gegend, Antoscha.»

«Das ist doch kein Verbrechen.»

«Wenn Menschen gegen ihren Willen dorthin verschleppt und dort unter mysteriösen Umständen gefangen gehalten werden, dann ist das schon ein Verbrechen.»

«Irgendeine bestimmte Person? Jemand, den ich kenne?»

Semjon schüttelte entschieden den Kopf.

«Ich verstehe. Es ist höchste Diskretion gefordert et cetera. Du hast den Helden gespielt und dein schneidiges, attraktives Selbst bereits zu sehr ins Spiel gebracht, um unverdächtig zu wirken. Und jetzt brauchst du einen Niemand mit leicht zu vergessendem Gesicht, der die Sache weiterverfolgt. Mit anderen Worten, du brauchst mich.»

Semjon warf seinem Sekretär einen überraschten Blick zu. «So hätte ich es nicht formuliert, aber ich brauche wirklich Hilfe, Antoscha. Es scheint dir doch auch Spaß zu machen, muffige Bücher und Unterlagen zu durchforsten.»

Antoscha grinste ihn trocken an. «Ja, in der Tat.»

«Dann …»

Der Sekretär erhob sich, setzte seine Brille auf und rückte einige Gegenstände auf seinem Schreibtisch gerade. «Sag mir nur, wo ich meine Suche beginnen soll, Semjon. Das wird eine schöne Ablenkung von diesem verdammten Buch sein.»

«Danke. Meine ewige Dankbarkeit ist dir sicher. Und ich werde sofort eine Kiste vom besten Stout für dich bestellen.»

«Ich bevorzuge Sherry.» Antoscha nannte ihm den Jahrgang seiner Wahl.

Semjon wurde ganz bleich, als er hörte, um welche Sherry-Sorte es ging. «Du hast einen erlesenen Geschmack, mein Freund. Das ist der beste Sherry, den es gibt. Und er ist jeden Penny wert», beeilte er sich hinzuzufügen. «Bitte gib mir Bescheid, wenn du irgendetwas herausfindest.»

Zwei Tage waren vergangen, als die beiden Männer sich erneut zusammensetzten. Antoscha führte Semjon an seinen Schreibtisch und holte eine Reinschrift aus einer Schublade, die er selbst angefertigt hatte.

«Ich fing mit einem angeketteten Hauptbuch an, das der Gehilfe im Amt für Besitzurkunden mir nicht mitgeben wollte. Der Einband war zwar staubig, aber wie ich erwartet hatte, waren darin auch neuere Eintragungen zu finden.»

Semjon versuchte, die winzigen Buchstaben des Sekretärs zu entziffern, gab aber bald auf. «Was hast du herausgefunden?»

«Vielerlei Dinge. Ich musste meine anfänglichen Entdeckungen erst anhand weiterer Dokumente überprüfen, aber ich habe jetzt den Namen des Mannes, dem das Land und auch die Häuser gehören.»

«Lautet der Vorname Victor?»

Antoscha warf Semjon einen Blick über den Rand seiner Brille hinweg zu. «Nein. Wieso fragst du?»

«Das war bisher alles, was ich an Hinweisen hatte.»

«Mmh. Nein, der Mann, dessen Identität du aufdecken

willst, hat einen anderen Vornamen. Einen recht gewöhnlichen und leicht zu vergessenden Vornamen, den er seit Jahren nicht mehr benutzt hat. Aber sein Deckname ist schon weitaus faszinierender.»

«Nun sag mir doch endlich, wie er heißt.» Semjon war ein wenig verärgert, dass der Sekretär nicht auf den Punkt kommen wollte.

Antoscha setzte sich, das Papier in der Hand. «Einen Moment. Es handelt sich um einen berüchtigten Kriminellen, wie es scheint.»

Semjon zuckte mit den Schultern, als würde ihn diese Offenbarung in keiner Weise überraschen. «Und sein Name?», fragte er erneut, diesmal sogar noch ungeduldiger.

«St. Sin.»

Kapitel Sieben

Angelica blickte aus dem Fenster, in der Hoffnung, die streunende Katze zu sehen, die jeden Morgen zum Haus kam. Es war bereits Nachmittag, und bisher hatte ihr einziger Gefährte, wenn Semjon nicht bei ihr war, sich nicht blicken lassen.

Sie seufzte und wünschte sich, er würde endlich zurückkehren. Aber wie jeder vermögende Mann gab es sicher geschäftliche Dinge, um die er sich zu kümmern hatte.

Trotzdem. Was sie anging, zeichnete er sich in erster Linie durch seine Qualitäten im Schlafzimmer aus. Angelica erinnerte sich noch immer lebhaft an die erste Nacht mit ihm und auch an den Tag danach. Ihre Einführung in die Welt der Sexualität war atemberaubend gewesen, und sie war sicher, dass sein Können als Liebhaber unübertroffen war.

Wenn sie in ihrem gesamten Leben nur einen Mann haben könnte, dann sollte es dieser sein.

Angelica wusste allerdings, wie unwahrscheinlich es war, dass ihr hübscher, kleiner Traum in Erfüllung gehen würde. Wohlhabende und erfolgreiche Männer waren ganz sicher nicht darauf aus, eine Frau wie sie zu heiraten.

Keine Familie. Kein Vermögen. Stets dort zu landen, wo der Wind sie hintrieb – und das nicht immer auf den Füßen. So wie es aussah, würde ihr Glück nur so lange andauern wie ihre Schönheit.

Sie ging unruhig durch die kleinen Räume des gemieteten Hauses und blieb irgendwann vor einem Spiegel stehen, um ihre Erscheinung in Augenschein zu nehmen. Angelica strich erst über ihr Kleid und dann über ihr Haar. Beides sah nicht gerade ordentlich aus, doch sie war viel zu nervös, um das zu korrigieren.

Immerhin kündigte in diesem Moment ein leises Kratzen an der Tür die Rückkehr der Katze an, und Angelica trat in ihrem Kleid und dünnen Pantoffeln nach draußen, um die Freundin zu sich zu holen.

«Wo hast du denn gesteckt?» Die Katze schien mit jedem Tag zutraulicher zu werden und kuschelte sich schnurrend und auf dem Rücken liegend in Angelicas Arme, während die beiden zurück ins Haus gingen. «Ich hoffe, du hast dich nicht mit diesem hässlichen, alten Kater abgegeben, den ich auf dem Zaun im Hinterhof gesehen habe. Ich habe das Gejaule sehr wohl gehört. Keinen Nachwuchs, wenn ich bitten darf.»

Sie setzte die Katze auf das Sofa, wo das Tier zunächst die Kissen mit seinen Pfoten knetete, bevor es sich schließlich zum Schlafen zusammenrollte.

Es gab im Haus nicht recht etwas zu tun. Und auch wenn Semjon ein überaus aufmerksamer Mensch war, hatte er doch keine Bücher gekauft und auch sonst für keinerlei Ablenkung gesorgt.

In der Tat war bisher allerdings auch wenig Zeit gewesen, sich um diese kleinen Bequemlichkeiten zu kümmern. Und Angelica hatte das Gefühl, kein Recht zu haben, sich über ihr Eingesperrtsein zu beschweren.

Sie streichelte die Katze und wünschte dabei, sie hätte ebenfalls die Freiheit, zu kommen und zu gehen, wie es ihr beliebte. Es würde sicher nicht mehr lange dauern, bis Semjon genug von ihr und diesem Liebesnest hatte. Und doch war es äußerst angenehm, die Herrin eines Hauses zu sein und gleichzeitig ihn als ihren Herrn zu haben.

Immerhin hatte er daran gedacht, ihr Kleider und Unterzeug zur Verfügung zu stellen. Die Sachen waren zwar nicht maßgeschneidert, passten aber alle perfekt und waren auch ganz neu. Sein Geschmack schien zu tief ausgeschnittenen und eher transparenten Dingen zu neigen, doch als der riesige Koffer mit Kleidung eingetroffen war, hatten sich darin auch ein oder zwei Schultertücher und ein dicker Umhang befunden. Der Koffer war so vollgestopft gewesen, dass sie bisher allerdings noch keine Zeit gefunden hatte, den gesamten Inhalt einer genaueren Betrachtung zu unterziehen.

Angelica hatte keine Ahnung, was Semjon für sie beide plante – wenn er denn überhaupt etwas plante. Aber sie fühlte sich dennoch sicher in dem kleinen Häuschen, denn er hatte ihr endlich verraten, dass einige Wachmänner auf sie aufpassten. Die Männer zeigten sich allerdings nie, und Angelica hatte bisher noch nicht einmal einen kurzen Blick von ihnen erhaschen können.

Nun gut. Wenn sie schon kein Buch zum Lesen oder kein Klavier zum Musizieren hatte, dann konnte sie ebenso gut das Kleid und das Unterkleid flicken, die sie so voller Wollust zerrissen hatte. Die Erinnerung an diesen leidenschaftlichen Moment heiterte sie sofort wieder auf. Sie hatte beide Kleidungsstücke in den Kleiderschrank gehängt, die Knöpfe in einem kleinen Täschchen aufbewahrt und ihn gebeten, Nadel und Faden ins Haus liefern zu lassen.

Wie so vieles andere im Haus hatte irgendjemand ein Nähkästchen auf die Türschwelle gelegt, das sie gestern gefunden und ebenfalls in den Kleiderschrank gelegt hatte.

Angelica ging nach oben, legte alle Utensilien vor ein besonders sonniges Fenster und zog sich einen Stuhl heran. Den Mund voller Nadeln, nähte sie summend wohl mindestens eine Stunde lang vor sich hin und war überaus froh, etwas zu tun zu haben, das die Zeit schneller vergehen ließ und sie ablenkte.

In den düstersten Ecken ihres Hirns lauerten allerdings schreckliche Erinnerungen an ihren Stiefbruder und ihr grauenhaftes Eingesperrtsein. Auch wenn sie nur eine Sekunde an ihn zurückdachte, begannen ihre Hände zu zittern. Sie stach sich prompt mit einer Nadel in den Daumen, sodass sie ihr Nähzeug beiseitelegen und etwas Blut von ihrem Finger lecken musste. Schon der kleinste Tropfen davon würde ausreichen, um das helle Kleid und das Unterkleid zu beflecken.

Die kleine Wunde heilte zwar recht schnell wieder zu, aber zu diesem Zeitpunkt hatte sie bereits das Interesse an ihrem Tun verloren. Und so kehrte ihre Unruhe zurück und legte sich wie ein dunkler Schatten auf ihre Seele.

Angelica hängte die halbreparierten Stücke zurück in den Schrank und unterzog den Koffer mit den Kleidern einer erneuten Untersuchung. Semjon hatte ihr angeraten, das Haus nicht zu verlassen, und sie hatte sich einverstanden erklärt, ihr Gesicht nicht außerhalb seiner Mauern zu zeigen.

Ein Schleier würde ihr helfen, dieses etwas voreilig gegebene Versprechen zu halten. Ob derjenige, der den Koffer mit Kleidungsstücken gefüllt hatte, auch an dieses Accessoire gedacht hatte? Sie zog ihn zu sich heran, öffnete den Deckel, fing an, darin herumzuwühlen, und legte die herausgenommenen Stücke in Haufen zusammen.

Angelica fand ein dünnes, sehr edles Schultertuch aus feiner grauer Wolle, das ihr zum Zweck der Verschleierung sicher dienlich sein könnte. Sie stand auf, wickelte es um ihren Kopf und zog den verbleibenden Stoff dann über ihr Gesicht. Es war recht leicht, durch das hauchdünne Material etwas von der Umgebung zu erkennen. Sie stellte sich vor den Spiegel, zuckte bei dem Anblick, der sich ihr bot, allerdings leicht zusammen.

Das Material ließ sie geradezu geisterhaft aussehen, und

sie hatte sich einen Moment lang kaum selbst erkannt. Aber das ließ sich nun mal nicht ändern.

Sie nahm das Tuch wieder ab und holte ein warmes Überkleid aus Wolle, den Umhang und einen Schal aus dem Koffer, mit dem sie ihren improvisierten Schleier zu fixieren gedachte. Es dauerte nur ein paar Minuten, bis sie die Sachen schließlich übergezogen hatte und einen prüfenden Blick aus der Eingangstür warf. Angelica kam sich äußerst abenteuerlustig vor, hatte aber auch ein wenig Angst.

Als sie schließlich nach draußen trat, erhaschte sie in einem der Fenster einen Blick auf ihr Spiegelbild und stellte voller Zufriedenheit fest, dass sie in dem Aufzug wirklich nicht zu erkennen war. Sie fand, dass sie wie eine Novizin irgendeines unbekannten Nonnenordens aussah.

Es ist ja nur für ein oder zwei Stunden, sagte sie sich. Semjon hatte erwähnt, dass er nicht vor Einbruch der Dunkelheit zurückkehren würde, und er musste ja nicht unbedingt erfahren, was sie zuvor getrieben hatte.

Zu ihrer Erleichterung war auf der Straße vor dem Haus niemand zu sehen. Die schon etwas schrägstehende Nachmittagssonne schien in satten Strahlen auf die größeren Gebäude, die vor den kleinen Hinterhäusern standen, spendete allerdings nicht allzu viel Wärme. Angelica stellte den Kragen ihres Umhanges hoch und trat aus dem Haus.

Es war in der Tat eine große Freude, endlich frei zu sein, und sie wurde in ihrer seltsamen Verkleidung weder von Männern noch von Frauen weiter beachtet. Angelica war nicht bewusst gewesen, dass die Hinterhäuser so dicht an den Hauptstraßen von Mayfair lagen. Aber das geschäftige Treiben war genau das, was sie jetzt brauchte.

Ab und zu blieb sie vor einem interessanten Schaufenster stehen, aber was sich auch in der Auslage befand, sie hielt sich nie länger auf, um ja nicht von irgendeinem Händler hineingebeten zu werden. Der Alltag der anderen Menschen – Menschen, die sie nicht kannte und auch niemals kennenlernen würde – war willkommene Ablenkung und Trost für sie.

Irgendwann entdeckte sie in einer etwas abgelegenen Ecke eine Bank. Und da ihre Füße vom Gehen auf dem Kopfsteinpflaster bereits schmerzten, steuerte sie dankbar darauf zu. Angelica zog den Umhang fest um ihren Körper und wünschte sich, die Bank würde an einem sonnigeren Ort stehen. Dennoch war es überaus amüsant, das Treiben der Menge zu beobachten, die jetzt in erster Linie aus Haushälterinnen, Müttern und Hausmädchen bestand, die aus den Häusern gekommen waren, um für das Abendessen einzukaufen – zumindest, wenn man vom Inhalt der Körbe ausging, die sie trugen.

Auf der Innenseite ihres Umhangs war ein kleines Täschchen eingenäht, in dem sich ein paar Münzen befanden. Aber Angelica wollte auf keinen Fall das Risiko eingehen, sich an einem öffentlichen Platz etwas zu essen oder zu trinken zu kaufen. Da ihr mittlerweile wirklich recht kalt war, stand sie auf und ging weiter die Straße hinunter, die sich von ihrem Sitzplatz bis hin zu einer Kirche schlängelte.

Zwar war sie nicht religiös, hatte aber schon oft in Kirchen gesessen, um dort einfach ein wenig ihren Gedanken nachzuhängen. Obwohl ihre Mutter es stets missbilligt hatte, war sie vor langer Zeit ab und zu mit einer Freundin zur Sonntagsmesse und manchmal auch zur Beichte am Samstag gegangen.

Ihrer Mutter waren die komplizierten Rituale der Kommunion und die lateinischen Intonationen immer suspekt gewesen. Angelica hingegen hatten die teilweise seltsam anmutenden Bräuche nie etwas ausgemacht. Ja, selbst der Geruch von Weihrauch an ihren Kleidern war ihr angenehm gewesen – auch wenn ihre Mutter das fast am meisten schockiert hatte.

Die Sicht durch ihren Schleier war so verschwommen, dass sie nicht recht ausmachen konnte, um was für eine Kirche es sich handelte. Als sie näher heranging, kamen Arbeiter aus der Tür, die Statuen und andere Dinge aus dem Gotteshaus trugen. Sie konnte sich vage erinnern, dass auch in der Kirche ihrer Kindheit derartige Gegenstände vorhanden gewesen waren.

«Was tun Sie denn da?» Der jungen Frau wurden erst bewusst, dass sie die Frage laut ausgesprochen hatte, als ihr einer der Arbeiter antwortete.

«Das, wofür wir bezahlt werden, Miss. Die Kirche wird dekonsekriert», erklärte er. «Die Nachricht ist hier angeschlagen.» Er deutete auf einen Zettel an der Kirchentür. «Sie wurde verkauft.»

Angelica wusste nicht, dass Kirchen auch verkauft wurden, aber nach kurzem Nachdenken befand sie, dass es sich schließlich um ein Gebäude wie jedes andere auch handelte. Sie schaute hinauf auf die in Stein gemeißelten Figuren der vier Evangelisten und fragte sich dabei, ob sie wohl ebenso traurig aussah wie jene Statuen.

Als die Männer ihr Tun anscheinend beendet hatten, ging sie hinein und setzte sich auf eine der Kirchenbänke. Diese Bänke werden ja wohl hierbleiben, dachte sie bei sich.

Das Hauptschiff der Kirche war leer, wurde aber von den letzten Sonnenstrahlen des Tages erleuchtet. Schon einfach nur dort zu sitzen erfüllte sie mit Frieden – auch wenn es bewegende Erinnerungen an unschuldigere Tage mit sich brachte.

Auf einmal bemerkte Angelica eine Bewegung, die sie selbst durch den Schleier hindurch wahrnahm. Und noch ehe sie sich in Erinnerung rufen konnte, dass sie keine Aufmerksamkeit auf sich ziehen durfte, drehte sie sich ruckartig um.

Da stand ein großer Mann mit einem freundlichen Lächeln, der einen langen schwarzen Mantel mit einer weißen Halsbinde trug. Sie konnte nicht sagen, ob es sich um einen einfachen Geistlichen oder einen Priester handelte. Irgendwie schien er keines von beidem zu sein. Aber da es sich um eine katholische Kirche handelte, entschied sie, dass es sich wohl doch um irgendeinen Priester handeln musste. Man sah sie nicht häufig, höchstens im Viertel der hugenottischen Seidenweber. Aber das befand sich in einiger Entfernung zu dieser Gegend.

Er neigte grüßend den Kopf und kam ein wenig näher. Angelica sah, dass er neben einem Beichtstuhl stand, und für einen kurzen Moment beneidete sie die Menschen seines Glaubens um ihre heiligen Riten von Beichte und Absolution.

Der Gedanke an die Lust, die ihr Stiefbruder für sie empfand, erfüllte die junge Frau mit großer Scham. Ganz im Gegensatz zu dem, was sie mit Semjon getan hatte. Ihr Liebesspiel hatte etwas Erweckendes und Wunderbares gehabt, und sie hatte das Gefühl, als würden die Verletzungen ihrer Seele dadurch langsam heilen. Ganz gewiss hatte er sie zumindest so beschützt, wie es vor ihm noch kein anderer Mann getan hatte.

Würde sie ihre Gefühle beichten können, würde Victor sie vielleicht nie wieder heimsuchen, dachte sie und schaute hinauf in das Licht des leeren Kirchenschiffs.

Doch sie versuchte sofort, die seltsame Idee wieder aus ihrem Kopf zu verbannen. Das Ritual der Beichte war immerhin ein heiliges Sakrament – und sie konnte sich weder an die Worte erinnern, die man dabei zu sprechen hatte, noch was sie eigentlich bedeuteten.

Plötzlich eilte eine andere Frau, deren Antlitz von einem

Hut verborgen war, den Altargang hinunter und betrat den Beichtstuhl. Der Priester – er musste einfach ein Priester sein – schlüpfte von der anderen Seite ebenfalls hinein.

Angelica saß wie erstarrt da, konnte aber nur ein unverständliches Murmeln hören.

Ich werde beichten. Ich muss es tun … auch wenn es keine Sünde war, die ich selbst begangen habe, dachte sie, und der Gedanke hallte in ihrer Seele wider.

Als die Frau den Beichtstuhl verließ, atmete sie schwer, aber voller Erleichterung, Gehör gefunden zu haben, in ein zerknülltes Taschentuch. Sie blieb nicht stehen, um ein Bußgebet zu sprechen, und trug auch keinen Rosenkranz bei sich. Aber Angelica bemerkte nichts von alledem. Wie unter einem Zauber stehend, erhob sie sich von der Kirchenbank und betrat den Beichtstuhl. Im Inneren konnte sie auf der anderen Seite eines geflochtenen Metallgitters den Schatten des großen Mannes erkennen.

Die Worte, die er murmelte, sagten ihr nichts, und sie antwortete ihm in einer Stimme, die so tief und hastig war, dass sie sich selbst kaum verstand.

Seine Stimme war ebenso freundlich, wie sein entferntes Lächeln gewesen war. Wie ein Sturzbach floss Angelicas Geschichte aus ihrem Mund. Dabei war es ihr völlig gleichgültig, ob er sie überhaupt verstand oder ob ihr hinterher Absolution erteilen würde.

Als sie fertig war, presste sie ihre Hand auf das geflochtene Gitter und dankte ihm.

Er antwortete ihr in Lateinisch. Erneut verstand sie den Inhalt seiner Worte nicht, aber auch jetzt war es ihr egal. Sie verließ den Beichtstuhl und eilte aus der Kirche. Dabei fiel ihr nicht einmal auf, dass das Kirchenschiff nicht mehr von Tageslicht erhellt war. Und gerade als die Dunkelheit sich endgültig über die Stadt legte, erreichte sie den sicheren Hafen ihres kleinen Hinterhäuschens. Sie fühlte sich auf seltsame Weise berauscht und war sehr, sehr müde.

Als Semjon nach Hause kam, fand er sie schlafend und an die Katze geschmiegt auf dem Sofa liegen. Er nahm den Umhang von ihren Schultern, in der Annahme, dass sie ihn als Decke benutzt hatte, und legte ihn über einen Stuhl, auf dem ein dünnes graues Schultertuch lag. Es war zugig in dem kleinen Haus, und das Feuer im Kamin war erloschen. Er platzierte sich recht umständlich in eine Position, in der er ihr den Rücken wärmen konnte. Mit einem Fuß auf dem Boden, um nicht das Gleichgewicht zu verlieren, flüsterte er ihr so lange süße Nichtigkeiten ins Ohr, bis Angelica schließlich erwachte.

«Du!», entfuhr es ihr erschrocken, aber immer noch recht verschlafen. Sie war erfüllt von einem unbekannten Wohlgefühl, fast, als hätten ihre geheime Beichte und das Gefühl von Sicherheit in diesem versteckten Haus gemeinsam dafür gesorgt, ihre Vergangenheit auszulöschen. Ob und wann diese Vergangenheit sie wieder einholen würde, daran wollte sie in diesem Moment einfach nicht denken. Nicht, wo er jetzt hier bei ihr war. Seine warme Lust berauschte sie.

«Wer denn sonst? Lässt du sonst noch jemanden in dieses Haus?», fragte er voller Entrüstung.

«Nur die Katze.»

Als würde das Tier begreifen, dass es das fünfte Rad am Wagen war, sprang es auf und streckte sich, während Angelica sich in Semjons Arme schmiegte.

«Niemanden sonst, Milord.»

Er machte es sich etwas bequemer und gab ihr einen zärtlichen Kuss. «Nenn mich nicht so. Nicht einmal im Scherz. Wir sind gleichwertig.»

«Das sind wir wahrlich nicht.» Sie presste den Mund an

seinen starken Hals und spürte seinen Puls an ihren Lippen. «*Du* kannst kommen und gehen, wie es dir beliebt», erklärte sie mit neckender Stimme, «und *ich* muss hierbleiben.» Angelica hatte weder vor, ihm von ihrer kurzen Flucht noch von ihrer Beichte in der seltsamen Kirche zu berichten. Auch wenn ihr Herz sich jetzt leichter anfühlte, kam ihr das Ganze doch fast wie ein Traum vor.

«Aber nicht für immer, Angelica.»

Sie wusste nicht, was sie darauf erwidern sollte, denn seine Worte waren auf mehr als eine Weise zu interpretieren. «Nun denn. Rechnest du mit einem Abendessen? Es gibt nämlich keines.»

Semjon zog sie noch enger an sich. «Ich habe ein gebratenes Hühnchen aus dem Wirtshaus mitgebracht. Und eine Flasche Sherry.» Das Getränk hatte er aus Antoschas Schrank entwendet, auch wenn er sehr wohl wusste, dass der Sekretär ihn dafür später zur Rechenschaft ziehen würde.

«Du bist ein Schatz, Semjon. Und sehr gütig zu mir.»

Nachdem Angelica ihm ihre Dankbarkeit gezeigt hatte, indem sie seine Kleider zerknittert hatte, ihm mit den Fingern durchs Haar gefahren war und ihm einige heftige Küsse auf den Mund gedrückt hatte, schubste sie ihn vom Sofa herunter.

«Angelica …» Er ging mit einem lauten Poltern zu Boden.

«Aber ich habe Hunger. Ich werde das, was ich da gerade begonnen habe, nach dem Essen fortsetzen.»

«Na schön», stimmte er grummelnd zu, stand auf und folgte ihr in die Küche, wo die Katze bereits Papier und Schnur des mitgebrachten Päckchens mit ihren Krallen bearbeitete. Nachdem Semjon das Tier nach draußen gesetzt hatte, zog es von dannen und ließ die beiden damit endgültig allein.

Der Mond schien kalt und blau durch die geschlossenen Fenster, aber im Schlafzimmer war es warm. Doch es war nicht der Kerzenstummel in der Ecke, der den Raum erwärmte, sondern ihre nackten, ineinander verschlungenen Körper, die sich in sinnlichem Rhythmus im Bett bewegten.

Semjon stützte sich auf seine Arme und verlagerte sein Gewicht von ihrem Körper auf seine Handflächen, während er sich in der schmeichelnden Weichheit zwischen ihren Schenkeln vergrub. Eng und feucht schmiegte sich ihre Möse um seinen Luststab, und Angelica wusste genau, wie sehr dieser Akt ihn erregte. Wieder und wieder stieß er zu, die Augen voller Wonne geschlossen. Und sie nahm die gesamte Länge seiner Rute ebenso glückselig in sich auf. Und obwohl das allererste Eindringen seines Geschlechts in ihre Spalte erst ein paar Tage her war, empfand Angelica keinerlei Schmerzen bei ihrer erneuten Vereinigung.

Ihre Hände glitten von seiner Hüfte hin zu seinen zusammengepressten Pobacken. Wie herrlich sich die Grübchen anfühlten, die sich mit jedem Stoß und jedem Anspannen seiner Muskeln bildeten. Rein und raus. Rein und raus. Und jedes Mal klatschten seine schweren Hoden gegen ihren nackten Po.

Sie wand sich unter ihm und zog die Knie an. Am liebsten hätte sie die Beine über seine Schultern gelegt, um ihn so tief wie möglich in sich spüren zu können.

Plötzlich senkte Semjon den Kopf, leckte sich den Schweiß von der Oberlippe und blickte sie durch halbgeschlossene Augen an. Dann richtete er sich auf und packte zunächst einen, dann auch den anderen ihrer Knöchel, um ihre Beine in die Höhe zu stemmen und ihren Po anzuheben, bevor er seine Stöße fortsetzte.

Semjon stützte sein Gewicht auf die Ellbogen, nicht auf die ausgestreckten Arme, sodass sein Körper ihr noch näher war als zuvor. In dieser Stellung wurden Angelicas Brüste aufs köstlichste zusammengedrückt, und ihre Nippel strichen wieder und wieder über seinen Oberkörper. Semjon stöhnte jedes Mal lüstern auf, wenn er die Berührung ihrer Brüste spürte, und auch Angelicas Erregung wurde immer größer. Doch obwohl sich beide längst in höchster Leidenschaft verloren hatten, entzog Semjon sich mit einem Mal und blickte sie schwer atmend an.

«Wieso?», flüsterte sie.

Angelica sah, wie er seinen Schaft mit aller Macht zusammenpresste. «Damit ich nicht zu früh komme, du kleines Biest», keuchte er.

Seine Erektion wurde durch seine Bemühungen zwar nicht unbedingt schwächer, aber er atmete nicht mehr so schnell.

Bevor sie erneut etwas sagen konnte, drehte Semjon sie um und hob ihren Unterleib sanft an, indem er die Hände unter ihre Hüften legte. Angelica vergrub ihr Gesicht im Kissen und wurde dunkelrot. Wie unglaublich wollüstig und zugleich natürlich es sich doch anfühlte, für ihn auf allen vieren zu sein.

Doch er drang nicht in sie ein, sondern positionierte sich so über ihrem Körper, dass auch er auf allen vieren war.

Nein, auf dreien.

Eine seiner Hände benutzte Semjon nämlich, um an ihren Brüsten zu spielen und sie dabei in die Nippel zu kneifen – wenn er eines davon habhaft werden konnte. Die Vielzahl an Emotionen und das Reiben seines Gemächts auf ihrem Rücken fühlten sich einfach herrlich an. Er genoss ihre Lustlaute, biss ihr immer wieder sanft in den Hals und die runden Schultern und flüsterte ihr sinnliche Versprechungen ins Ohr, was er als Nächstes mit ihr tun würde.

«Dann tu es», erwiderte sie flüsternd.

Seine Hand glitt zwischen ihre Beine und verwöhnte ihre

Möse mit zwei Fingern, die er immer wieder über die Perle ihres Kitzlers gleiten ließ. Angelica erstickte ihre entzückten Schreie mit dem Kissen, das sich an ihrem geöffneten Mund schon ganz feucht anfühlte. Alles, was er mit ihr tat, erfüllte sie mit höchsten Lustgefühlen. Und sie wollte immer mehr.

Als er sich wieder hochstemmte, wartete sie. Nicht unbedingt geduldig, aber sie wartete.

Sie spürte nur seine warmen, männlichen Hände auf ihren Pobacken, hatte aber keine Ahnung, wo der Rest von ihm war. Angelica hielt den Atem an, begann aber sofort wie wild zu keuchen, als er sie von hinten dehnte und seine lange Zunge in ihren zuckenden Schlitz schob.

Auch seine Zunge fuhr rein und raus, rein und raus. Der Rhythmus hatte etwas so Starkes und Sicheres, dass sie sich bereits kurz vorm Höhepunkt wähnte. Doch ohne eine Berührung ihrer empfindlichen Lustknospe konnte dieser Höhepunkt sich nicht einstellen.

Angelica stöhnte vor lüsternem Vergnügen. Und auch wenn sie sich zutiefst befriedigt fühlte, war sie doch gleichzeitig ganz und gar unbefriedigt. Das musste er doch wissen.

«Du Bestie!», keuchte sie. «Spiel nicht so mit mir!»

Doch sein Mund war für eine Entgegnung zu sehr damit beschäftigt, ihre Möse zu küssen. Immer tiefer bohrte sich seine Zunge in ihre widerstandslose Mitte. Ihre inneren Muskeln saugten sich förmlich an dem liebevollen Eindringling fest. Sie wollte alles, was er ihr zu geben hatte. Nach kurzer Zeit ließ Semjon von ihrem bebenden Hinterteil ab, und Angelica hörte, wie er sich den Mund abwischte. Dann spürte sie, wie seine freigelegte Eichel sich heiß gegen ihre Schamlippen presste. Er hielt ihre Hüfte umschlungen und versenkte sein Geschlecht nur einen knappen Zentimeter in ihrer Spalte.

Angelicas Möse spannte sich erneut voller Lust an. Semjon stöhnte auf, rammte seinen Schwanz tief in sie hinein und presste seinen Unterleib mit mahlenden Bewegungen gegen ihren Po. Für den Fall, dass er sie mit seinen Stößen auf den Boden befördern könnte, klammerte Angelica sich am Bett fest. Dabei hätte sie in ihrer Leidenschaft nicht einmal etwas dagegen gehabt.

Plötzlich entzog er sich mit einem wilden Brüllen, rieb wie besessen an seinem Schaft und spritzte ihr dann seinen heißen Saft auf Po und Rücken.

Als sein Höhepunkt abebbte, brach er schluchzend und selig stöhnend über ihr zusammen. Auf eine Handfläche gestützt, griff er dann aber sofort unter sie, um ihre feuchte, kleine Knospe so lange mit seinen geschickten Fingern zu bearbeiten, bis auch sie in wenigen Sekunden denselben Grad der Ekstase erreichte. Kurz vor ihrem Orgasmus drehte er sie auf den Rücken, um sie während dieses herrlichen Moments höchster Erregung zusätzlich mit lüsternen Küssen zu verwöhnen.

Nachdem nun beide ihre Erfüllung erlebt hatten, warf er sich völlig erschöpft an ihre Seite und zog sie in dem Gewirr aus Laken, Schweiß und Lustsäften dicht zu sich heran. Und damit war die Bestie endlich befriedigt.

Kapitel Acht

«Nun denn», hob Semjon an, während er sie am nächsten Morgen dabei beobachtete, wie sie Tee einschenkte, «wir müssen langsam mal entscheiden, was wir mit dir tun, Angelica.»

«*Wir* müssen das entscheiden? Oder *du* musst das entscheiden?», fragte sie, schlang den weichfließenden Batiststoff ihres Negligés um den Körper und nahm ihm gegenüber Platz. Ihr Haar war in Teilen zu einem losen Knoten gebunden, doch ein paar ihrer langen Locken umschmeichelten ihren Hals.

Semjon sah sie voller Zuneigung an und tätschelte liebevoll den mit einem Pantoffel beschuhten Fuß, den sie in seinen Schoß gelegt hatte. «Was würdest du denn vorziehen, mein Liebling?»

«Dass *ich* entscheide.»

Er hob vorsichtig seine Tasse an und blies über den heißen Tee, um ihn ein wenig abzukühlen. «Eine lobenswerte Absicht, aber du hast keinerlei Verwandte, die dir helfen könnten. Oder zumindest hast du mir noch nicht verraten, ob es da jemanden gibt.»

Ihr Blick wurde sofort verschlossen, und ihre Stimme nahm einen entschiedenen Ausdruck an. «Trotzdem …»

Semjon schüttelte den Kopf. «Frauen sind von Männern abhängig. So ist das nun mal auf dieser Welt. Ich habe diese Regeln nicht bestimmt, also schelte mich auch nicht dafür.»

Angelica setzte sich auf ihrem Stuhl zurück. «Oje. Ich

muss mir Feder und Tinte besorgen, um diesen rührenden Moment in meinem Tagebuch festzuhalten. Es könnte nämlich sein, dass wir kurz vor unserem ersten Zank stehen.»

«Wirklich?»

Sie nickte und verschränkte die Arme. «Ja, wirklich. Bist du etwa anderer Meinung?», fragte sie nach, wurde aber von ihm unterbrochen, noch ehe sie weitersprechen konnte.

«Wenn ich deiner Meinung bin, können wir ja nicht zanken.»

Angelica seufzte. «Aber das werden wir noch. Schließlich hat alles in der normalen Reihenfolge begonnen. Es wird indirekt eine problematische Frage gestellt ...»

«Ich kann mich gar nicht erinnern, dir eine Frage gestellt zu haben.»

«Du hast von meiner Familie gesprochen. Einer Familie, von der du rein gar nichts weißt.»

Er nickte, trank seinen Tee aus und hielt ihr dann seine Tasse zum Nachschenken hin. Sie warf ihm einen vielsagenden Blick zu, der dafür sorgte, dass er sich diesmal selbst nachgoss – allerdings nicht, ohne dabei leicht empört zu schnauben. «Es wäre sehr hilfreich, wenn du dich mir anvertrauen würdest, Angelica.»

Sie ignorierte seine Bitte. «Streitigkeiten folgen stets einem gewissen Muster, denke ich.» Sie hob eine Hand, um die Reihenfolge dieses Musters daran abzuzählen. «Erstens: Es wird in dem Moment eine schwierige Frage gestellt, wenn die andere Person nicht damit rechnet. Zweitens: Es entsteht ein geradezu unvermeidliches Missverständnis. Und drittens: Der Fragesteller zieht sich kurzzeitig zurück, schlägt dann aber gleich erneut zu.»

«So etwas Gemeines würde ich einer Frau niemals antun.»

Ihre Erwiderung fiel recht unbeschwert aus. «Wieso denn

nicht? Das Gesetz gestattet es schließlich. Ein Ehemann darf seine Frau sogar mit einem Stock schlagen, wenn es ihm beliebt – solange der Stock nicht dicker als ein Daumen ist.»

«Dann ist das Gesetz keinen Pfifferling wert, wie jemand einst sagte.» Er blickte sie ernsthaft an. «Wurde deine Mutter denn je geschlagen oder schlecht behandelt? Ich muss ja annehmen, dass du selbst nie vermählt warst, Angelica.»

«Wurde sie nicht. Und nein, ich war nie vermählt.» Diese knappe Antwort musste ihm reichen. «Aber mein Stiefvater hat mich von diesem Gesetz in Kenntnis gesetzt.»

«Dein leiblicher Vater ist also tot.»

Er war überaus geschickt darin, sie in Verlegenheit zu bringen. Und sie war bereit, ihm dafür eine gewisse Belohnung zu erteilen. «Ja. Genau wie mein Stiefvater und meine Mutter selbst. Sie wurden beide von einem ansteckenden Fieber dahingerafft.»

«Und daraufhin bist du nach London gekommen. Als Waise.»

«Bei dir klingt das ja, als wäre ich jung genug gewesen, um in einem Korb auf einer Türschwelle abgesetzt zu werden.» Sie warf ihm einen geringschätzigen Blick zu, in der Hoffnung, er würde nicht weiter in sie dringen. «Mehr musst du von meinem Leben nicht wissen, Semjon. Wir zanken sehr wohl. Und das weißt du auch ganz genau.»

Er grinste sie breit an und ließ sich von ihrer gereizten Antwort in keiner Weise aus der Fassung bringen. «Dann hoffe ich, dass dies der erste von vielen Streits sein wird. Trink doch etwas Tee, Angelica. Der wird dir helfen, richtig wach zu werden.»

Sie schwieg für den Moment und ließ sich von ihrem Gegenüber die Tasse nachfüllen. Nachdem sie etwas Milch und ein wenig Zucker dazugegeben hatte, nahm sie einen ersten Schluck und blickte ihn dabei prüfend an.

Er trug immer noch dieselbe Kleidung wie am Abend zuvor und sah auf hinreißende Weise verwegen aus. Sie mochte ihn so. Unrasiert. Die Haare in alle Himmelsrichtungen abstehend, als wäre er ein wildes Tier, das gerade aus seinem Bau gekommen war. Es musste dringend geschnitten werden, dachte sie bei sich. Ob er ihr wohl erlauben würde, diese Aufgabe zu übernehmen? Wenn ja, würde sie eine seiner Locken als Andenken behalten. Schließlich würde es sonst kaum etwas geben, was sie an ihn erinnern könnte.

Angelica war überzeugt, dass diese häusliche Idylle nicht andauern konnte. Das sonnendurchflutete, kleine Haus, ihre starke, sinnliche Verbindung, die eheähnliche Atmosphäre des heutigen Morgens – nichts von alledem war dauerhaft. Eine alleinstehende Frau war ein verletzbares Wesen, das hatte er selbst gesagt.

Und doch würde es ihr ja vielleicht gelingen, ohne Semjons Hilfe England und ihrem niederträchtigen Stiefbruder zu entfliehen. Und auch wenn er sie anflehen würde, unter seinem Schutz in London zu bleiben, solange Victor am Leben war, brächte sie damit sowohl sich selbst als auch Semjon in Gefahr.

«Worüber denkst du nach?», fragte er und holte sie damit aus ihren Grübeleien.

«Über das, was du über Frauen gesagt hast.»

Semjon nickte. «Es wäre mir eine Ehre, wenn du auf mich angewiesen wärst, Angelica.»

«Ich fürchte, das tue ich bereits.»

Er richtete sich auf, setzte sich gerade auf seinen Stuhl und betrachtete sie eindringlich. «Ich sollte dir wohl sagen, dass ich bereits eigene Erkundungen eingezogen habe.»

Angelica presste einen Moment die Lippen zusammen, um sich ein wenig zu beruhigen. Dabei klopfte ihr Herz wie wild in der Brust. «Und was hast du herausgefunden?»

«Zum einen, dass das Haus, in dem du gefangen gehalten wurdest, eine merkwürdige Geschichte hat.»

«Geschichte? Aber es schien so neu. Als hätte es zuvor noch nie jemand bewohnt. Ich glaube, es wurde als Bordell benutzt ...» Sie hielt inne, dachte an den kargen Raum, in dem sie angekettet erwacht war, und auch an das andere Zimmer mit seiner kostspieligen, aber irgendwie auch geschmacklosen Einrichtung.

«Und der Mann, in dessen Besitz es sich befindet, trägt einen noch merkwürdigeren Namen.»

Angelica hielt kurz den Atem an, bevor sie erneut das Wort an ihn richtete. «Wirklich? Wie heißt er denn?» Der Vor- und Nachname ihres Bruders war nicht sonderlich weit verbreitet, doch weder der eine noch der andere ließen sich wirklich als sonderlich merkwürdig bezeichnen. Er soll den Namen ruhig nennen, dachte sie bei sich. Sie würde die Information ganz sicher nicht herausposaunen.

«Er ist bekannt unter dem Namen St. Sin.»

«Diesen Namen habe ich noch nie gehört.»

Semjon nickte. «Das will ich hoffen. Er ist scheinbar ein berüchtigter Verbrecher, wurde allerdings noch nie vor Gericht gestellt.»

«Wieso sollte man ihn denn vor Gericht stellen?»

«Er ist ein Zuhälter. Eine durchaus gängige Profession, gewiss, die nicht gerade oft strafrechtlich verfolgt wird.»

«Nein», erwiderte sie voller Zorn. «Einige betrachten derlei Tätigkeit ja geradezu als Dienst an der Öffentlichkeit.» Das war also der Geschäftspartner, den Victor erwähnt hatte.

«Und dieser Mann scheint ein besonders grausamer Zuhälter zu sein», fügte Semjon hinzu. «Er soll in den letzten Jahren mehr als ein Mädchen umgebracht haben.»

«Es kommen so viele unschuldige Mädchen vom Land nach London», sagte Angelica mit leiser Stimme. «Die Straßen, die in die Stadt führen, bieten ein gutes Jagdgelände.» Sie erinnerte sich sehr wohl an die groben Männer – und auch Frauen –, die versucht hatten, sie in Häuser von überaus schlechtem Ruf zu locken. Dank ihres Stiefbruders hatte sie allerdings gelernt, niemandem zu vertrauen. Und das allein hatte sie vor solch einem Schicksal bewahrt.

Semjon nickte. «Ja. Und viele von ihnen enden dann schnell als Straßenmädchen. Entweder das, oder sie verhungern. Arme Frauen haben keine große Wahl. Aber ich nehme an, für dich war das wohl anders?»

«Selten so eine unverblümte Fangfrage gehört», entfuhr es ihr bissig.

«Angelica …» Seine Stimme klang beruhigend, und es gelang ihm, ihre Hände für einen Moment in die seinen zu legen, bevor sie sie zurückzog.

«Was?»

«Ich habe dich hier untergebracht, ich habe dir neue Kleider gekauft, ich habe dafür gesorgt, dass du bewacht wirst – ich habe alles getan, was ich konnte.»

«Und dafür bin ich dir aus tiefstem Herzen dankbar», erwiderte sie ganz und gar aufrichtig.

«Aber du wusstest doch, dass wir früher oder später darüber sprechen müssen, was passierte, nachdem du aus dem Haus der Congreves entführt wurdest. Wo ich dich fand? Wer dich dorthin gebracht hatte?»

«Ich weiß auf keine der Fragen eine bessere Antwort als du.» Das war zwar nur die halbe Wahrheit, aber sie wollte verdammt sein, wenn sie ihm erzählte, in welcher Beziehung Victor zu ihr stand. Für ihre und auch für Semjons Sicherheit musste ihr vager Plan, sich eine Schiffspassage in ein fremdes Land zu beschaffen, in die Tat umgesetzt werden. Und das besser früher als später.

«Aber …»

Sie würde ihn zunächst hinhalten und mit einer Frage ablenken müssen.

«Du hast mir nie erzählt, wie du mich gefunden hast, Semjon. Oder wieso du mich überhaupt finden wolltest.»

Es dauerte einen Moment, bis er sich gefasst hatte. Oder versuchte er vielleicht, sich eine Lüge zu überlegen? Sie wagte es nicht, die Frage laut auszusprechen, aber Angelica fand, dass die Vermutung nicht unbedingt allzu weit hergeholt war.

«Ich bin noch am selben Abend in das Haus der Congreves zurückgekehrt. Ich wollte dich unbedingt wiedersehen.»

«Gehört es zu deinen Gewohnheiten, mit Hausmädchen zu flirten?» Die Schärfe in ihrer Stimme schien ihm förmlich ins Herz zu stechen.

«Mir schien, als wärest du mehr als das. Ich war verzaubert von dir – so kurz unsere erste Begegnung auch war.»

«Ich nahm deinen Mantel an. Ich lächelte und nickte, und du gingst deiner Wege.»

«Ganz gleich. Als ich in den Ballsaal zurückkehrte, erkannte ich schnell, dass keine der anwesenden Frauen es mit deiner Schönheit und deinem Feuer aufnehmen konnte.»

«Pah!»

«Mir war klar, dass du voller Wohlwollen und in einer kultivierten Umgebung aufgezogen wurdest. Doch irgendwie und ohne eigene Schuld hast du einen Niedergang in dieser Welt erlebt. Da war eine Traurigkeit in deinen Augen …»

«Halt!» Angelica sprang gequält auf und eilte aus der Küche in das kleine Vorderzimmer, in dem das Sofa stand.

Semjon erhob sich ebenfalls und folgte ihr. Doch da er sich ihrer aufgewühlten Emotionen durchaus bewusst schien, hielt er sich zurück. Wie er da so mit einer Hand an den Türpfosten zwischen dem einen und dem anderen Raum gelehnt dastand, wurde Angelica erneut bewusst, dass dieses Haus einfach zu klein für ihn war. Und auch für die in goldenes Sonnenlicht getauchte Gemütlichkeit schien er irgendwie zu ungezügelt zu sein.

«Verzeih mir, wenn ich dir jetzt sage, dass diese Traurigkeit immer noch in deinen Augen geschrieben steht, mein Liebling.»

«Wieso sollte ich auch nicht traurig sein? Und starr vor Angst?»

«Natürlich …»

«Ich wünsche, nicht länger darüber zu sprechen. Und ich muss dich bitten, weitere Fragen zu unterlassen.»

Er schüttelte den Kopf. «Bitte hör mich doch an. Ich kann einfach nicht anders, als dich zu beobachten – auch wenn du entschlossen scheinst, nichts von dir preiszugeben. Aber du bist nicht das Kind von Dienstboten und auch nicht auf einem Bauernhof aufgewachsen. Das steht eindeutig fest.»

«Was ist schon dabei?»

«Es würde mir nichts ausmachen, wenn du in derlei Verhältnissen aufgewachsen wärst, Angelica. Ich sage doch nur, was ganz offensichtlich ist.»

Angelica seufzte tief und nahm auf dem Sofa Platz. Er blieb, wo er war.

«Ich werde dir erzählen, weshalb und wie ich dich gerettet habe. Aber lass mich erst zu Ende bringen, was ich sagen wollte.»

«Dann sag es schon.»

Seine Augen waren freundlich und die Stimme tief. «In der kurzen Zeit, die wir zusammen verbringen, wenn wir uns miteinander vergnügen oder uns lieben – in dieser Zeit ist die Traurigkeit in deinen Augen verschwunden. Aber sie kommt immer wieder.»

«Anders ist es wohl kaum zu erwarten.»

«Wenn es nach mir ginge, Angelica, würde ich sie für immer verschwinden lassen.»

Die junge Frau setzte sich so hin, dass sie ihn nicht direkt anblicken musste. «Für immer? Nichts ist für immer. Und Glück schon gar nicht.»

«Mein Liebling …»

«Semjon, ich bin überaus dankbar für das, was du für mich getan hast, aber bitte zwing mich nicht, dir alles über mich zu verraten!», brach es aus ihr heraus. «Denn das kann ich nicht!»

Semjon schwieg eine Weile. «Aber ich muss der Sache weiter nachgehen. Ich kann nicht für deine Sicherheit garantieren, wenn ich nicht mehr über dich in Erfahrung bringen kann. Und du musst mir sagen …» Ein Zögern. «Du musst mir sagen, ob du dieses Haus verlassen hast. Ich habe zufälligerweise einen Blick auf die Sohlen deiner Schuhe geworfen, die du gestern abgelegt hast. Die neuen Schuhe, die ich für dich gekauft hatte.»

«Ja», erwiderte sie mit leiser Stimme. «Ich war draußen. Ich ertrug es einfach nicht mehr, hier drinzusitzen. Aber ich habe mein Gesicht sorgfältig bedeckt.» Sie zeigte mit einem Nicken auf das graue Schultertuch, das über dem Stuhl hing. «Damit. Ich sah etwas merkwürdig aus, sicher. Aber nicht mal ein Mitglied meiner eigenen Familie hätte mich erkannt.»

«Und wohin bist du gegangen?»

«Ich bin durch Mayfair gelaufen. Und als ich müde wurde, ruhte ich mich ein wenig auf einer Bank abseits der großen Straßen aus.»

Er warf einen Blick auf das Schultertuch. «Und niemand hat dich angestarrt? Das kann ich mir gar nicht vorstellen, mit einem Tuch um deinen Kopf gewickelt.»

«Es war kalt», entgegnete sie abwehrend. «Ich habe mich vorher selbst im Spiegel betrachtet, um sicherzugehen, dass mein Gesicht gut verborgen war. Ich fand, dass ich wie eine … wie eine Nonne aussah. Lächerlich, ich weiß. Aber ich musste einfach mal eine Weile ins Freie.»

«Das verstehe ich», sagte er ernst, trat jetzt ganz in den Raum, setzte sich aber nicht hin.

Angelica schaute wehmütig zu ihm. «Geh nicht zu hart mit mir ins Gericht, Semjon.»

«Das werde ich niemals tun. Obwohl ich immer noch genauso wenig über dich weiß wie zuvor. Aber ich nehme an, das wirst du ändern, wenn du dazu bereit bist», seufzte er.

Angelica klopfte auf das Sofakissen. «Tut mir leid, dass es mir im Moment nicht möglich ist. Aber jetzt, wo wir in gewisser Weise ein Liebespaar sind, sollten wir uns in unserer gemeinsamen Zeit nicht wie Fremde benehmen. Deine Gegenwart ist überaus tröstlich für mich.»

Er hob die Augenbrauen und warf ihr einen fragenden Blick zu – fast, als würde er den Wahrheitsgehalt ihrer Bemerkung innerlich abschätzen. «Gut. Das ist ein Anfang.» Dann setzte er sich neben sie, ohne sie auch nur ansatzweise zu berühren. «Und jetzt werde ich deine Fragen beantworten, wenn ich darf.»

«Danke, Semjon», sagte sie fast unhörbar.

«Wie gesagt, ich kehrte in der Hoffnung in das Haus der Congreves zurück, erneut mit dir sprechen zu können. Ich wurde allerdings von deiner Herrin abgepasst.»

Angelica runzelte missbilligend die Stirn, und Semjon sah sie fragend an.

«Ich nehme an, dass du sie nicht besonders mochtest.»

«Niemand mag sie. Nicht mal ihr Ehemann.»

«Wieso?»

Ihr Blick wanderte nach unten. «Mrs. Congreve ist mürrisch und herrschsüchtig.»

«Und Mr. Congreve?»

«Der ist schon recht freundlich», antwortete sie knapp. «Aber er stellt ständig anderen Frauen nach.»

«Dir auch?»

Sie lächelte schwach. «Nicht lange. Aber seine Frau glaubte, dass er es auf mich abgesehen und ich ihn dazu ermutigt hätte. Aber das stimmte nicht. Dennoch wurde ich aus diesem Grund von der Zofe zum Dienstmädchen in der Küche degradiert.»

«Nicht ganz. Dazu warst du wohl zu hübsch. Ich nehme an, deshalb übertrug man dir die Aufgabe, dich um die Garderobe zu kümmern. Lady Nobel und Lady Zobel würden nämlich sicher nicht wollen, dass ihre prächtigen Gewänder von einer Küchenmagd mit schmutzigen Fingernägeln betatscht werden.»

«Sicher nicht.» Sie musste fast lachen, doch Semjon erkannte deutlich, dass die Erinnerung an die demütigende Behandlung ihr in der Seele wehtat.

Er legte zwei Finger unter ihr Kinn und hob es an, sodass sie ihm ins Gesicht schauen musste.

«Weißt du, was ich dachte, als ich dich das erste Mal hinter jenem Vorhang sah?», fragte er mit sanfter Stimme.

«Nein.» Ihre Antwort war nicht mehr als ein Flüstern.

«Dass ich auf eine Göttin in einem goldenen Gemach gestoßen wäre.»

Er hauchte ihr einen kurzen Kuss auf die Lippen und zog seine Hand dann zurück. Angelica wandte den Blick trotzdem nicht ab und ließ auch den Kopf nicht wieder hängen – als hätte sein Kuss ihr ein gewisses Maß an Mut verliehen.

«Wie poetisch.»

«Weist du Komplimente immer so geschickt von dir?»

Sie atmete tief ein. «Es ist nicht gerade so, dass ich oft welche bekomme. Ich muss sagen, dass deine etwas verlegene Galanterie mich an jenem Abend sehr erfreut hat.»

Semjon lachte laut auf. «Deine Beschreibung ist höchst akkurat. Genauso habe ich mich nämlich gefühlt.»

«Einen Moment lang dachte ich sogar, dass du mir deinen Mantel gar nicht geben würdest», sagte sie. «Du sahst aus, als hättest du vergessen, dass du ihn auf dem Arm hieltest. Außerdem warst du natürlich an der falschen Garderobe.»

«Ich war einfach Jack nachgegangen.»

Sie drohte ihm spielerisch mit dem Zeigefinger. «Aber der war für die Kleidung der Damen zuständig.»

«Vielleicht wollte ich ja auch einfach nur dem Festtrubel entgehen.»

«Ich nehme an, du wolltest wohl eher den übereifrigen, heiratswilligen Damen und ihren allgegenwärtigen Müttern entgehen und hast im Keller nach etwas Kühlem zu trinken gesucht», entgegnete sie verschmitzt.

«Da könnte etwas Wahres dran sein», meinte er grinsend. Ihre Intuition war wirklich bemerkenswert. Semjon seufzte innerlich auf. «So oder so, beim ersten Mal hatte Jack mich zu dir geführt. Und dann bin ich eine Stunde später noch einmal zurückgekehrt.»

Ihre Augen weiteten sich. «Diesen Teil der Geschichte kannte ich noch gar nicht.»

«Nein. Aber wir haben uns ja auch noch nicht länger darüber unterhalten, nicht wahr?»

Angelica rückte näher an ihn heran, und er legte den Arm um sie. «Komm her. Wir reden ja jetzt darüber – und das ist doch die Hauptsache.»

«Sprich weiter», forderte sie ihn auf und legte eine Hand auf seine Brust.

«Du lagst fest schlafend auf einem Haufen aus Mänteln, Pelzen und anderen Kleidungsstücken. In jenem Moment dachte ich, dass du wohl die schönste Frau seiest, die ich je sah.»

«Unter diesen Umständen?»

«Ja.» Er drückte ihr einen Kuss aufs Haar. «Ich kniete mich neben dich, und alles in mir sehnte sich danach, dich zu liebkosen.» Da sie die Romantik ihrer ersten Begegnung offenbar so sehr genoss, zog Semjon es vor, ihr nicht von seinen wilden Phantasien zu berichten, die ihr Anblick in ihm ausgelöst hatte. «Dann kehrte Jack zurück, und ich ging. Er sagte, er würde dich wecken. Oh, da war noch eine andere Sache.»

«Was denn?»

«Du hieltest eine Rose an deinen Lippen. Ich war richtig eifersüchtig, denn ich nahm an, dass irgendein Bewunderer sie dir überreicht hatte.»

Angelica setzte sich ruckartig auf. «Diese Rose war vergiftet. Der Tau in ihrer Blüte war mitnichten Tau. Nach dir kam ein hässlicher, kleiner Mann zu mir und bat mich, sie für ihn zu halten. Ich erinnere mich, dass mir mit einem Mal schlecht wurde. Ich schwankte. Und dann muss ich wohl gefallen sein.»

«Die Kratzer an der Wand», schlussfolgerte er. «Die stammten also doch von dir. Das dachte ich mir gleich.»

«Ich versuchte, mich aufrecht zu halten. Ich fiel zu Boden, glaube ich. Und fand dieses kleine Buch.»

«Ich sah es auch. Um genau zu sein, nahm ich es mit mir.»

Sie nickte. «Nachdem du sahst, dass ich verschwunden war, als du ein drittes Mal zurückkamst?»

«Ja, genau. Wie gesagt, viel später, nachdem das Fest bereits vorüber war. Mrs. Congreve und ihr Gatte luden mich auf einen Sherry ein, als ich wie ein liebeskranker Narr auf der Straße vor ihrem Haus stand.»

«Ich nehme an, sie dachte wohl, du wärst zurückgekommen, um dich mit ihr zu vergnügen.»

«Mh. Das könnte wohl sein. Jedenfalls gingen wir in die

Bibliothek, und es dauerte nicht lange, bis beide fest schliefen. Jack hielt mich auf, als ich gerade gehen wollte, und erklärte mir, dass du verschwunden seiest.»

«Könntest du ihn wohl wissen lassen, dass es mir gutgeht?», fragte sie zögerlich.

Er tätschelte ihre Hand. «Alles zu seiner Zeit. Er machte sich zwar Sorgen, aber es gab nichts, was ich tun oder sagen konnte, bevor ich nicht mehr herausgefunden oder dich gefunden hatte.»

«Und wie hast du mich gefunden?»

Semjon fuhr sich mit der Hand durchs Haar und schüttelte den Kopf, als hätte er Mühe, die richtigen Worte zu finden.

«Das ist schwer zu erklären. In meiner Manteltasche war ein Stück Papier, auf das du meinen Namen geschrieben hattest. Als ich es in der Hand hielt, begann ich plötzlich etwas zu spüren.»

«Ich verstehe», sagte sie. «Ich meine, nein, eigentlich verstehe ich überhaupt nicht. Was meinst du damit?»

Er sah sie mit besorgtem Blick an. «Man könnte wohl sagen, dass ich so etwas wie, äh, instinktive Fähigkeiten habe.»

Angelicas Augen nahmen einen argwöhnischen Ausdruck an. «Wirklich? Aber du scheinst mir das Abbild eines englischen Gentleman zu sein. Obwohl du irgendwie auch etwas Wildes an dir hast. Aber was genau dahintersteckt, vermag ich nicht zu sagen.»

«Äh. Ich jage gern – wie jeder Gentleman. Vielleicht ist es das.»

«Diese Erklärung muss für den Moment reichen. Fahr doch bitte fort.»

«Als ich die Congreves verließ – sie schnarchten beide im Gleichklang –, ging ich genau den Weg, den ich gekommen war. Ich weiß nicht, was es war, aber irgendetwas veranlasste mich, in eine Straße einzubiegen, die eigentlich nicht meinem normalen Weg entsprach. Meilenweit ging ich. Und als ich an das Ende der Straße gelangte …»

Den Rest seiner merkwürdigen Tat fasste er in ein paar knappen Sätzen zusammen. Und auch von seiner nächtlichen Wache in eisiger Kälte erzählte er nur kurz. Angelica selbst hatte ihm bisher noch gar nichts von den näheren Umständen ihrer Gefangenschaft berichtet.

«Das ist die Geschichte», beendete er seine Erzählung. «Den Rest kennst du.»

Überwältigt von den Gefühlen, die sie in all den vergangenen Tagen zurückgehalten hatte, drückte sie ihr Gesicht an seine Brust und weinte heiße Tränen.

Semjon nahm sie noch fester in den Arm und flüsterte ihr liebevolle und beruhigende Worte ins Ohr. Nach einer Weile versiegten ihre Tränen. Er schob sie sanft zurück auf das Sofa, deckte sie mit dem grauen Tuch zu und legte sich dann neben sie.

«Ich habe dich hier nur zu einer Gefangenen gemacht, um deine Sicherheit zu gewährleisten», murmelte er. «Und auch wenn du damit vielleicht keinen Schaden angerichtet hast, bereitet es mir doch Sorge, dass du ohne Begleitung im Freien warst. Ich frage mich, wo wohl die Wachmänner waren, die auf dich achten sollten?»

«Ich habe niemanden gesehen», wisperte sie. «Wie sahen sie denn aus?»

«Oh, sie könnten Cousins von mir sein», erklärte Semjon. «Groß. Dunkel. Natürlich hielten sie abwechselnd Wache und waren nie alle auf einmal anwesend. Aber jeder der Männer war geschult darin, von niemandem gesehen zu werden. Vielleicht ist das der Grund, weshalb dir niemand aufgefallen ist.»

Er nahm sich fest vor, die drei Männer sofort nach seiner Rückkehr in das Haus am St. James's Square nach den Gründen für ihre Abwesenheit zu fragen. Im Moment hegte er die Vermutung, dass Todt sich einfach vor der Arbeit gedrückt hatte und die anderen beiden, Wladimir und Sascha, gar nicht erst gekommen waren.

Ich werde sie Mores lehren, wenn sie ihre Pflichten vernachlässigt haben, dachte er voller Zorn.

Angelica kuschelte sich enger an ihn. Wenn er wirklich alles war, was sie auf der Welt hatte, dann würde er bis zum Äußersten gehen, um sie zu beschützen. Semjon rutschte ein wenig auf dem Sofa nach oben, denn er spürte, wie das Fell auf seinem Rücken sich gegen sein Hemd presste. Angelica schien auf vielerlei Weise das Tier in ihm zu wecken. Schutzengel, Freund – was immer sie brauchte, er würde es für sie sein. Seine Gedanken schweiften ab. Auch das geschah, wenn er sie so dicht an sich geschmiegt hielt.

«Du scheinst hier doch sehr glücklich», stellte er abwesend fest. «Wieso musstest du dann hinaus?»

Sie ließ sich eine Weile Zeit mit ihrer Antwort. «Als du die Tür zu diesem Haus öffnetest, da war das, als wäre ein Leben zu Ende gegangen und ein anderes hätte begonnen, Semjon.»

Wieder eine Pause. Er wartete.

«Nachdem, was geschah, glaubte ich, vielleicht verrückt geworden zu sein und mir diese … diese Beschaulichkeit nur einzubilden.»

«Ich glaube, das verstehe ich.» Er wusste zwar genau, dass er die Welt nicht durch ihre Augen sehen konnte, hörte aber dennoch weiter zu.

«Um fortzulaufen, dazu hatte ich zu viel Angst. Aber ich habe darüber nachgedacht», erklärte sie voller Aufrichtigkeit. «Ich könnte dir deine Güte niemals vergelten. Und ich glaubte auch, dass du meiner irgendwann überdrüssig werden würdest.»

«Hast du denn geglaubt, dass ich dich nur rettete, um den Helden zu spielen?»

«Nicht eine Sekunde. Aber es war … es ist einfach alles zu seltsam, um es zu begreifen, Semjon.»

«Allerdings.» Plötzlich hörte Semjon ein kratzendes Geräusch am Fenster und drehte sich um.

«Das ist die Katze, die mit der Pfote gegen die Scheibe klopft. Rein oder raus – sie kann sich nie entscheiden, was am besten ist.»

Gerade in dem Moment, als er sich wieder Angelica zuwandte, erhaschte Semjon einen Blick auf etwas, bei dem es sich nicht um die Pfote der Katze, sondern um etwas weitaus Größeres handelte. Es war die Hand eines Mannes. Dicke, schwielige Finger, die sich über die Scheibe legten, so als wollten sie die Stärke des Glases prüfen.

Er ließ Angelicas Hand los, erhob sich in Richtung Fenster und starrte hinaus. Nichts. Wem immer die Hand gehört hatte, sie war verschwunden.

«Ist es die Mieze? Sollen wir sie reinlassen?» Sie schien sich der Gefahr in keiner Weise bewusst. Semjon sah sie an und beschloss, es dabei zu belassen.

«Da war ein Vogel. Sie ist ihm hinterhergejagt.»

«Dann komm doch wieder her zu mir.» Sie streckte die Arme aus.

Semjon umfing ihren Körper mit dem seinen. «Ja, Liebling. Dann …»

Sie wollte nicht, dass er weitersprach, aber Semjon schwor sich insgeheim, dass er sie aus diesem Haus fortbringen und nie wieder hierher zurückkehren würde.

Kapitel Neun

Semjon hat ihr den Grund nicht verraten, aus dem er sie in den Familiensitz am St. James's Square gebracht hatte, aber hier war sie nun. Es war ein seltsames Haus, im Inneren größer, als es von außen schien. Er hatte sie allerdings so eilig aus derselben schwarzen Kutsche gedrängt, mit der er sie von ihrem Ort der Gefangenschaft gerettet hatte, dass sie kaum Details hatte erkennen können.

Semjon hatte sie eindringlich und mit deutlichen Worten gewarnt, um jeden Preis im Inneren des Hauses zu bleiben. Angelica war erst ein paar Tage hier, und man hatte sie in einem Zimmer untergebracht, das für Gäste reserviert zu sein schien. Wenn sie denn ein Gast war. Sie meinte gehört zu haben, wie er jemanden ausschalt, sie nicht bewacht zu haben, war sich aber nicht sicher, um wen es sich dabei gehandelt hatte.

Ihr Zimmer war ein überaus angenehmer Ort. Elegant, wenn auch spärlich eingerichtet und im obersten Stockwerk liegend, wo man zumindest im Winter eine sehr schöne Aussicht hatte. Durch die Wipfel der unbelaubten Bäume hindurch konnte sie einen Teil der Themse und beide Seiten ihrer Ufer sehen.

Heute war der Himmel zwar mit schnell vorbeiziehenden Wolken bedeckt, aber wenigstens blieb es trocken. Am Tag ihres Wechsels von einem Zufluchtsort zum anderen hatte es die ganze Zeit sturzbachartig geregnet.

Semjon hatte darauf bestanden, den Umzug bei Nacht

durchzuführen, und ihr ein paar Männer geschickt, die dabei halfen. Er selbst durfte nicht in der Nähe des Geländes gesehen werden, hatte er ihr gesagt. Angelica nahm an, dass irgendein Ratgeber der Familie auf Diskretion gedrungen hatte – und zwar, ohne dass dieser Person präzise Details über ihre Identität oder die Gründe für ihren geheim gehaltenen Aufenthalt in dem Häuschen in Mayfair bekannt waren.

Als die junge Frau ihr sehr wohl bekannte Schritte auf der Treppe hörte, wandte sie sich in Richtung der geschlossenen Tür. Semjon klopfte leise an und trat ein.

«Meine teure Angelica … Wie schön, dich in meinem, äh, Schlupfwinkel zu sehen.»

«Sind dies deine Räume? Sagtest du nicht, dass deine Zimmer sich in einem anderen Teil des Hauses befänden?»

«Doch, doch, das tun sie auch. Und in Kürze werde ich dich dorthin führen. Hast du dich schon eingerichtet?»

«Ein wenig.» Sie zeigte auf den riesigen Schrankkoffer. «Ausgepackt habe ich allerdings noch nicht. Aber strenggenommen habe ich schließlich auch gar nicht richtig gepackt. Ich habe einfach alles in dieses Ding geworfen und dann mit dem Finger darauf gezeigt, als die stummen Helfer kamen.»

«Natürlich. Was solltest du auch sonst tun?»

«Wer waren diese Männer, Semjon?»

«Deine drei unsichtbaren Beschützer», erwiderte er mit leicht erboster Stimme. «So schwer zu tragen erschien mir eine angemessene Bestrafung für den Nachmittag, als du ihnen entwischt bist.»

«Oje.» Es tat ihr leid, dass die drei Männer für ihre Missetat zu büßen hatten.

«Aber vergiss sie, Angelica.» Sein Blick schweifte durch den Raum. «Hast du auch alles, was du eventuell brauchen könntest? Wie gesagt, es wäre im Moment unklug, wenn du diese Räume aus irgendeinem Grund verlassen würdest.»

«Ja, ich denke, ich habe alles.» Sie zeigte mit einer Hand auf die Regale. «Wie freundlich von dir, mir so viele Bücher zur Verfügung zu stellen.»

«Die meisten waren bereits hier.» Semjon trat an die Regale und betrachtete die Bücherrücken. «Eine interessante Sammlung. Romane. Lyrik. Eine nicht unerhebliche Anzahl von gebundenen Abhandlungen der Wissenschaft und der Anthropologie und dergleichen. Einer meiner Gefährten hat gerade ein eigenes Buch über die Geschichte unseres Klans zu Papier gebracht.»

Angelica warf ihm einen interessierten Blick zu. «Das sollte ich lesen. Hast du es schon gelesen?»

«Noch nicht. Ich warte auf die Besprechungen, damit ich so tun kann, als hätte ich es gelesen.» Er grinste. «Ich fürchte, du würdest darüber einschlafen.»

«Ich glaube, du magst mich, wenn ich schlafe», sagte sie frech.

«Du bist *en déshabille* besonders verführerisch, und das weißt du nur allzu gut. Geschlossene Augen und geöffnete Lippen. Die Art, wie dein Haar sich über ein Kissen ergießt …» Er atmete tief ein, um sich wieder unter Kontrolle zu bringen, und wandte sich dann erneut den Bücherregalen zu. «Wo war ich bei meiner Aufzählung? Du lenkst mich viel zu sehr ab. Ach ja.» Er blickte mürrisch auf die Bücher, so als wären sie der Grund für sein Unwohlsein. «Da hätten wir noch eine ganze Reihe von Enzyklopädien und das ausgezeichnete Wörterbuch von Dr. Johnson. Naturgeschichte. Reiseberichte.»

Angelica stellte sich neben ihn und nahm einen Band aus dem Regal. «Bei dieser Auswahl werde ich bestimmt nicht den Wunsch verspüren umherzustreifen.» Sie schlug das Buch auf und blätterte durch die Seiten. «Ah. Dieses Werk handelt von Kanada. Ein Land, dessen Karte zum größten

Teil aus weißen Flecken besteht. Worüber konnte der Autor da wohl noch schreiben?»

«Wälder. Reisende. Biberfallen.»

Angelica klappte das Buch zu und stellte es wieder weg. «Stell dir vor, ich hatte tatsächlich darüber nachgedacht, aus London zu flüchten und mit dem Schiff dorthin zu reisen. Oder zu den amerikanischen Kolonien.»

«Aus welchem Grund denn bloß?», fragte er erstaunt.

«Ich hatte doch keine Ahnung, ob der Mann, der mich entführt hatte, nicht zurückkehren würde. Und es schien mir nicht recht, von einem galanten Fremden zu erwarten, auch noch ein zweites Mal sein Leben für mich zu riskieren.»

Er warf ihr ein bitteres Lächeln zu. «Ich danke dir. Aber ich sehe dich einfach nicht in einem Kanu. Und schon gar nicht in einer Holzhütte.»

«Nun, dann hast du mich auch noch vor diesem Schicksal gerettet», meinte sie lachend.

Er legte den Arm um sie und drückte ihr einen Kuss auf die Stirn. «Wie schön, dich lachen zu hören. Bleib so fröhlich, Angelica. Und jetzt muss ich gehen.»

Sie konnte sich ein Schmollen nicht verkneifen. Doch als sein Mund sich auf den ihren legte, verschwand es sofort. Und nachdem seine Lippen sich von ihr gelöst hatten, war sie ganz außer Atem.

«Ich werde heute Nacht zu dir kommen», versprach er mit sanfter Stimme und strich ihr dabei über die Wange. «Deine Mahlzeiten wird man dir zur üblichen Zeit bringen. Es könnte sein, dass du Natalja kennenlernst. Sie herrscht über unsere Küche. Es könnte aber auch sein, dass sie jemand anderen mit einem Tablett vorbeischickt.»

«Wie du wünschst.»

Semjon hörte die Enttäuschung in ihrer Stimme. «Für den Moment ist es am besten, wenn du ein wenig für dich bist, meine Liebe. Du findest hier auch Bleistifte und Papier und Schreibfedern und Wasserfarben.»

«Dann werde ich dir eine neue Tapete malen.» Sie zeigte mit einem Nicken auf die bedruckten Bahnen an den Wänden. «Die hier ist recht unruhig. Eine Blume soll das sein, nicht wahr? Wie sich das Bild wiederholt und wiederholt. Wenn ich zu lange hinschaue, wird mir sicher recht schwindelig werden.»

«Ich bin nicht sicher. Es ist entweder eine Blume oder ein Pfotenabdruck. Entscheide selbst.»

Sie blickte erneut an die Wand. «Eine Papayablume vielleicht?»

«Ah, genau das ist es. Es handelt sich um eine Papayablüte. Das ist eine tropische Pflanze», erklärte er.

«Oh.»

«Aber dir wird schon nicht schwindelig werden, wenn du zu lange hinschaust. Vielleicht wirst du ein bisschen reizbar, aber du kannst ja auch woanders hinschauen, meine Liebe. Man wird hier bestens für dich sorgen. Und wie ich bereits sagte, ich werde sofort zu dir eilen, wenn ich zurückkehre.»

«Ist es ein Geheimnis, dass ich mich in diesem Haus aufhalte?»

«Nicht für jene, die wichtig sind. Aber es gibt ein paar Personen, die glauben, dass nur diejenigen sich hier aufhalten dürfen, die unseren Blutes oder mit einem aus unserem Klan verheiratet sind. Und zumindest im Moment muss ich auch deren Ansichten respektieren.»

Er zeigte zur Decke.

«Was? Halten sie sich … da oben auf?»

«Nein.» Er lächelte sie an. «Ich wollte nur sagen, dass es da oben noch einen niedrigen Dachboden gibt. Wir benutzen ihn als Lagerraum. Aber wenn du rastlos bist, von dort oben hat man eine noch schönere Aussicht. Fast wie aus der

Vogelperspektive an einigen Stellen – wenn du keine Angst vor Höhen hast.»

«Nein, die habe ich nicht.»

«Gut. Von dort kannst du sämtliche Kirchturmspitzen Londons zählen.»

Angelica dachte an die Kirche, die sie besucht hatte, und fragte sich, ob wohl auch sie von dort oben zu sehen war. Da auf der Turmspitze natürlich kein Kreuz mehr prangte, war es sehr wahrscheinlich, dass sie allein aus diesem Grund von den anderen Kirchen zu unterscheiden sein würde.

Sie nickte. «Und ich nehme an, ich darf wirklich dort hinaufgehen. Sonst würdest du mir schließlich gar nicht von dem Dachboden erzählen.»

«Ganz genau. Es ist schwer, dich irgendwo eingeschlossen zu halten. Da dachte ich mir, ich erteile dir die Erlaubnis lieber selbst, bevor du mir gegenüber Ungehorsam übst.»

Sie gab ihm einen Schubs gegen die Brust und lachte über seinen Kommentar. «Jetzt geh. Ich werde mir schon die Zeit vertreiben.» Sie stellte sich auf die Zehenspitzen und gab ihm einen Abschiedskuss.

Die Stunden vergingen schnell. Sie fand einen Roman, der sie eine Zeit lang unterhielt, legte ihn dann aber irgendwann beiseite, um ihr Kleid und das Unterkleid zu flicken – eine Aufgabe, die sie an jenem Tag der Rastlosigkeit unterbrochen hatte.

Als sie damit fertig war, entschied Angelica, noch vor Sonnenuntergang hinauf auf den Dachboden zu steigen, um ein wenig die Aussicht zu genießen. Sie schloss die Tür zu ihrem Zimmer hinter sich und erklomm eine enge Wendeltreppe, die von einer kleinen Ecke im Flur unters Dach führte.

Eigentlich hatte sie mit muffigem Geruch gerechnet, als sie die Tür am Ende der Treppe aufstieß. Doch der Bodenraum war geradezu luftig und trotz der Wolken am Himmel recht hell.

Angelica trat an ein Fenster und kniete sich davor. Sie konnte zwar aufrecht stehen, aber der Blick war so hinreißend, und sie wollte ihn so lange genießen, bis der Tag sich dem Ende neigte.

Zu ihrer Linken war das majestätische weiße Gebäude der St. Paul's Cathedral zu sehen. Die Sonne schien glühend auf ihren kolossalen Dom, so als wollte sie die Kirche segnen. Es schien tatsächlich, als könne sie von hier oben alle Kirchturmspitzen Londons sehen, die sich hoch und weiß über den niedrigeren Gebäuden erhoben. Und um sich eine Freude zu bereiten, zählte sie sie tatsächlich. Ah, da war ja auch jene ohne Kreuz.

In größerer Nähe, als sie gedacht hatte.

Angelica spürte ein leicht prickelndes Unbehagen in sich aufsteigen. Wieso war es ihr so leichtgefallen, einem Fremden gegenüber die Beichte abzulegen, und wieso fiel es ihr so schwer, sich Semjon zu offenbaren?

Was er nicht weiß, macht ihn nicht heiß, sagte sie sich mit der Stimme der Vernunft. Und schließlich war sie an jenem Tag äußerst aufgebracht und sich ihrer selbst ganz und gar unsicher gewesen. Das Gefühl von Gefangenschaft löste schon in guten Zeiten eine große Vernunftwidrigkeit in ihr aus – und dies waren alles andere als gute Zeiten.

Ihr Herz machte einen kurzen Hüpfer, als sie ganz weit unten seinen Kopf mit den zersausten Haaren entdeckte. Selbst aus der Entfernung konnte sie erkennen, dass er ansonsten makellos gepflegt war. Das Weiß seines Hemdes mit dem steifen Kragen hob sich leuchtend von dem schlichten Stoff seines maßgefertigten Mantels ab. Er marschierte schnellen Schrittes in Richtung Osten, so als hätte er etwas äußerst Wichtiges zu erledigen.

Nach und nach wurde Angelica bewusst, dass Semjon verfolgt wurde. Und zwar von einem kleineren Mann mit unscheinbar braunem Hut und einem Mantel in derselben nüchternen Farbe, der ihm auf einige Schritte Entfernung nachging.

Während die beiden Männer die verwinkelten Straßen entlanggingen, verlor sie einen oder auch beide hier und da aus den Augen. Aber als sie schließlich auf neuere, breitere Straßen stießen, konnte sie sie erneut ausmachen.

Den letzten Blick auf Semjon erhaschte sie, als er die breiten Stufen eines entfernten Gebäudes erklomm, das mit seinen Säulen, dem Stuck und dem vielen Marmor äußerst offiziell aussah. Der Mann, der ihm gefolgt war, blieb davor stehen und schien darauf zu warten, dass er wieder hinauskam.

Irgendwann gab er auf. Vielleicht bildete sie sich das Ganze auch nur ein. Aber es war schließlich Winter, und die Tage waren kurz. Nicht lange, und das schwächer werdende Licht legte Schatten auf die Szenerie, die zu dunkel waren, um noch irgendetwas erkennen zu können.

Als Semjon schließlich zurückkehrte, saß Angelica in dem von einem mehrarmigen Kandelaber hell erleuchteten Raum und las. Er war mit neuen Kerzen bestückt gewesen, deren Dochte noch weiß gewesen waren, und Angelica hatte sie mit einem brennenden Stumpen entzündet, die ein Dienstbote ihr unbemerkt zusammen mit dem Abendmahl hinaufgebracht hatte. Da sie zu sehr in ihr Buch vertieft gewesen war, hatte sie es leider nicht mehr rechtzeitig zur Tür geschafft, um zu sehen, wer der Diener gewesen war. Aber auch wenn sie ihn nur noch von hinten gesehen hatte, als er die Treppe hinabstieg, war es ihr immerhin gelungen, dem jungen Mann ein Dankeschön hinterherzurufen. Seine Erwiderung war in einer fremden Sprache erfolgt. War es Russisch gewesen?

Semjon hatte ja gesagt, dass seine Vorfahren von dort stammten.

Angelica hatte sich noch einen kurzen Moment am Treppengeländer festgehalten und etwas erlauscht, was nach den Vorbereitungen für ein Fest klang. Einen «Heuler» hatte man es genannt, wenn sie richtig verstanden hatte.

Die junge Frau trat zurück in ihr Zimmer und legte ein Stück Papier zwischen die Buchseiten, um zu markieren, wie weit sie mit dem Roman gekommen war.

Sie kam sich wie ein Kind vor, wie sie hier oben festgehalten wurde. Und auch durch Schmollen würde sich nichts an ihrer Situation ändern lassen. Besonders dann nicht, wenn es sich um Semjon handelte, der da zwei Stufen auf einmal nehmend die Treppe heraufkam.

Es war tatsächlich Semjon. Sie sah sein anziehendes, lächelndes Gesicht, das ihr aus dem Treppenhaus entgegenstrahlte. Den Mantel hatte er schon ausgezogen und schwenkte ihn wie zum Gruß durch die Luft. Es dauerte keine Minute, und er stand vor ihr – ganz atemlos vor Eile, sie zu sehen.

Semjon umfasste ihre Schultern und gab ihr einen leidenschaftlichen Kuss. Seine Nase war noch ganz kalt von der frischen Luft, die ihm bei seiner Erledigung wohl heftig ins Gesicht geblasen hatte. Angelica war so erfreut, ihn zu sehen, dass sie völlig vergaß, ihm von dem Mann zu erzählen, der ihn ihrer Meinung nach verfolgt hatte.

«Grischa sagte, er hätte dir etwas zu essen hochgebracht. Ist noch etwas davon übrig?»

«Fette, kleine Klöße und dunkles Brot. Beides sehr gut, und ich habe von beidem ein wenig gegessen. Und da ist auch noch ein Glas mit recht starkem Brand. Den habe ich allerdings nicht angerührt.»

«Piroschki! Wodka! Wunderbar!» Er machte sich sofort eilig über die Reste ihres Mahls her, schüttete sich den klaren Schnaps in den Hals und tat dann so, als würde er Feuer spucken.

Sie wedelte den Geruch von Alkohol mit ihrer Hand beiseite. «Buäh!»

Er lachte nur. «Wir sagen, davon bekommt man Haare auf der Brust.»

Angelica trat zu ihm und öffnete den Kragen seines Hemdes und die obersten Knöpfe. «Du scheinst mir schon jetzt recht üppig damit ausgestattet zu sein.»

Dann machte sie es sich auf seinem Knie bequem, und die beiden schäkerten eine Weile. Irgendwann fing Semjon an, gegen ihren Hals gepresst einige Worte zu murmeln, aber es handelte sich nicht um die süßen Dinge, die sie hören wollte. Nein, er teilte ihr vielmehr mit, dass er sie gleich wieder verlassen müsste.

«O nein, Semjon. Wo gehst du denn schon wieder hin? Es ist doch bereits so dunkel draußen.»

«Drei Stockwerke tiefer», sagte er mit fester Stimme. «Dort findet eine Feier statt, die wir ab und zu abhalten. Aber nur für Männer, meine Liebe. Wir nennen das einen Heuler.»

«Ich meine, das Wort vorhin schon einmal gehört zu haben.»

«Dann sei nicht überrascht, wenn du auch wirklich ein paar Heuler hörst!» Er knurrte wie ein wildes Tier und biss ihr mehrere Male erregend fest in die zarte Haut ihres Halses.

«Oh! Mmmh! Mehr!»

Er hob seine Geliebte hoch und legte sie aufs Bett. «Wenn das ein Ersuchen um meine amourösen Dienste ist, dann lautet die Antwort Ja. Aber später. Man erwartet mich unten. Und ich bin spät dran.»

«Pfui, Semjon!»

Er kniete sich auf allen vieren über sie, bespielte sie mit einer Hand, die sich für Angelica eher wie eine Pfote anfühlte, und knurrte und biss. Er war auf so amüsante Weise rüpelhaft, dass sie vor Lachen sehr bald ganz außer Atem war.

Doch kurz darauf sprang er auf, und noch ehe sie ihn aufhalten konnte, hatte er den Raum mit ein paar schnellen Schritten Richtung Tür durchquert.

«Ich werde wiederkommen», versprach er. «Mach dich auf höchste Verzückungen gefasst.»

«Nun gut.» Noch immer lachend, winkte sie Semjon schwach zum Abschied zu und ließ ihn ziehen.

Die großen, neuen Kerzen waren bereits weit heruntergebrannt, doch er war immer noch nicht zurückgekehrt. Angelica war tatsächlich ein wenig gereizt. Der Lärm, der von unten zu ihr drang, deutete klar darauf hin, dass der Heuler immer noch in vollem Gange war.

Hach! Langsam verlor sie wirklich die Geduld. Wenn er dort unten noch mehr von dem klaren Brand trank, würde er später sicher nicht mehr in der Lage sein, sie in Verzückung zu bringen.

Angelica erhob sich aus dem Lehnsessel, in dem sie die letzte Stunde gesessen hatte, ging zur Tür und öffnete sie einen Spalt.

Auf dem Flur war niemand zu sehen.

Sie trat an die Treppe und blickte die wendelförmig angelegten Stufen hinab. Auch von dort war niemand zu sehen.

Angelica legte die Stirn in Falten und setzte einen Fuß auf die erste Stufe. Der Rest geschah wie von selbst, bis sie sich mit einem Mal im Erdgeschoss des Hauses wiederfand.

Der gesamte Haushalt musste wohl der Feier beiwohnen, denn auch hier war niemand zu entdecken.

Die Tür zu einem hohen Saal war nur angelehnt, und die Geräusche schienen eindeutig von dort zu kommen.

Angelica zögerte, denn sie wollte auf keinen Fall von Semjon oder sonst jemandem entdeckt werden. Also ging sie die Treppe wieder ein paar Stufen hinauf und reckte von dort den Hals, um irgendetwas erkennen zu können.

Plötzlich gab die versammelte Gesellschaft ein unglaublich nachklingendes, mehrstimmiges Heulen von sich.

Der Klang war erregend und hallte nicht nur durch das Treppenhaus, sondern durch das gesamte Gebäude. Sie heulten erneut. Angelica legte die Hände auf ihre Ohren und hoffte inständig, dass der Lärm nicht die ganze Nacht anhalten würde.

Aber der enorme Ton ebbte bald ab und machte dem gewöhnlichen Krawall einer trunkenen Feier Platz.

Sie tat erneut ein paar Schritte nach oben und reckte den Hals.

Angelica schnappte nach Luft.

In dem Saal saßen nicht nur Männer um einen Tisch. Es waren auch … Nichtmänner zu sehen.

Sie kannte kein Wort, mit dem sie diese Wesen sonst hätte beschreiben können.

Sie trugen alle gewöhnliche englische Kleidung. Man sah makellose Leinenhemden, Stehkragen, die wegen der Wärme in dem Saal geöffnet waren, und Mäntel, die über Stühle oder auch einfach nur den Sitznachbarn gehängt worden waren. Aber die Männer, die sie am meisten erstaunten, hatten … Fell.

Üppiges Fell, das von Hals und Kopf zurückgekämmt war. Ihre sehr gepflegten Pfoten waren groß wie die Hände von starken Männern, und es prangten dunkle, spitz zulaufende Fingernägel daran. Sie sehen aus wie Wölfe, dachte Angelica verwundert.

Und als wollten sie ihre Vermutung bestätigen, warfen mit einem Mal alle Anwesenden die Köpfe zurück und heulten gleichzeitig auf.

Der wilde Klang hallte so lange von den Wänden wider, bis Angelica das Gefühl hatte, jeden Moment wahnsinnig zu werden.

Sie heulten erneut.

Dieses Mal schaute die junge Frau in die Münder derjenigen, die wirklich Männer zu sein schienen, und sah Fangzähne, die so lang und böse aussahen, dass ihr ganz schwach wurde. Sie hatten außerdem ungewöhnlich lange Zungen.

Angelica wurde rot.

Semjon hatte auch eine solche Zunge. Und als sie daran dachte, wo jene Zunge schon gewesen war, errötete sie noch mehr.

Aber er war doch in jeder erdenklichen Weise ein Mann gewesen, dachte sie schockiert. An jedem Körperteil hatte sie ihre Hände gehabt. Sie hatte ihn geküsst und in voller Blöße gesehen. Er war definitiv ein Mann. Und nichts anderes.

Ihr Herz wurde schwer.

Wo war er jetzt? Sie hatte ihn nicht an dem Tisch sitzen sehen. Und auch wenn er mit dem Rücken zu ihr saß, würde sie ihn doch erkennen.

Angelica stand auf der Treppe und klammerte sich am Treppengeländer fest. Ihr war ganz schwindelig. Plötzlich hörte sie ein Stühlerücken und das unangenehme Geräusch von Körpern, die sich schwerfällig erhoben.

Es waren Trinksprüche zu hören, und man stieß auf die Gesundheit an. In Englisch. In Russisch.

Angelica wagte kaum, sich zu bewegen.

Sie ging rückwärts die Treppe hinauf, den Blick fest nach vorn gerichtet.

Wenn ein Wolf ... oder ein Wolfsmann ... sie anspringen würde, wollte sie doch wenigstens sein Gesicht sehen.

Schritt für Schritt. Hinauf. Zurück.

Und wenn dieser, und wenn dieser Wolfsmann nun Semjon Taruskin sein würde?, fragte sie sich.

Da schien das Monster, das sie aus dem Haus der Congreves entführt hatte, im Vergleich geradezu gewöhnlich zu sein. Immerhin hatte man in ihm noch den Menschen erkannt.

Doch sie rief sich in Erinnerung, dass Semjon ihr bisher nicht das geringste Leid angetan, ja ihr sogar geschworen hatte, das niemals zu tun. Und außerdem hatte er sich ihr gegenüber im höchsten Maße loyal gezeigt.

Fangzähne. Fell. Pfoten. Hatte er ... Könnte er ... Hatte sie gesehen, dass er ... Nein, er besaß keines dieser Attribute.

Ein plötzliches Klopfen an der großen Eingangstür sorgte dafür, dass Angelica sich im Schatten der Treppe verbarg. Wer immer da geklopft hatte, er wiederholte seine Bitte um Einlass, bis sie schließlich einen älteren und ganz und gar menschlichen Mann über den Marmorfußboden zur Tür eilen sah.

Draußen stand ein dick gegen die Kälte eingemummelter Mann, der leise das Wort an den Älteren richtete. Angelica gab sich alle Mühe, trotz des fortlaufenden Feierlärms, der durch den hohen Saal dröhnte, etwas von dem Gespräch mitzubekommen.

Die plumpe Gestalt des Besuchers kam ihr irgendwie bekannt vor. Und auch die tiefe Stimme meinte sie schon einmal gehört zu haben.

Es traf sie wie ein Blitz. Das war der Mann, der ihr die vergiftete Rose gegeben hatte. Ein Mann, den sie für einen Gast der Congreves gehalten hatte. Ein Mann, der sich wie Semjon verirrt zu haben schien.

Wie erstarrt beobachtete sie, wie er dem älteren Mann eine *carte de visite* reichte, konnte aber nicht verstehen, an wen diese Karte überreicht werden sollte.

Dann murmelte der ältere Mann einen Gutenachtgruß und schloss die Tür. Er warf noch einen kurzen Blick auf die Karte und legte sie dann auf ein Silbertablett, das auf einer Anrichte in der Eingangshalle lag.

Als er in den Saal zurückkehrte, hörte sie wüstes Brüllen am Tisch. «Iwan! Komm und trink mit uns!»

Der Mann schien abzulehnen, denn er kam schon kurz darauf wieder in die Eingangshalle zurück. Und zwar mit … Semjon.

Angelica hielt den Atem an, und das Herz schlug ihr bis zum Hals. Sie wagte kaum, ihn anzusehen. Doch auf den ersten Blick wirkte er wie ein Mann.

Ihre Augen wanderten unruhig über die gesamte Länge seines Körpers, doch ihr fiel nichts Ungewöhnliches auf. Das Haar auf seinem Kopf war vielleicht etwas zersauster als sonst. Und – sie lugte durch die Schatten, in denen sie sich verbarg – sein Barbier würde seinen Nacken in Bälde sorgfältig rasieren müssen, denn er war mittlerweile doch recht dicht bewachsen …

Angelica presste eine Hand fest auf ihr Herz, sonst wäre es ihr wohl aus dem Leib gesprungen.

Er war einer von ihnen. Es konnte gar nicht anders sein.

Und doch beschwichtigte sie der Klang der tiefen Stimme, in der er zu Iwan sprach. Sie war ebenso beruhigend, als erklänge sie vom Kissen neben ihr und auch so gutmeinend wie zuvor beim gemeinsamen Frühstück.

«Wer hat die Karte abgegeben?»

«Er hat seinen Namen nicht genannt», erwiderte Iwan.

«Haben Sie ihn denn danach gefragt, Iwan?»

«Ja, selbstverständlich.» Der ältere Mann schien geradezu gekränkt. «Aber er hat nur mit dem Kopf geschüttelt und gesagt, ich solle Ihnen diese Karte geben.»

«Aber auf dieser Karte ist nichts eingeprägt», stellte Semjon fest, nachdem er sie mehrmals gedreht hatte. «Ah, aber hier.»

«Diese Initialen hat er daraufgeschrieben. S. S.»

Semjon seufzte frustriert auf. «Hat er sonst noch irgendwas gesagt?»

«Dass Ihr Euch mit diesem Gentleman – nicht ihm, sondern jenem S. S. – in der St. Paul's Cathedral treffen sollt. Unter der Kuppel. Genau in der Mitte.»

«Wie seltsam», murmelte Semjon nachdenklich. «Aber da es sich um einen öffentlichen Ort handelt, wird es wohl sicher sein.»

Angelica wäre am liebsten zu ihm gerannt, war aber wie festgewachsen. Eigentlich verabscheute sie es zu lauschen, und doch hatte sie gerade genau das getan. Dieser Mann namens Iwan schien im Haus so ziemlich das Sagen zu haben – auch wenn es sich offensichtlich um jemanden handelte, der unter Semjon stand.

Iwan war gewiss jemand, der nichts von ihrer Anwesenheit im Haus wissen durfte und von dem sie sich fernzuhalten hatte.

Semjon schnippte die Karte in Iwans Richtung, und der ältere Herr fing sie in der Luft auf. «Sie gehen also hin?»

«Ja. Wieso nicht?»

Iwan schüttelte bedächtig den Kopf. «Und was soll ich den anderen sagen?»

«Wenn ich in anderthalb Stunden nicht wieder da bin, dann sollen Sie mich holen», erklärte Semjon leichthin. «Einer für alle und alle für alle. Moment mal. Hab ich das richtig gesagt, Iwan?»

Seine Unsicherheit verriet Angelica, dass er eindeutig zu viel getrunken hatte.

«Ich weiß es nicht, Sir», erwiderte der ältere Mann schmallippig. «Die Lektüre wagemutiger Abenteuerromane ist mir fremd.»

Zu Iwans großem Ärger stupste Semjon ihn spielerisch mit der Faust an das Kinn. «Sie machen sich zu viele Gedanken. Dann will ich mal aufbrechen.»

«Wissen Sie denn überhaupt, um wen es sich bei dieser Person handelt?»

«Ich habe da so eine Ahnung.»

«Und wer ist es?»

Genau die Frage, die Angelica ihm am liebsten auch gestellt hätte.

«St. Sin, denke ich. Wer könnte es sonst sein?»

Iwan konnte nichts mit dem Namen anfangen und schüttelte verwirrt den Kopf, als er die Tür hinter Semjon schloss.

Dann ging er den Weg zurück, den er gekommen war. Angelica bemerkte er dabei nicht. Sie drehte sich um und rannte blitzschnell wieder nach oben.

Kapitel Zehn

Semjon betrat das riesige Gebäude der St. Paul's Cathedral durch eine Seitentür, nachdem er einen Messingpolierer bestochen hatte, der noch spät dort arbeitete.

Die Münzen, die er ihm gegeben hatte, waren wertvoll genug, um in den nächstgelegenen Pub gehen und dort mindestens zwanzig Schilling vertrinken zu können. Semjon tat einen Schritt über den politurverschmierten Lumpen und das kleine Gefäß, in dem sich die Paste befand, und betrat das Innere der Kathedrale. Er war froh, einen Moment Zeit zu haben, um sich ein wenig umschauen zu können.

Die große, düstere Kuppel schien über dem Raum zu schweben. Und obwohl das Mondlicht durch die kleinen, eingelassenen Fenster ihres Rundes schien, war ihre Herrlichkeit kaum zu erkennen.

Um keinen unnötigen Lärm zu machen, ging Semjon ganz leise und verlagerte sein Gewicht auf die Seiten seiner Lederstiefel und nicht auf die härteren Hacken. Die schwarzweißen Fußbodenkacheln des Gotteshauses waren von der Größe so gearbeitet, dass sie genau zu den Schritten eines großen Mannes passten. Er hielt sich am äußeren Rand des runden Bodens direkt unter der Kuppel und vermied es tunlichst, über die in Schwarz gekachelten Bereiche ganz in die Mitte zu treten.

Aber es war sowieso niemand zu sehen.

Semjon blieb stehen, um zu lauschen. Dabei wusste er nicht einmal, worauf. Oder auf wen.

Auf einen umherwandernden Diakon? Auf einen Mann mit einem Wischmopp?

Selbst dieses wunderbare Gebäude – der Stolz Londons – musste dann und wann mal gewischt werden.

Einige Minuten lang hörte er gar nichts.

Doch dann löste sich ein Schatten aus einer der Nischen hinter den eckigen Säulen, die die große Kuppel zu stützen schienen.

Ein Mann. Ein Mann, der stämmig und kompakt gebaut war und sich gemäßigten Schrittes bewegte.

Semjon blieb, wo er war, und schnüffelte instinktiv, um zu sehen, ob er einen Geruch wittern konnte.

Unter den kirchlichen Gerüchen von Gesangbüchern und frommem Räucherwerk lag noch etwas anderes.

Es war der schwache Geruch von Fäulnis. Wie schlechte Zähne. Oder noch Schlimmeres.

Semjon war auf der Hut und sog erneut tief die Luft ein. Schon allein dieser Geruch bewies, dass es eine Verbindung zwischen dem Schlupfwinkel des Entführers und St. Sin gab.

Aber handelte es sich wirklich um die berüchtigte Person?

Der schwerfällig wirkende Mann trat in die Mitte des Platzes unter dem Dom. Als Erstes wanderte sein Blick hoch nach oben zu der Empore, die sich um die gesamte, gewaltige Kuppel zog.

«Kommen Sie, Mr. Taruskin», sagte er plötzlich mit klarer Stimme. «Folgen Sie mir.»

Semjon atmete kaum hörbar und zögerte. Er könnte erschossen werden, wenn er sich zu erkennen gab. Zwar mochte er kaum glauben, dass etwas Derartiges an solch einem heiligen Ort geschehen könnte, wagte es aber auch nicht recht, sich auf sein Vertrauen in die Menschen zu verlassen.

Und doch – wenn er nur so dem Drahtzieher von Angelicas Entführung gegenübertreten konnte, dann würde er es tun.

Er wollte diesem Mann, oder den Männern, versichern, dass er ihnen den Hals umdrehen würde, falls sie die junge Frau nicht in Ruhe ließen. Semjon hatte keine Ahnung, wie man herausgefunden hatte, wo er wohnte. Aber als ihm plötzlich reumütig einfiel, wie Iwan ihn für seine fehlende Verschwiegenheit gescholten hatte, da wusste er, dass er selbst die Schuld daran trug.

Der stämmige Mann steuerte eine weitere Nische an und sang dabei unmelodisch vor sich hin. Der irritierende, unangenehme Klang hallte von den Halbkuppeln der Nischen wider und wanderte dann hinauf zu der alles überragenden Hauptkuppel, wo er nur noch sehr schwach zu hören war.

Semjon sah, dass der Mann zu der Treppe ging, die zu der Empore rund um die Kuppel führte.

Und dann stieg er langsam Schritt für Schritt hinauf. Das Singen des Mannes war von einem Keuchen abgelöst worden. Semjon blieb keine andere Wahl, als ihm zu folgen, denn es gab nur diesen einen Weg nach oben.

Als der fremde Mann schließlich die Empore betrat, hatte Semjon ihn fast eingeholt.

«Setzen Sie sich dorthin», erklärte der Mann.

Semjon blieb stehen. Wenigstens befand er sich noch in der Nähe eines Fluchtweges. Das war immerhin etwas.

«Sie müssen sich hinsetzen. Und drehen Sie Ihr Ohr zur Wand», ordnete der Mann an.

Semjon verstand. Er würde St. Sin zwar hören, aber nicht sehen. Zweifellos saß der geheimnisvolle Sin an einer Stelle ihm gegenüber, wo seine Worte die Kuppel umkreisen und so in der Stille für Semjon zu verstehen sein würden.

Semjon hörte noch, wie sich die Schritte seines Führers

entfernten und dann stehenblieben. Dann tat er wie ihm geheißen und setzte sich selbst hin.

Als er seinen zotteligen Kopf gegen die Kachelwand lehnte, fühlte er sich zwar recht nüchtern, hatte aber einen schmerzenden Kopf.

Der getragene Klang der geisterhaften Stimme in seinem Ohr erschreckte ihn ein wenig, und sein Kopf schlug gegen die Kacheln.

Herrgott. Jetzt tat der Kopf aber wirklich weh.

«Guten Abend, Mr. Taruskin.»

«Wer sind Sie? Und was wollen Sie?»

Die getragene Stimme gab ein tiefes Lachen von sich. «Sie wissen, wer ich bin. Ich bin St. Sin.»

Semjon wäre am liebsten um die Empore gerannt und hätte den Kopf des Kerls auf der anderen Seite gegen die Wand geschlagen. «Woher wissen Sie, dass ich weiß, wer Sie sind?»

Kein Lachen mehr – nur ein langes Schweigen. «Weil Sie jemanden ausgesandt haben, der dort herumschnüffeln sollte, wo er nicht erwünscht war. Ich habe erfahren, dass er Nachforschungen anstellte, und ihn dann verfolgen lassen. So viele interessante Straßen führen zum Haus des Rudels von St. James.»

Semjon antwortete nicht.

«Lassen wir das. Ich nehme an, Ihre Majestät wird Sie alle beschützen.»

Semjon hielt den Atem an. Die Verbindung zwischen dem Hof und seiner Familie bestand zwar schon sehr lange, das Geheimnis war bisher aber nie an die Öffentlichkeit gedrungen.

«Was wollen Sie?», fragte er erneut.

«Die Schönheit in Ihrem Gewahrsam, natürlich.» In der tiefen Stimme schwang mehr als eine Spur unverhohlener Lust mit. «Angelica Harrow.»

«Lassen Sie sie in Ruhe.»

Stille. «Sie können sie mir entweder freiwillig übergeben, oder aber ich werde sie mir auf andere Weise holen.»

Semjon stand auf und brüllte in die Dunkelheit hinein: «Fahren Sie zur Hölle, St. Sin!»

Es dauerte sehr lange, bis das dröhnende Lachen erstarb, das er als Reaktion bekam. Semjon hielt sich am Geländer der Empore fest. Er mochte kaum glauben, dass er, der Besitzer der geisterhaften Stimme, und der stämmige Mann die einzigen Menschen in dem riesigen Gebäude waren.

Er kniff die Augen zusammen, um irgendetwas erkennen zu können. Als ihm das nicht gelang, wartete er ein, zwei Minuten ab, bis seine Wolfssicht einsetzte.

Als es schließlich so weit war, wurde alles hell. So hell, als würde die Sonne den Hauptaltar beleuchten, in dessen Nähe er einen Haufen Körper liegen sah. Waren sie tot? Nein. Sie atmeten. Wenn auch schwach. Man hatte sie zweifellos irgendwie betäubt – genau, wie man Angelica betäubt hatte.

Der Gedanke, von jemandem, den er nicht mal sehen konnte, so manipuliert zu werden, machte Semjon außerordentlich zornig. Die Gefahr, in der Angelica schwebte, sorgte dafür, dass sich sein Nackenfell aufstellte und die Haare in seinem Gesicht zu sprießen begannen. Seine Willenskraft beschleunigte die Verwandlung, und er spürte bereits, wie seine Kleidung aufriss. Und schon war er auf allen vieren.

Auf geräuschlosen Pfoten umkreiste er das Geländer der Empore und schlich zu der Stelle, wo er die Stimme zuletzt gehört hatte. Sein aufgebrachtes Blut rauschte in seinen Ohren.

Er kam zu spät.

Der Kopf, der hinter Angelicas Entführung steckte, und sein stämmiger Handlanger hatten mit seiner Verwandlung gerechnet, sie sogar provoziert. Und als Semjons Wolfskörper hechelnd auf der anderen Seite eintraf, sah er nur noch eine Hängeleiter, die schaukelnd und knarrend vom Geländer der Empore hing.

Unten waren zwei Männer zu sehen, die über den schwarzweiß gekachelten Fußboden rannten. Der Stämmige öffnete eine der großen Türen nach draußen und winkte einen sehr großen Mann hinaus.

Semjon konnte sich nicht schnell genug zurückverwandeln. Seine Pfoten waren für die Hängeleiter nicht geeignet, und den schrecklich hohen Sprung von dort oben nach unten zu tun, wagte er nicht. Wenn er sich in seiner jetzigen Form einen Knochen brach, würde er Wolf bleiben müssen, bis der Bruch vollständig verheilt war.

Die große Tür schloss sich hinter den Männern, und Semjons goldene Augen glühten in der Dunkelheit, in der sie ihn zurückließen.

Kapitel Elf

Außer sich vor Sorge zog Angelica sich in ihr Zimmer zurück. Sie wusste, es war bereits zu dunkel, um Semjon vom Boden über ihr zu beobachten. Aber obwohl die Straßen bereits langsam von der Dunkelheit verschluckt wurden, trat sie an das Fenster ihres Zimmers.

Da die eine oder andere Ecke der Stadt von einer der neuartigen Gaslampen beleuchtet war, erhaschte sie tatsächlich einen kurzen Blick auf eine dahineilende Person. Es war ein Nachtwächter, dessen entferntes Ausrufen der Zeit leise zu ihr drang.

Angelica wandte sich ab, sank auf ihr Bett und grübelte erneut über das nach, was sie unten im großen Saal gesehen hatte.

Die seltsamen Kreaturen hatten trotz des Fells, der Klauen und der Fangzähne doch die Ausstrahlung echter Gentlemen gehabt. Die junge Frau hatte zuvor noch nie von derartigen Wesen gehört und sich nicht vorstellen können, dass Wolfsmenschen tatsächlich existierten. Dabei war sie überaus dankbar, dass Semjon scheinbar nur einige wenige ihrer Eigenschaften teilte. Dennoch – wie sollte sie ihm nur gegenübertreten, wenn er zurückkehrte?

Er hatte alles für sie getan und sie vor einem grässlichen Schicksal bewahrt. Und als Gegenleistung hatte er sie um nichts weiter gebeten, als am zweiten Zufluchtsort zu bleiben, den er ihr in seinem Zuhause und dem seiner Familie zur Verfügung gestellt hatte.

Angelica stand auf und betrachtete sich einen Moment lang im Spiegel. Sie fragte sich, ob die magische Verwandlung von Mensch zu Tier auch sie befallen würde. Vielleicht reichte dazu schon die bloße Anwesenheit in diesem merkwürdigen Haus.

Nein. Sie sah aus wie immer. Angelica ließ die Hände über Wangen und Hals gleiten, spürte aber nur zarte Haut. Dann hob sie ihr Haar an und drehte sich ein wenig, um zu sehen, ob der Nacken ebenso weich war.

Das war er. Angelica stützte sich mit den Händen auf der Kommode ab und beugte sich vor, um ihre Augen im Spiegel einer genaueren Betrachtung zu unterziehen. Sie war auf der Suche nach der Wildheit, die sie in Semjons Blick gesehen hatte.

Ihr fiel ein, wie sie ihn auf der Straße gesehen und wie gelb seine Augen selbst aus der Entfernung gewirkt hatten. Schon damals hatte sie gedacht, dass er ungezähmt und wachsam wie ein Wolf ausgesehen hatte. Aber andererseits hatten ihre Verwirrtheit und der Terror ihrer Gefangenschaft für viele derartiger Gedanken gesorgt.

Nun, ihre Augen sahen aus wie immer – auch wenn sie vor Angst und Staunen geradezu glühten.

Aber es war keine Angst vor ihm, sondern vor dem, was die Zukunft bringen würde.

Ihr Herz raste, und das Blut rauschte durch ihre Adern. Angelica war unsäglich heiß, und sie rieb nervös an ihren Kleidern, um einen plötzlichen Juckreiz zu vertreiben.

Großer Gott. Würde ihr jetzt etwa auch ein Fell sprießen, wie das der unten Feiernden? Wenn ja, würde sie es sich ausreißen.

Angelica öffnete Kleid und Unterkleid und legte sich ihrem eigenen Blick bloß.

Ihre Brüste hoben und senkten sich zwar durch den panischen Atem, waren aber ebenso weich und unbehaart wie Gesicht und Hals. Sie ließ die Hände tastend und spürend über ihren gesamten Körper gleiten.

«Na, das ist ja mal ein hübscher Anblick.» Semjons tiefe Stimme ließ sie zusammenfahren, und sie musste sich haltsuchend auf die Kommode stützen, als sie sich zu ihm umdrehte.

Er stand in der Tür und sah selbst ziemlich unordentlich und atemlos aus.

«Du!», entfuhr es ihr mit einem Keuchen. Doch ihr Atem ging sofort wieder ruhiger, als ihr Blick über seine Gestalt wanderte. Sie konnte an ihm keinerlei äußere Veränderung zu ihrer letzten Begegnung feststellen.

Vielmehr sah er aus wie ein Gentleman, der einen heiteren, geselligen Abend hinter sich und nur frische Luft geschnappt hatte, um sich ein wenig auszunüchtern.

Er lächelte sie an.

Angelicas törichtes Herz wäre am liebsten dahingeschmolzen. Sie drehte sich nun ganz zu ihm um. Dabei zog sie die Falten ihres Kleides um den Körper, um ihre Nacktheit zu verbergen.

«Was hast du denn da gerade getan, meine Liebe? Deine eigene Schönheit bewundert?»

«Ich dachte, ich hätte vielleicht … einen Floh. Ich hatte so etwas wie ein Beißen gespürt und …» Sie verstummte.

«Ich werde sofort den Hausvorsteher verständigen», meinte er lachend. «Ich muss allerdings sagen, man könnte es dem Floh kaum übel nehmen, wenn er sich ein wenig in deiner lieblichen Haut verbeißen wollte. Aber es können Kräuter verstreut und Puder auf den Teppichen verteilt werden – nur für den Fall.»

Er trat nun ins Zimmer und schloss die Tür hinter sich. Als er eine Hand auf Angelica legte und vorsichtig versuchte, das Kleid zu öffnen, das sie so fest zusammenhielt, zuckte sie zurück. «Darf ich mal sehen?»

«N-Nein», erwiderte sie und schob seine Hand weg. Wenn er sich nun vollends in eine Bestie verwandelte – so wie die Wesen, die sie unten im Saal gesehen hatte? Würde er ihr dann noch gestatten, ihn von sich zu weisen?

Oder würde er sich einfach auf sie stürzen?

«Nicht jetzt, Semjon», gelang es ihr gerade noch zu sagen. «Es ist … es ist ein wenig kühl hier.»

«Dann lass dich von mir wärmen», entgegnete er mit verführerischer Stimme.

Angelica zuckte erneut zurück. «Bitte. Ich bin im Moment nicht sonderlich amouröser Stimmung.»

Er betrachtete sie einen langen Moment. «Wie schade. Verzeih mir bitte, aber der Anblick, wie du dich selbst so leidenschaftlich streicheltest, hat mich alles andere vergessen lassen.»

Angelica beruhigte sich etwas. «Hast du dich bei dem Treffen deines Klans gut amüsiert? Ich, ich hatte nicht damit gerechnet, dass eure Zusammenkunft so lange dauern würde.»

Sie würde ihm weder sagen, dass sie durch die Tür zum Saal geschaut, noch, was sie dort gesehen hatte. Und auch ihr Wissen, dass ein geheimnisvoller Mann namens St. Sin ihn aus dem Haus geführt hatte, würde sie für sich behalten.

Er war nicht lange fort gewesen. Was war wohl in der großen Kathedrale geschehen?

Angelica nahm an, dass er ihr wohl nie davon berichten würde. Sie setzte sich auf das Bett, rang die Hände und vermied jeden Blick auf ihn.

«Und verzeih mir bitte auch, dass ich dich so lange allein ließ.» Seine Finger wanderten unter ihr Kinn und drehten ihr Gesicht in seine Richtung.

Sie starrte in seine Augen, sah aber nur die warme Haselnussfarbe, die sie kannte, und keinerlei stechenden Gelbton. Die Wärme seines Blickes durchflutete sie und ließ die Angst schmelzen, die sie so sehr zu verbergen suchte.

«Du hast am heutigen Abend irgendetwas gesehen», erklärte er mit leiser Stimme und sah ihr tiefer und suchender in die Augen, als sie es zuvor bei ihm getan hatte. «Was war es?»

«Nichts.»

Er ließ sie los und stellte sich vor das Fenster. «Dieses Zimmer ist zu hoch, als dass jemand hineinblicken könnte. Und die Mauern können nicht von Eindringlingen erklommen werden.»

«Nachdem die Sonne untergegangen war, sah ich am Fenster nichts weiter als das Spiegelbild dieses Raumes.»

Er stand breitbeinig und stark da, die Hände hinter dem Rücken verschränkt – das Abbild eines dominanten, wachsamen Mannes.

«Und bist du auch im Haus geblieben, Angelica?»

«Natürlich.»

«Wie gern würde ich dir glauben.»

Sie machte eine nervöse Geste, als wolle sie seine Vermutung abwehren.

«Wenn diesen Fenstern ein Zauber innewohnte, würden sie mir eine Reflexion dessen zeigen, was in den Stunden meiner Abwesenheit hier geschah. Sie würden mir das Zifferblatt der Uhr zeigen, und ich würde genau wissen, wann du gegangen und wann du zurückgekehrt bist.»

Sie zitterte. «Und wohnt diesen Fenstern ein Zauber inne?»

«Nein. Sie sind aus ganz einfachem Glas und reflektieren lediglich den augenblicklichen Moment. Das ist alles.»

Sein ruhiger Tonfall erfüllte sie mit großem Unbehagen.

«Aber es gibt Zauber in diesem Haus, Semjon. Davon hast du mir nichts erzählt, als du mich hierherbrachtest.»

«Eins nach dem anderen.» Seine Stimme war so tief, sie glich fast einem Knurren. Angelica schauderte. «Du hast dieses Zimmer verlassen, nicht wahr, Angelica?»

Sie nickte und nahm all ihren Mut zusammen, um ihm die Wahrheit zu sagen.

«Ich war so einsam, dass ich nach unten ging», hob sie an und zwang sich, so ruhig wie möglich zu sprechen. «Die Tür zum großen Saal war nur angelehnt, und ich … ich habe hineingeschaut.»

«Dann weißt du es jetzt also. Wir sind eine Bruderschaft von Wolfsmenschen.»

Sie schluckte schwer. «Du scheinst aber menschlicher zu sein als einige der anderen.»

«Manchmal. Das ist eine Eigenschaft, die nur schwer zu steuern ist.» Semjon fing an, mit langsamen Schritten im Raum umherzuwandern.

Angelica konnte nicht umhin, ihn genau zu studieren, um zu sehen, ob er Semjon, der Mensch, und nicht doch Semjon, der Wolf, war.

Seine körperliche Erscheinung war völlig menschlich. Doch es gab etwas, was sie nicht mit bloßem Auge sehen konnte: seine Seele.

«Wer bist du, Semjon?», flüsterte sie verzweifelt.

«Ich will es dir sagen.» Er zog einen schmalen Band aus einem Regal, das zu hoch für sie war, um heranzukommen – ein Buch, das sie bis zu dieser Minute noch nicht gesehen hatte. Dann setzte er sich zu ihr.

Der Text war vor langer Zeit in einem seltsamen und unbekannten Alphabet von einem Schreiber verfasst worden. Die großen Anfangsbuchstaben eines jeden Kapitels bestanden aus wunderschön kolorierten Miniaturbildern, die darauf hindeuteten, dass es sich um eine uralte Schrift handelte. Er las ihr daraus vor, aber Angelica schien es, als würde er gar nicht sprechen. Es war vielmehr, als würden die Worte von seinem Geist in ihren übergehen.

Geboren unter der blauen Sonne, die niemals untergeht, segelten die großen Eiswölfe des Nordens vor den niemals endenden Winden. Mit der Zeit vermischte sich ihr wildes Blut mit den Männern eines Krieger-Klans – den legendären Helden, die man als Roemi kennt …

Als er die Geschichte zu Ende erzählt und einige der mächtigen Kräfte erklärt hatte, die er besaß, hieß sie ihn aufzuhören. Tapfer legte sie ihm eine Hand auf den Arm.

«Ich verstehe, Semjon», war alles, was sie sagte. «Und ich liebe dich, wie du bist.»

Er schloss das alte Buch und wandte sich zu ihr um. «Gut. Du und ich müssen von nun an eins sein. Und das nicht nur im Bett. Es gibt im Rudel einige, die etwas gegen deine Anwesenheit hier haben. Und auch in der normalen Welt gibt es Menschen, die dir etwas zuleide tun könnten. Ich erhielt vorhin eine Nachricht von dem Mann namens St. Sin und habe versucht, persönlich mit ihm zu sprechen. Aber er blieb unsichtbar.»

«Selbst für deine Augen?»

Semjon verzog das Gesicht. «Auch ich kann getäuscht werden. Er stand auf der anderen Seite der Empore unter der Kuppel von St. Paul's Cathedral.»

«Den Ort kenne ich. Ich war einmal dort, um der Abendandacht zu lauschen.»

«Bist du auch auf die Empore gestiegen?»

«Nein.»

«Das ist eine Art gigantischer Kreis mit einem Geländer. Hätte ich ihn umrundet, wäre St. Sin mir immer einen Schritt voraus geblieben.»

«Wie hast du dann …»

«Die Empore ist ein Flüstergewölbe. Ein Wunder in seiner Größe. Worte, die man auf der einen Seite spricht, wandern zum Ohr, als würde der Sprechende direkt neben dem Hörenden stehen. Das hat Sin zu seinem vollen Vorteil ausgenutzt.»

«War nicht auch noch ein anderer Mann beteiligt?»

«Ja. Das war Hinch. Aber er ist nur ein Handlanger.»

«Er war der Mann, der mir die vergiftete Rose gab. Und ich glaube, er war es auch, der mich vom Haus der Congreves an den Ort gebracht hat, wo du mich schließlich fandest.»

«Dann hast du ihn heute Abend an der Tür gesehen?»

Sie nickte ängstlich. «Ich wäre dir schon fast gefolgt, hatte aber zu viel Furcht vor ihm.»

«Mh. Es ist gut, dass du ausnahmsweise mal zurückgeblieben bist. Du bist wohl doch in der Lage, hin und wieder zu gehorchen.»

«Hin und wieder», wiederholte sie mit einer gewissen Reue in der leisen Stimme.

«Ach, Angelica. Es könnte zwar durchaus sein, dass du mich noch ins Grab bringst, aber selbst damit wäre ich einverstanden.»

Sie drehte sich zu ihm und schlang die Arme um seinen Hals. Und obwohl sie genau wusste, dass die Falten ihres Kleides sich dabei wieder öffneten, war es ihr doch egal.

Semjon blies die Kerzen aus, und sie liebten sich im Schein des Mondlichtes. Stille, ungehetzte Liebe. Tief und wahrhaftig.

Kapitel Zwölf

«Eine weitere Entführung? Schon der Versuch wäre riskant. Bist du wahnsinnig?»

«Natürlich bin ich wahnsinnig. Und ich habe festgestellt, dass sich das durchaus bezahlt macht.»

Der Mann, der zuerst gesprochen hatte – der jüngere der beiden –, saß an einem klapprigen Tisch, sah seinen Geschäftspartner aufsässig an und zeigte dann auf die Whiskeyflasche, die zwischen ihnen stand. «*Das da* macht den Wahnsinn nur noch schlimmer.»

«Ist mir egal. Ich brauche meinen Schluck.» Der ältere Mann verzog den Mund zu einem scheußlichen Lächeln.

«Ha! So etwas wie einen Schluck gibt es bei dir doch gar nicht. Du könntest doch eine ganze Brennerei leer trinken.»

St. Sin lachte nur. «Nimm dir auch ein Glas, Victor. Und keine Widerrede.» Er zog den Korken aus der Flasche und goss den Rest der bernsteinfarbenen Flüssigkeit in ein großes Glas. «Oje. Die Flasche ist leer. Ich sollte dich um Nachschub schicken.»

«Schick doch Hinch.»

Sin legte die Stirn in Falten. «Der ist im Moment nicht mehr von dieser Welt.»

«Jetzt schon betrunken?»

«Wenn ja, ist das allein seine Sache, Victor. Du bist mittlerweile prüde wie ein Pastor.»

«Einer von uns muss ja bei Sinnen bleiben.»

Sin schnipste mit dem Fingernagel gegen sein Glas, bevor er es erneut zum Mund führte. «In der Tat. Aber da hast du dich bisher ja nicht gerade von deiner besten Seite gezeigt.»

«Was meinst du damit?»

«Du weißt genau, was ich meine. Die Schönheit, die du mir zum Kauf zugesichert hast. Angelica ist ein wertvoller Besitz, und du hast bei ihrer Entführung von Anfang bis Ende versagt.»

«Vergiss sie doch», bat Victor Broadnax eindringlich. «Du weißt, wo sie ist. Und du weißt auch, bei wem sie ist. Wir können das nicht riskieren.»

Sin schwenkte sein Glas. «Es wäre doch sicher spaßig, sie Semjon Taruskin direkt vor der Nase wegzustehlen.»

«Er würde zu ihrer Verteidigung sogar töten, glaube ich.»

Der ältere Mann zuckte gleichgültig mit den Schultern. «Aber auch er kann nicht überall zugleich sein. Hab ich dir erzählt, dass ich ihn zu einem Gespräch in die St. Paul's Cathedral gelockt habe?»

Victor sah überrascht aus. «Nein. Wann war das denn?»

«Vorgestern Abend. Was er mir nicht sagen wollte, habe ich mir einfach zusammengereimt. Es hat großen Spaß gemacht, ihn zu reizen.» Er verkniff es sich wohlweislich, seinem Gegenüber von Semjons Verwandlung zu berichten, denn er verriet sich nur äußerst ungern.

«Aber das ist ein sehr öffentlicher Ort, wo die Frommen zum Beten hingehen.»

Sin lächelte ihn breit an. «Ja. Hinch hatte Gesangsbücher an sie verteilt, die mit Gift bestäubt waren, und dann hilfreich auch noch auf die Seiten hingewiesen, auf denen die Lieder für die Abendandacht standen. Die anderen hat er mit ein paar Münzen bestochen. Es dauerte gar nicht lange, bis die Frommen nur noch ein kaum atmender Menschenhaufen und die Bestochenen wie gewünscht verschwunden waren.»

«Mh. Ich bin zwar kein besonders gläubiger Mann, aber es könnte gut sein, dass Gott dich dafür bestraft.»

Sin warf ihm einen verächtlichen Blick zu. «Aber ich betrachte mich durchaus als jemanden, der auch in seinen Diensten steht.»

«Du bist wirklich wahnsinnig», wiederholte Victor, und sein Blick wanderte zur Tür. Ob er nicht doch lieber flüchten und seinem Partner das Geld überlassen sollte, dass jener sich auf äußerst unredliche Weise verdient hatte?

Er entschied sich zunächst dagegen. Doch nur so lange, bis ihm eine Möglichkeit einfiel, das Geld zu finden, um es dann stehlen zu können. Den alten Sin würde er zusätzlich zum Schwimmen in die Themse schicken. Die Vorstellung jedenfalls, wie das graue Wasser über dem Kopf seines Geschäftspartners zusammenschlug, hatte etwas ausgesprochen Tröstliches.

«Ach, wirklich? Aber ich würde sagen, diese Eigenschaft liegt durchaus auch in deiner Familie. Angelica ist schließlich ebenso ein Freigeist – wenn du diesen Begriff vorziehst – und scheint ganz und gar unkontrollierbar zu sein. Das hast du selbst gesagt, als du mir von ihrer Erziehung erzähltest.»

Victor zog einen Riss in der Tischplatte mit einem Finger nach und vermied es, seinen Geschäftspartner anzusehen. «So frei ist sie nun auch wieder nicht. Wir müssen schließlich alle essen. Ihr ist es gelungen, sich drei Jahre lang allein in London durchzuschlagen, ohne ihren Körper zu verkaufen oder sich aushalten zu lassen. Anscheinend arbeitet sie lieber.»

«Im Gegensatz zu dir.» Sin konnte sich diese Spitze nicht verkneifen. Er nahm einen erneuten Schluck aus seinem Glas und schmatzte mit den Lippen. «Wir arbeiten die Hälfte der Zeit mit Verlust.»

«Ist das etwa meine Schuld? Die Orgien, die du veranstaltest, sind nun mal teuer.»

«Natürlich sind sie teuer. Wir unterhalten schließlich die Oberklasse und den Hochadel. Edelmänner wollen sich nun mal nicht mit irgendwelchen hergelaufenen Huren auf dreckigen Fußböden vergnügen.»

«Da bin ich mir gar nicht so sicher», murmelte Victor. «Männer scheinen sich ihr Vergnügen überall zu nehmen, wo sie es kriegen können – Edelmann oder nicht.»

Sin warf ihm einen mürrischen Blick zu und schloss sich dem Einwand schweigend an. «Ah, aber schließlich sind es die Frauen, die wir haben wollen.» Er trank sein Glas in einem Zug aus, und sein unrasierter Schlund gab dabei die lautesten Geräusche von sich. Aber als er das Glas wieder absetzte, hustete er weder, noch waren seine Augen feucht. Nein, sein Blick war starr, und die blauen Augen blinzelten nicht einmal. «Darf ich dir eine kleine Einführung in das Thema reicher, zügelloser Frauen geben? Erstens: Bloße Vergnügungen langweilen sie.»

Victor schaute sein Gegenüber angewidert an. «Zweitens: Sie genießen es, andere zu demütigen und selbst gedemütigt zu werden», kam er seinem Geschäftspartner zuvor.

«Du *hast* also zugehört.»

«Aber erkläre es mir ruhig erneut, Sin. Für den Fall, dass ich irgendetwas verpasst habe.»

Der andere Mann stand auf und überragte Victor dabei um einiges. Er war einst sehr attraktiv gewesen. Und auch wenn seine Züge immer noch recht markant wirkten, so war sein Gesicht doch durch den Alkohol und diverse Krankheiten gezeichnet – so, wie die Augen von seiner Grausamkeit gezeichnet waren. «Drittens: Gewisse Frauen haben Freude an den unvorstellbarsten Schlechtigkeiten. Und man muss schon ein gehöriges Maß an Einfallsreichtum mitbringen, um auch diese Sorte befriedigen zu können.»

«Ja, ja. Das hast du mir schon mehr als einmal erzählt – und damit geprahlt.»

«Und wieso sollte ich auch nicht prahlen? Meine besten Kundinnen wollen einen Mann mit eisernem Willen, der keine Furcht davor hat, ihnen das zu geben, was sie insgeheim wollen. Eine richtige Bestrafung kann höchst stimulierend sein, wenn sie von einer festen Hand ausgeführt wird. Du jedenfalls bist viel zu jung und unreif, um bei diesem Spiel überzeugend zu sein.»

Victor strich sich mit einer Hand über die Wange, die im Gegensatz zu Sins faltiger und vernarbter Haut ganz zart und pfirsichweich war. «Dann sollte ich mich vielleicht eher an die Jungfrauen halten.»

Der ältere Mann sah ihn missmutig an. «Das führt uns zurück zu deiner Schwester. Es war ausgesprochen töricht von dir, sie von ihren Ketten zu befreien», erklärte er mit verächtlicher Stimme.

«Aber sie sollte ihrem Käufer in makellosem Zustand geliefert werden. Und sie ist meine Stiefschwester, falls du das vergessen hast.»

Sin schien der Einwand kaltzulassen. «Ah ja. Aber das gereicht uns nur zum Vorteil. Alle, denen sie etwas bedeutet haben könnte, sind tot. Und somit gibt es auch keinerlei gefühlige Verbindungen mehr, eh?»

«Ich glaube, auch als die meisten noch am Leben waren, hat sich niemand um sie geschert», erwiderte Victor. «Das hat sie hart gemacht. Man erkennt es nur schwer, wenn man sie sieht, aber jene Härte ist da.»

«Wenn du es sagst. Ich nehme an, du hast sie um jeden noch so kleinen Betrag gebracht, den sie vielleicht geerbt haben könnte. Nein, um genau zu sein, bin ich sogar sicher, dass du das getan hast.»

Victor zuckte nur mit den Schultern.

«Dachte ich's mir doch», sagte Sin voll boshafter Befriedigung.

«Halt den Mund.» Victor stand auf und nahm eine bedrohliche Haltung ein, die neben seinem Komplizen allerdings ziemlich absurd aussah. Denn auch wenn Sin zwanzig Jahre älter war, so war er doch immer noch kräftig gebaut und von beeindruckender Statur.

«Und jetzt, wo wir dank Hinchs Spioniererei in Mayfair und anderswo wissen, wo sie ist», fuhr Sin fort, «und nach meiner großartigen List, Semjon aus seinem Bau zu locken …»

«Gibt es eigentlich irgendwas, für das du dir nicht selbst auf die Schulter klopfst?»

Sin wedelte den Kommentar einfach weg. «Da sollte es doch wohl ein Leichtes sein, ihr in der Nähe des St. James's Square aufzulauern.»

«Nicht, wenn sie unter Semjon Taruskins Schutz steht. Von dem wenigen, was du mir von ihm berichtet hast …»

«Das Mädchen tut doch, was sie will, wenn er nicht hinsieht. Sie verlässt verkleidet das Haus. Sie spricht mit Fremden. Was für eine glückliche Fügung, dass ich einer jener Fremden war.»

«Ich kann immer noch nicht glauben, dass sie wirklich eine Beichte vor dir abgelegt hat, wie du sagtest! Hattest du denn nicht wenigstens vermutet, dass es Angelica war?»

«Erst als sie anfing zu sprechen. Sie hatte sich hinter einem grauen Schleier verborgen, und ich beobachtete sie eine Weile. Zunächst dachte ich, sie wäre eine Freundin der Marquise, die vor ihr im Beichtstuhl war.»

«Auch eine Fromme, nehme ich an.»

Sin nickte. «Auf ihre Art, ja. Die reizende Lady hat Dinge

gebeichtet, die meine Ohren zum Glühen gebracht haben. Und sie verlangte, dass ich ihr eine besonders erregende Buße auferlege. Sie lässt sich gern den zarten Po versohlen. Bettelt förmlich darum, wieder und wieder geschlagen zu werden.»

«Vor Ort und sofort?», fragte Victor angewidert.

«Natürlich nicht. Wir treffen uns nach der Beichte immer bei ihr zu Hause, hinter verschlossenen Türen. Man kann sich in der Öffentlichkeit nicht alles herausnehmen.»

«Was hast du Angelica denn gesagt?»

«Nichts. Ich habe irgendeinen Unsinn gemurmelt, nachdem sie mir ihr Herz ausgeschüttet hatte. Sie schien sehr dankbar zu sein. Du siehst also, es ist wahr, dass ich im Dienst bedrängter Seelen stehe. Möchtest du gern wissen, was sie über dich gesagt hat?»

«Nein.» Victor ließ sich wieder auf seinen Stuhl fallen.

«Eigentlich glaubte ich ja, dass du mich bezüglich ihrer Unschuld belogen hast, Victor. Aber anscheinend hast du doch die Wahrheit gesagt.»

«Wie sie sich die nur während dreier Jahre in London bewahren konnte?», wunderte sich Victor. «Schutzlos und allein, für ihr täglich Brot schuftend und von der Hand in den Mund lebend.»

Der ältere Mann knurrte. «Das ist vorbei. Sie ist jetzt schon seit Tagen bei Semjon. Der Mann ist reich. Und er ist ein Lebemann.»

«Und nach dem, was du mir erzählt hast, außerdem sehr gefährlich. Genau wie seine Brüder. Was weißt du sonst noch? Ich habe ein paar seltsame Gerüchte über das Haus am St. James's Square gehört.»

Die kalten Augen von Sin wurden noch eine Spur kälter. «Die Taruskins stammen von seltsamem Blut ab. Das ist der Grund für die Gerüchte.»

«Was meinst du damit?»

Sin sah ihn mürrisch an. «Ihr Klan dient insgeheim dem König. Niemand weiß genau, in welcher Form. Und wer darüber spricht, kommt an den Galgen.»

«Bedauerlich.» Victor hätte ganz und gar nichts dagegen, Sin am Galgen baumeln zu sehen. Das würde ihm die Mühe ersparen, ihn zu ertränken.

Aber Spin sprach weiter, denn der wärmende Whiskey hatte ihn jetzt so richtig in Fahrt gebracht. «Ich habe mal mit einer verführerischen kleinen Herzogin gefickt, die sich leidenschaftlich danach sehnte, den ältesten der Brüder, Kyrill, in ihr Bett zu bekommen. Natürlich mit einer schweren Eisenkette um den starken Hals. Sie bot mir Tausende von Pfund, wenn ich ihn einfinge.»

«Und?» Mit einem Mal war Victors Neugier geweckt.

«Es gelang mir nicht. Kyrill hatte keinerlei verborgene Makel, die ich ausnutzen konnte. Ganz im Gegensatz zu diesem Cousin von ihm. Wie hieß er gleich? Lukian war sein Name. Er war der Mächtigste von allen, aber seine Seele wurde durch seine Schwäche für Morphium zerstört. Ich glaube, er starb sogar daran. Oder auch nicht. So oder so, er ist tot. Die anderen Familienmitglieder scheinen eine übernatürliche Vitalität zu besitzen. Und einige ungewöhnliche … Fähigkeiten, die fast an Zauberei grenzen.»

«Du meinst Illusionen? Schall und Rauch und derlei Tricks von der Bühne?»

«Nein», erwiderte Sin knapp. «Das würde ich wissen.»

«Natürlich. Du warst ja einst Schauspieler. Was war doch gleich deine größte Rolle? Wenn ich mich recht erinnere, war das Stück gar nicht mal schlecht», sagte Victor mit säuerlicher Stimme. Ihm war eine Möglichkeit eingefallen, Geld zu machen. Aber dazu würde er Sins Hilfe brauchen. Also würde er ihm ein wenig schmeicheln – zumindest so lange, bis er ihn töten konnte. Dieser Mann konnte schon auf groteske Weise sentimental werden, wenn er betrunken war. Amüsant, aber gleichzeitig auch mitleiderregend.

Sin sprach zu einem imaginären Publikum, die Stimme laut und rau vom Whiskey. «Ich gab einen Geistlichen in dem Stück … Hol mich der Teufel, ich komme nicht drauf!» Er machte eine nachdenkliche Pause. «Der Name des Stückes entfällt mir doch immer wieder. Es ist schon lange her, und ich war noch sehr jung. Jünger als du heute.»

«Fahr fort.» Victor unterdrückte ein Gähnen. Sins theatralischer Ton machte ihn ungehalten.

«Ich sollte in dem Stück jedenfalls die Güte selbst sein, bis ich schließlich von einer Hure verdorben werde. Sally Gibbons hatte damals diese Rolle. Ich glaube, sie hat irgendwann einen Herzog geheiratet. Einhundertdreizehn Vorführungen lang hat sie Abend für Abend in den schillerndsten Einzelheiten ihre Sünden gebeichtet.»

«Und?»

«Um ihre Seele zu reinigen, musste ich sie peitschen. Die Schläge waren natürlich nicht echt, aber das Publikum war begeistert. Jedes Mal, wenn ich ihr die Kleider vom Leib riss, brandete Applaus auf.»

«Für ihr schauspielerisches Talent, hoffe ich.»

Sin schüttelte den Kopf. «Das war schlecht. Nein. Für ihre bloßen Brüste. Und die waren ganz real. Sie hat stets viele Vorhänge bekommen.»

Victor kannte die Geschichte schon auswendig. «Aber du hast keinen Applaus bekommen.»

«Ich bekam später Applaus, wenn das Stück vorbei war», erklärte Sin voll perversem Stolz. «Wenn ich das Theater verließ, wurde ich am Bühneneingang in der Regel von einem Diener angesprochen.» Er ahmte einen servilen Ton nach. «Sir, Milady würde Sie gerne unter vier Augen sprechen. Bitte folgen Sie mir hier entlang zu ihrer Kutsche.»

Er lachte, und sein nach Whiskey riechender Atem hing in der Luft. «Ich ging mit. Die erste Milady bezahlte mich großzügig, um sich von ihrer schockierenden Tendenz zur Lasterhaftigkeit loszusprechen. Und dafür, dass ich mir erregende Bestrafungsmethoden einfallen ließ, die noch schlimmer waren.»

«War sie hübsch?», fragte Victor träge.

«Ziemlich.»

«Was hast du mit ihr gemacht?»

«Was immer sie wollte. Aber irgendwann fand ihr Ehegatte alles heraus.»

Victor nickte. Diesen Teil der Geschichte kannte er tatsächlich noch nicht.

«Daher verpflichtete ich mich für eine Repertoiretheater-Tournee durch die Provinz, um seinem verständlichen Zorn zu entgehen. Zunächst hatte ich noch gehofft, dass er sich dem Spaß vielleicht anschließen wollte, aber nein.»

Victor stieß ein kurzes Lachen aus, das allerdings nicht besonders belustigt klang. «Niemand kann eine Stadt schneller verlassen als ein Schauspieler. Bei deinen unbezahlten Rechnungen und den Ehemännern, die du gehörnt hast, ist es ein Wunder, dass du überhaupt noch am Leben bist.»

Sin ging zu einem Schränkchen an der Wand, suchte darin nach mehr Whiskey und fand schließlich eine kleinere Flasche als die erste. Als er die Tür des Schrankes zuknallte, bröckelte ein wenig Putz von der Decke.

«Erklär mir noch mal, wieso unser Hauptquartier in so einem heruntergekommenen Loch untergebracht sein muss, wo du doch so viel Geld verdienst», forderte Victor den älteren Mann auf.

«Ich mag es heruntergekommen. Das erinnert mich an meine bescheidenen Anfänge», erwiderte Sin.

«Wieso können wir denn nicht in das Haus in dem neuen Wohngebiet ziehen?»

«Zu auffällig. Das ist für unsere Kunden, nicht für uns», erklärte Sin.

«Dann gestatte mir doch wenigstens, eines der anderen zu mieten. Ich gelte doch noch nicht als berüchtigt. Bist du denn nicht im Besitz des Landes und aller Pachtverträge, die darauf ausgestellt wurden?»

Sins Augen verengten sich zu Schlitzen. «Das war das Geschenk einer unanständigen Marquise. Allerdings nicht ganz ohne Bedingungen. Hast du dich etwa mit Besitzurkunden und Eigentumstiteln beschäftigt? Ich dachte, das wäre die Aufgabe vom Sekretär des Rudels – der dürre Kerl mit der Brille. Antoscha heißt er. Hinch ist ihm gefolgt.»

Victor trommelte mit den Fingern auf dem Tisch. «Nein, ich habe gehört, wie du mit Hinch sprachst, als du betrunken warst. Sag mal, Sin, lässt du mich vielleicht beschatten?»

«Nein», antwortete sein Geschäftspartner ausdruckslos. «Ich habe dich nur gefragt, ob du dich mit den Besitzurkunden beschäftigt hast. Aber lass uns nicht weiter darüber nachdenken. Kehren wir doch lieber zu der Angelegenheit mit Angelica zurück.»

Kapitel Dreizehn

Der Brief war mit der morgendlichen Post gekommen. Zunächst hatte er unbemerkt mit anderen Schreiben auf dem Silbertablett in der Eingangshalle gelegen. Doch dann war Antoscha die extravagante Schrift aufgefallen und dass der Brief an Semjon adressiert war. Er hatte ihn umgedreht, um einen Blick auf das Wachssiegel zu werfen.

Daraufhin hatte er den jüngsten der Taruskin-Brüder in sein Studierzimmer gebeten, um ihm das Schreiben zu überreichen und – wenn Semjon es wünschte – auch darüber zu sprechen. Zu diesem Zweck schloss er sogar die Tür ab.

Und jetzt beobachtete der Sekretär, wie Semjon mit einer dünnen Klinge unter das Siegel fuhr. Und wieder fielen Antoscha die Initialen auf, die in das Wachs geprägt waren: *S. S.* Er konnte sie allerdings nur einen kurzen Moment erkennen, bevor Semjon sie schließlich mit der Klinge trennte.

«Das sieht ihm gar nicht ähnlich, einen ganz gewöhnlichen Brief zu schreiben», stellte Semjon fest. «Ich hatte wirklich mit etwas Dramatischerem gerechnet.»

«Wieso?»

Semjon berichtete dem Sekretär von dem Gespräch in dem Flüstergewölbe. Eigentlich hatte er gehofft, die Unterhaltung geheim halten und sich so dem Tadel seiner Familie entziehen zu können. Doch bei Antoscha hatte er das Gefühl, sich ihm anvertrauen zu können. Die beiden schienen ein Maß an Übereinstimmung zu haben, das über die ungeschriebenen Gesetze des Rudels hinausging.

«St. Sin war einst Schauspieler.»

«Na, das passt ja», stellte Semjon fest. «Und wie hast du das herausgefunden?» Er holte zwei gefaltete Blätter aus dem Umschlag, las sie aber noch nicht.

«Eines führt zum anderen», erklärte der Sekretär. «Und die Menschen tratschen nun mal gern. Es scheint, unser Widersacher bewegt sich in den höchsten Kreisen. Auch wenn er von niederer Herkunft ist.»

«Ein geschickter Schachzug.»

«Darin ist er gut. Und auch darin, die Beteiligten gegeneinander auszuspielen. Nimmt man seine Vorliebe für Lasterhaftigkeit, das völlige Fehlen eines Gewissens und ein Talent für billige Theatralik hinzu, dann kann man sich schon ein recht gutes Bild von ihm machen.» Antoscha spitzte den Mund und zog ein in Leder gebundenes Buch hervor. «Wenn ich dir verrate, was ich herausgefunden habe, lässt du mich dann den Brief lesen?»

«Natürlich.»

Der Sekretär setzte seine Brille auf und fuhr mit dem Finger über eine Liste von Namen, bevor er sie schließlich laut vorlas. Semjons Augen weiteten sich.

«Da siehst du es», schloss Antoscha, «St. Sin kann mit vielerlei mächtigen Menschen in Verbindung gebracht werden. Von Ministern bis hin zu adeligen Herren. Er kennt ihre Geheimnisse, und sie stehen in seiner Schuld.»

«Welcher Natur sind denn diese Geheimnisse?»

«Sexueller Natur.»

«In London wimmelt es doch geradezu von Prostituierten beiderlei Geschlechts. Es sollte doch wohl genug Arbeit für alle da sein», sagte Semjon voller Zynismus und setzte sich auf seinem Stuhl zurück. «Ich verstehe nicht, wieso er sich die Mühe machen sollte, Angelica zu entführen.»

Antoscha schüttelte den Kopf. «Prostituierte sind eine Sache. Aber eine echte Unschuld ist etwas völlig anderes. Angelica ist ihm irgendwie ins Auge gefallen. Oder ihr Stiefbruder hat sie angeboten. Aber das spielt keine Rolle. Wichtig ist, was als Nächstes passiert.»

Semjons Haare stellten sich auf.

«Beruhige dich. Ich sage ja nur, dass sie für beide Männer leichte Beute gewesen sein muss, bevor du auf den Plan tratest.»

«Antoscha!»

Der Sekretär warf ihm einen sanften Blick zu. «Nun, sie ist eine Schönheit … Ja, Semjon, ich habe trotz deiner Vorkehrungen einen Blick auf sie werfen können. Und ich bin nicht der Einzige im Haus, dem dies gelungen ist.»

Semjon legte die Stirn in Falten, unterbrach den Sekretär aber nicht weiter bei seinen Ausführungen.

«Im Moment ist sie hinter diesen Mauern sicher.» Er zeigte auf die Namen, die in dem Buch vermerkt waren. «Aber sie war für jemanden auf dieser Liste bestimmt. Und es wäre interessant herauszufinden, für wen.»

«Wenn ich Sin den Hals umgedreht habe, spielt das keine Rolle mehr», knurrte Semjon.

Antoscha warf ihm einen prüfenden Blick zu. «Dein Fell tritt hervor. Ich glaube, das passiert immer dann, wenn deine Gefühle derart aufgewühlt werden.»

Semjon starrte seinen Sekretär an.

«Einerlei. Wenn St. Sin Angelica einem mächtigen Mann versprochen hat, dann muss er dieses Versprechen auch einhalten.»

«Du redest, als würdest du diese Menschen kennen.»

«Ich weiß, wie sie denken. St. Sin hat ein Netz gesponnen, in dem er sich mittlerweile selbst verstrickt hat. Wenn er einen Kunden enttäuscht, wird das Folgen haben. Und es gibt auch noch andere Dinge, um die er sich sorgen muss.»

Semjon atmete zischend aus, konnte seinen Zorn aber damit nicht mildern. «Zum Beispiel?»

«Sin ist ein schwerer Trinker. Und das fängt langsam an, seinen Geist zu verwirren.»

«Können wir das gegen ihn verwenden?»

Antoscha lächelte traurig. «Wahrscheinlich schon.»

«Nun denn ...», hob Semjon an und beugte sich mit kämpferischem Blick nach vorn.

«Der Mann stellt in seiner Unberechenbarkeit eine große Gefahr dar. Und am schlimmsten ist, wir wissen nicht, wie viel er über uns weiß.»

Semjon schwieg.

«Es könnte sein, dass gewisse Missionen durch ihn vereitelt werden könnten», erklärte Antoscha. «Der Sache muss also Einhalt geboten werden.»

«Davon wusste ich nichts.»

«Deine älteren Brüder zogen es vor, dich darüber im Unklaren zu lassen.»

«Antoscha, unsere geheime Arbeit im Namen der Krone reicht schon Jahrhunderte zurück. Unsere Wolfskräfte haben es uns bisher ermöglicht, jedem Spion zu entgehen.»

«Das Rudel hat ab und zu den ein oder anderen von ihnen angefallen. Höchst undiplomatisch.»

Semjon ignorierte den Kommentar. «Sin ist doch kein Spion, oder?»

«Nein. Aber sein großer Einfluss und seine Skrupellosigkeit könnten den Feinden Englands sehr gelegen kommen. Es ist nur eine Frage der Zeit, bevor sich jemand sein Wissen zunutze macht.»

Semjon versank eine Minute in nachdenklichem Schweigen. «Der König und sein engster Kreis werden es nicht zulassen, dass die Regierung von einem Mädchenverhökerer gestürzt wird.»

«Es wäre nicht das erste Mal.» Antoscha tippte erneut auf das Buch. «Das könnte jederzeit wieder geschehen. Und wenn die Regierung stürzt, werden wir, das Rudel, mit in den Abgrund gerissen. Vielleicht schickt man uns sogar ins Exil.»

Im Raum herrschte eine beunruhigende Stille, als plötzlich ein eisiger Regen einsetzte, der gegen die Fensterscheiben prasselte und dort gefror.

«Ich werde Angelica nicht diesem Monster aushändigen», erklärte Semjon mit tiefer Stimme.

«Grundgütiger, das verlangt doch auch niemand von dir», beschwichtigte Antoscha geduldig. «Aber ich denke, es wäre besser, sie an einen anderen Ort zu bringen, wo sie sicherer ist. An einen Ort, der nicht in derartiger Nähe zum Hof des Königs liegt. Und auch nur so lange, bis St. Sin das Interesse verliert und sich auf etwas anderes konzentriert. Oder am Alkohol und seinen Ausschweifungen zugrunde geht, wenn wir Glück haben», fügte er hinzu.

«Frankreich? Holland?», fragte Semjon mit Verzweiflung in der Stimme. «Wo soll ich sie denn hinbringen?»

«Nicht ins Ausland. Wenn Sin verlangt, die auslaufenden Schiffe zu überwachen, wird man ihm das gewähren. Sie würde wegen irgendeiner erfundenen Beschuldigung festgenommen werden, und wir müssten uns wahrscheinlich mit dem Teufel verbünden, um sie zu befreien. Nein, ich würde das Land vorschlagen. Heraldshire, vielleicht. An der Küste.»

«Wieso dort?»

«Dort sind keine Wälder, und die Umgebung ist flach. Die Bevölkerung dort ist verschwiegen und misstrauisch. Ein einzelner, fremder Besucher würde sofort auffallen.»

«Würde die Bevölkerung uns denn willkommen heißen?»

Antoscha zwinkerte. «Geld hilft immer. Das wird dort keiner von ihnen ablehnen. Man wird sie verstecken, bis du sie wieder abholst.»

«Ich werde sie nicht allein dort lassen», erklärte Semjon. «Das Rudel wird also eine gewisse Zeit ohne mich auskommen müssen. Und du musst es Kyrill, Marko und Iwan erklären.»

«Das begreife ich langsam auch. Übrigens, die hiesigen Schmuggler haben Tunnel zu den Klippen gegraben. Eine Flucht ist also leicht möglich, falls es nötig wird.»

«Mmh.» Semjon wusste nicht, was er tun sollte.

«Oder sie bleibt hier in London. Dann müsstest du allerdings einige falsche Hinweise streuen, um Sin und seine Männer in die Irre zu führen.»

«Ich werde mit ihr reden», versprach Semjon.

Antoscha warf ihm einen fragenden Blick zu.

«Sie trifft Entscheidungen gern selbst. Und mir ist es egal, ob ein paar hinterhältige Edelmänner und korrupte Minister zusammen mit St. Sin am Galgen landen.»

«Ich verstehe», sagte Antoscha. «Und was ist mit dem Rudel?»

«Wir werden schon überleben. So war es doch bisher immer.»

«Und Seine Majestät?»

«Lang lebe der König», entgegnete Semjon trocken.

Antoscha räusperte sich. «Ich hatte ja keine Ahnung, dass du wegen einer Frau in derartige Torheiten verfallen könntest.»

«Sie ist keine gewöhnliche Frau.»

«Ich wünsche euch beiden jedenfalls alles Gute. Und?» Er zeigte mit dem Kopf auf den gefalteten Brief, den Semjon immer noch in Händen hielt. «Was steht denn nun in dem Brief drin?»

Semjon zuckte leicht zusammen. «Ich hatte ganz vergessen, dass ich ihn noch in der Hand halte.»

Antoscha nickte, als Semjon anfing zu lesen, und es dauerte nicht lange, bis Ekel und Wut sich auf seinem Gesicht breitmachten. «Er beschreibt ganz genau, was er mit Angelica und auch mit mir machen will, wenn die Zeit gekommen ist. Durch und durch verdorbener, wirrer Schmutz.» Er zerknüllte die Seiten und erhob sich, um sie ins Feuer zu werfen.

Sie begannen sehr schnell zu brennen, sodass schon bald eine dünne Rauchfahne durch den Raum zog. Und als schließlich ein Eindringling das Fenster öffnete, waren Antoscha und Semjon längst bewusstlos. Der Mann und noch ein zweiter, stärkerer Kerl zerrten sie binnen Sekunden ins Freie und in eine bereitstehende Kutsche.

Angelica hörte in ihrem Zimmer in der obersten Etage zwar einen Tumult, wagte aber nicht, nach unten zu laufen.

Dennoch reichten die Geräusche und die Namen, die sie hörte – Semjon, Antoscha – aus, um sie aufmerksam lauschen zu lassen und sich dem Lärm zumindest ein paar Schritte über die Treppe zu nähern.

Hatte man etwa vergessen, dass sie auch noch existierte? Sie rief sich in Erinnerung, dass nicht jeder hier im Haus von ihrer Gegenwart wusste.

Der jungen Frau schien es, als wäre ihrem Mann etwas zugestoßen. Sie hörte Rufe in der Eingangshalle, die sie Iwan zuwies.

Vorsichtig und geräuschlos gelang es ihr, eine weitere Treppe hinabzusteigen, ohne entdeckt zu werden.

Nach und nach ergaben einige Sätze, die sie aufschnappte, auch einen Sinn. Doch je mehr sie verstand, desto mehr wurde sie von einer unbekannten Angst gepackt.

Das Fenster zum vorderen Salon war aufgebrochen und Semjon und Antoscha blutend nach draußen gezerrt worden. Und irgendein giftiger Rauch hatte dafür gesorgt, dass noch zwei weitere Männer das Bewusstsein verloren hatten.

Angelica hatte keinerlei Zweifel, dass ihr Geliebter und der Sekretär des Rudels gegen ihren Willen fortgeschafft worden waren. Und auch den Grund dafür konnte sie leicht erraten.

Sie musste der Grund für ihre Entführung sein. Angelica konnte dem Rudel nicht gegenübertreten. Dazu wusste sie einfach nicht genau, wo sie mit ihnen stand. Die junge Frau befürchtete das Schlimmste. Man hatte sich unten um zwei weitere Verletzte zu kümmern. Sie musste fort, bevor man ihr die Schuld für die ganze Angelegenheit gab.

Der einzige Ausweg bestand in einer Flucht. Und zwar bevor sich jemand anschickte, sie zu holen. In verzweifelter Eile kleidete sie sich an und zog dabei mehrere Kleidungsstücke übereinander, um nichts tragen zu müssen. Dann raffte sie ein wenig Geld zusammen und steckte zu guter Letzt auch noch einen Kamm ein.

Schließlich musste sie weiterhin vorzeigbar bleiben und auch etwas zu essen kaufen können, um bei Kräften zu bleiben. Irgendwie würde es ihr schon gelingen, Semjon zu finden. Und wenn sie zu diesem Zweck die gefährlichsten Höllenlöcher Londons durchkämmen musste. Verdammt – sie würde sogar splitternackt durch die düsteren Spelunken marschieren, wenn es sein musste.

Aufgrund der Branche, in der Victor tätig war, hatte er natürlich eine Schwäche für derlei Lokalitäten. Die Bösartigkeit ihres Stiefbruders kannte einfach keine Grenzen.

Angelica war sicher, dass ihr Geliebter nur entführt und fortgeschafft worden war, um letzten Endes irgendwie an sie heranzukommen. Man würde ihn als Lockvogel einsetzen, um sie einzufangen. Aber das hieß zumindest, dass man ihn am Leben ließe, bis sie in die Falle getappt war – wo immer sich diese Falle auch befand. Ganz sicher nicht im Salon eines ruhigen Hauses. Und auch nicht in einem Gefängnis, das von den Behörden geführt wurde und in dem es vom Pöbel nur so wimmelte.

Sollte es ihr gelingen, Victor zu finden, würde sie auch Semjon finden. Sie betete, dass seine animalischen Instinkte sie irgendwie zu ihm hinziehen würden.

Das Rudel hatte sich mittlerweile erneut um einen Tisch im großen Saal versammelt, war diesmal aber alles andere als angesäuselt. Angelica stahl sich die letzten Stufen hinunter und verließ das Haus durch die Vordertür.

Niemand sah sie fortgehen.

Sie hielt sich an die Seitenstraßen und vermied die Gegend um Mayfair, wo das kleine Häuschen stand, in dem sie zuerst Zuflucht gefunden hatte. Sie hielt den Kopf nach unten gebeugt, und das auffallende Haar war mit einem Umhang bedeckt. Angelicas Schritte eilten über das Kopfsteinpflaster. Ihre Gedanken rasten, wo sie wohl zuerst nach Semjon suchen sollte. Also blieb sie an einem kleinen, öffentlichen Garten stehen, der mit seinen kahlen Bäumen und der halbgefrorenen Erde zwar nicht gerade ein aufmunternder Anblick war, aber immerhin abgelegen genug lag, um dort die Gedanken zu ordnen.

Sie sank auf eine Bank und grübelte, bis ihr schließlich tatsächlich etwas einfiel. Die Erinnerung daran sorgte allerdings dafür, dass sie innerlich zusammenzuckte.

Mr. Congreve war Abnehmer eines Kalendariums gewesen, das jedes Jahr von den Bordellbesitzern herausgegeben wurde. Darin waren nicht nur die Preise der speziellen Leistungen aufgelistet, sondern auch die Frauen, die sie anboten. Solch ein Führer wäre zumindest ein Anfang, mit dessen Hilfe sie Nachforschungen anstellen konnte.

Die Bordellwirtinnen würden sicher annehmen, dass sie nach einer entsprechenden Tätigkeit suchte. Aber wenn es darum ging, Semjon zu finden, dann würde sie die taxierenden Blicke schon ertragen.

Angelica wischte sich die Tränen aus dem Gesicht, denn sie wusste, sein Herz würde vor Schmerz brechen, wenn er sie so sähe. Aber was konnte er schon tun, um sich selbst zu retten? Oder um sie zu retten?

Genau wie sie zuvor würde er wahrscheinlich irgendwo angekettet und seiner Wolfskräfte beraubt sitzen.

Sie versank immer tiefer in ihren Gedanken, versuchte sich in den Kopf ihres Stiefbruders zu versetzen und sich vorzustellen, was er wohl tun würde. Sein Geschmack konzentrierte sich auf Peitschen und voyeuristisches Beobachten – das wusste sie nur allzu gut.

Das engte die Frage nach Semjons Aufenthaltsort schon mal ein. Aber sie würde sich ein Kalendarium wie das von Mr. Congreve beschaffen und dann die Bordelle aufsuchen müssen, die unter dieser Kategorie geführt waren. Angelica nahm all ihren Mut zusammen und machte sich auf in Richtung Soho, um nach einer Buchhandlung zu suchen, die auf verrufene Kundschaft spezialisiert war.

Wie sich herausstellte, gab es davon recht viele. Ihre Füße waren längst wund gelaufen, als sie schließlich an ein Geschäft gelangte, das sicher genug schien, um auch von einer Frau betreten zu werden.

Der Inhaber warf ihr einen kurzen Blick zu, als sie eintrat. «Kann ich Ihnen behilflich sein?»

Die Worte, die ihr Anliegen beschreiben konnten, blieben ihr im Hals stecken. Wie sollte sie sie nur laut aussprechen?

Ich bin auf der Suche nach einem Bordellkalendarium. Einem, in dem all die speziellen Leistungen aufgelistet sind. Und zwar mit Adressen, wenn Sie so freundlich wären.

Angelica drehte sich um und hörte nur noch die kleine

Klingel des Ladens, als sie aus der Tür rannte. Draußen lief sie prompt zwei Männern in die Arme, die das Geschäft gerade betreten wollten. Die beiden pressten sich an ihr vorbei und lachten dreckig, als die junge Frau sie beiseiteschubste.

Und weiter ging es mit stolpernden und schlingernden Füßen über das Kopfsteinpflaster. Irgendwann fiel sie tatsächlich hin und konnte sich gerade noch an einer Mauer abstützen. Dahinter war ein widerliches Stöhnen zu hören, das ihr zunächst schreckliche Angst einjagte – bis ihr schließlich klar wurde, dass es sich um eine Straßendirne handelte, die mit einem Mann dahinterstand, der gerade mit lautem Fluchen seinen Höhepunkt erreichte.

Angelica musste einen Brechreiz unterdrücken. Als sie mit der Hand auch noch eine dicke, feuchte Papierrolle berührte, die in die Mauer gestopft war, zog sie ihre Finger sofort zurück. Sie wollte gar nicht wissen, wie die Rolle dorthin gekommen und wozu sie benutzt worden war. Ach! Jetzt klebte auch noch ein Streifen Papier an ihren Fingern. Angelica schüttelte wie wild ihre Hand.

Der Papierstreifen schwebte nach unten, blieb dann aber an ihrem Kleid hängen. Doch genau in dem Moment, als sie ihn abzupfen wollte, erkannte sie, um was es sich tatsächlich handelte. Es war die Titelseite eines der Kalendarien, die sie hatte erwerben wollen.

Voller Abscheu zerrte sie den Rest der Papierseiten aus der Mauer, steckte sie zusammengerollt unter ihren Mantel und entfernte sich schnell.

Als plötzlich die Straßendirne hinter der Mauer hervortrat, sah sie Angelica zunächst neugierig an, machte sich dann aber sogleich auf die Suche nach neuer Kundschaft. Dazu hob sie ihre Röcke ein wenig an, damit die vorbeieilenden Männer einen Blick auf ihre schmutzigen Schuhe und Strümpfe werfen konnten.

Die heisere Stimme, mit der die Frau sich anbot, dröhnte in Angelicas Ohren. *«'tschuldigung, Sir. 'n bisschen Gesellschaft vielleicht? Wolln Sie 'n Mädchen?»*

Die Straßendirne lachte genau so dreckig wie die Männer vor dem Buchladen, und Angelica spürte so etwas wie Mitleid in sich aufkeimen.

Als die junge Frau schließlich irgendwann an eine Teestube gelangte, schaute sie durch die von innen beschlagene Scheibe. Im Inneren waren kleine Sitzecken zu sehen, und sie hatte mehr als genug Geld für eine Tasse Tee, ein Gebäckstück und ein Zimmer für die Nacht.

Die füllige Frau mit Schürze, die den Laden führte, geleitete sie zu einer Sitzecke im hinteren Teil des Raumes und nahm ihre Bestellung auf. Sie schien recht froh zu sein, mal eine freundliche, ruhige Kundin zu haben, die offensichtlich so etwas wie eine Lady war. Nachdem sie Angelica einen großen Becher Tee und eine Untertasse mit Gebäck hingestellt hatte, ließ sie ihre Kundin allein.

Angelica hatte keine Ahnung, wie weit oder wie lange sie gelaufen war. Doch schon als sie den ersten, winzigen Schluck Tee nahm, spürte sie, wie erschöpft sie eigentlich war. Sie umfasste den Becher und war durch und durch dankbar für seine Stärke und den leicht bitteren Geschmack. Da sie vor drei Jahren während ihrer ersten verwirrenden Tage in der riesigen Metropole das große Glück gehabt hatte, recht schnell eine Anstellung als Dienstmädchen zu bekommen, war es ihr bisher erfolgreich gelungen, den Gedanken zu verdrängen, irgendwann mal wieder auf der Straße landen zu können.

Wie schnell diese Jahre doch vergangen waren, dachte sie abwesend. Damals zu wissen, sich von ihrer Vergangenheit befreit zu haben, hatte sie ebenfalls davon abgehalten, zu viel an die Zukunft zu denken. Oder an ihren Stiefbruder.

Sie nahm einen größeren Schluck des kräftigenden Tees und ließ sich davon Körper und Seele wärmen.

Genau wie Semjon es sonst tat. O großer Gott!

Angelica wischte sich mit der Hand über die tränenfeuchten Augen. Doch ihr fiel schnell ein, wie schmutzig ihre Finger waren und was sie berührt hatten.

Aber wenn die Tränen erst mal flossen, dann gab es eben kein Halten mehr.

Sie suchte in der Innentasche ihres Umhangs nach einem Taschentuch, fand stattdessen aber Banknoten und eine einzelne, goldene Zwanzig-Schilling-Münze. Wie war das Geld da nur hineingelangt? Angelica hatte irgendwie das Gefühl, dass Semjon es für den Fall einer weiteren Flucht von ihr dort hineingesteckt hatte. Er war sogar so klug gewesen, neben dem Papiergeld nur eine einzelne Münze dazuzugeben – denn die würde nicht klimpern.

Angelica hoffte, sich am nächsten Tag anständig genug herrichten zu können, um die Scheine bei der herausgebenden Bank in Münzen wechseln zu können. Und bis dahin konnte sie die Zwanzig-Schilling-Münze als Zahlungsmittel verwenden.

Sie sah sich in der Teestube um. Da die wenigen anderen Gäste nicht auf sie zu achten schienen, entrollte sie die Seiten, die sie aus dem Loch der Mauer mitgenommen hatte, auf ihrem Schoß.

Für jeden ist etwas dabei, dachte sie stumpf und musste sich förmlich zwingen, die anzüglichen Anzeigen zu lesen, die auf dem vom Regen aufgequollenen Papier nur noch verschwommen zu erkennen waren. Ihr fiel auf, dass viele Bordelle in ein und derselben Gegend lagen und dass einige Etablissements ganze Straßenzüge übernommen hatten.

Die Bordelle, die sich den unterschiedlichen Vergnügungen mit Peitschen, Reitgerten und Birkenruten verschrieben hatten, waren gar nicht weit von hier.

Jedermann ist willkommen.

Das konnte sie sich vorstellen. Angelica beendete ihr karges Mahl und bereitete sich innerlich auf die Suche vor.

Dann machte sie sich hocherhobenen Hauptes auf den Weg durch Soho, um nach einem Zimmer für die Nacht Ausschau zu halten. Ihre früheren Erfahrungen und die Wachsamkeit, die sie sich angeeignet hatte, sorgten dafür, dass sie recht schnell eine Unterkunft in einer durchaus anständig wirkenden Herberge fand.

Glücklicherweise war Soho kein Ort, an dem viele Fragen gestellt wurden.

Und so fand sie sich irgendwann hinter dem wiegenden Hinterteil einer Vermieterin wieder, die sie eine schiefe und krumme Treppe hinaufführte.

Der Schein der Kerze, die die ältere Frau in der Hand hielt, ließ ein sauberes, aber sehr trostloses Zimmer erkennen. Es gab ein durchgelegenes Bett und ein paar wenige Möbel. Angelica nickte nur und trat ein. Glücklicherweise schien niemand bemerkt zu haben, dass sie nur die Kleidung dabeihatte, die sie auf dem Leib trug.

Eine Goldmünze war etwas äußerst Nützliches, und sie dankte Semjon innerlich, dass er diese Münze und die Scheine in ihren Umhang gesteckt hatte. Als die Vermieterin sich schließlich zurückgezogen und sie mit der flackernden Kerze allein gelassen hatte, fiel Angelica sofort auf die Knie und betete für ihn.

Dem Beten folgten Tränen, die so sturzbachartig kamen, als würde ihr das Herz brechen. Angelica glaubte fest, dass sie es gewesen war, die ihn so in Gefahr gebracht hatte. Seine Verwandten schienen ebenso entsetzt gewesen zu sein, wie sie es in ihrem Versteck über ihnen gewesen war.

Dabei hatte sie die Männer weder Pläne schmieden gehört, London nach ihm abzusuchen, noch hatten sie irgendwelche klugen Ideen verlauten lassen, wo man ihn vielleicht hingebracht haben könnte. Doch in der Hoffnung, dass seine Verwandten sich nicht einmischen würden, hatte Semjon ihnen auch so gut wie nichts über sie oder die Geschehnisse berichtet. Wie sollten sie da also wissen, wo mit der Suche zu beginnen war?

Alles war ihre Schuld. Sie war es gewesen, die ihrem Stiefbruder und dem Mann namens St. Sin Rache geschworen hatte.

Morgen würde sie mit ihren Nachforschungen beginnen. Immerhin wusste sie, dass niemand aus dem Haus am St. James's Square nach ihr suchen würde. Sie war wie immer auf sich allein gestellt.

«Haben Sie ihn gesehen?» Es war das neunte Bordell, in dem Angelica Semjon beschrieb, ohne seinen Namen zu nennen.

Die Bordellwirtin schüttelte den Kopf. «Nee. Versuch's doch mal nebenan.» Sie musterte Angelica von oben bis unten. «Ist das dein Ehegatte? Die haben wir hier genauso oft wie die Alleinstehenden. Für mich sind sie eh alle gleich.»

«Ich bin nicht verheiratet.»

«Hübsch bist du. Wir hätten da eine Stelle frei. Die letzte Neue ist gerade gestorben.»

Angelica war so abgestoßen von dem gleichgültigen Ton der Frau, dass sie nur kaum merkbar mit dem Kopf schütteln konnte.

«Nichts Ansteckendes, falls du das befürchtest», erklärte die Bordellwirtin. «Einer der Kunden war nur einfach ein bisschen zu kräftig für sie.»

Angelica eilte davon. Doch auch im nächsten und übernächsten Bordell konnte sie nichts in Erfahrung bringen.

Ein grausam aussehender Mann, der immer wieder mit einer Gerte gegen seinen Oberschenkel schlug, hieß sie einzutreten, nachdem er sich ihr Anliegen angehört hatte. Aus dem Inneren des Hauses waren Schreie zu hören.

In Tränen aufgelöst, lief sie auch aus diesem Bordell davon.

Wie hatte Semjon es nur geschafft, *sie* zu finden?

Instinkt. Das war die einzige Antwort, die er ihr gegeben hatte.

Angelica hatte keine Ahnung, ob sie auch nur ein Quäntchen davon besaß – aber schließlich war sie ja ebenfalls nur ein Mensch.

Und doch erinnerte sie sich, wie seine Stärke bei jeder Berührung von seiner Hand zu ihr geflossen war.

Wenn das doch nur auch mit seinen animalischen Fähigkeiten möglich wäre.

Sie warf erneut einen Blick auf die Seiten aus dem schmutzigen Kalendarium und setzte ihren Weg fort. Bis zum Ende des Tages wollte sie noch zehn weiteren Bordellen einen Besuch abstatten und dann in ihr Zimmer zurückkehren.

Zunächst konnte sie nur schwer glauben, dass die Verderbtheit wirklich überall war. Doch noch herzzerreißender war der Anblick einiger junger Frauen, die sie oberflächlich kannte. Frauen, die einst als Dienst- oder Ladenmädchen mit ihr zusammengearbeitet hatten.

Diese Etablissements verschlangen geradezu die vom Pech Verfolgten, die Naiven und – wie sie zugeben musste – auch die von Natur aus Niederträchtigen.

Aber zumindest jener Sorte schien diese Arbeit Spaß zu machen.

Als die Sonne schließlich hinter einer Reihe schäbiger Dächer und Schornsteine unterging, lenkte sie ihre schweren Schritte endlich in Richtung ihrer Unterkunft.

Plötzlich ratterte eine Pferdekutsche an ihr vorbei, auf der ein Kutscher saß, der halb zu schlafen schien. Und als Angelica den Kopf hob, sah sie für den Bruchteil einer Sekunde Victor darin sitzen.

Er erkannte sie und … tippte sich an den Hut.

Angelica stieß einen kleinen Schrei aus, während die Kutsche mit leichter Neigung um die nächste Ecke bog. Ungeachtet ihrer schmerzenden Füße rannte sie schnell hinterher.

Doch das Gefährt war verschwunden. Sie sah nur noch, wie es um eine weitere Ecke bog und sich schließlich ganz aus ihrem Blickfeld entfernte.

Voller Angst, aber auch voller Hoffnung trottete Angelica in ihre Herberge. Ihr schien es unmöglich, dass ein für sie so verabscheuungswürdiges Gesicht genau der Anblick sein sollte, der ihr Mut machte. Aber genau so war es.

Sie stieg die schiefe und krumme Treppe hoch, warf sich auf das Bett und sagte sich immer wieder, dass ihre Suche nicht aussichtslos war.

Semjon musste in London sein. Aus irgendeinem Grund wusste sie das. Die Frage war nur, wo?

Am nächsten Morgen gelang es ihr mehr schlecht als recht, sich zu waschen und ihre Haare einigermaßen passabel zu frisieren. Oder zumindest schien es in der zersprungenen Scherbe so, die sich hier Spiegel nannte.

Es wurde langsam Zeit, die etwas kostspieligeren Etablissements aufzusuchen, die Victors bevorzugte Laster anboten. Ihr waren tatsächlich auch einige Adressen aufgefallen, die sich an weibliche Kundschaft wandten. *Hier wird für Miladys Vergnügen gesorgt. Diskrete Nachmittage. Fragen Sie nach dem besten Preis.*

Doch damit sich die Türen zu diesen Häusern für sie öffneten, waren schon bessere Kleidung und ein Besuch im Frisiersalon vonnöten. Und sie würde in diesen speziellen Einrichtungen den vollen Preis bezahlen müssen.

Der Kassierer der Bank war ein grimmiger, kleiner Mann, der zunächst die Banknote und schließlich auch sie einer genauesten Betrachtung unterzog. Nach mehreren prüfenden Blicken erklärte er sich schließlich bereit, die Banknote gegen Münzen der Landeswährung einzutauschen. Angelica gab sich alle Mühe, ihre Stimme so klingen zu lassen, als würde Geld ihr nicht das Geringste bedeuten.

Das Klimpern der Zwanzig-Schilling-Münzen in dem Beutel um ihre Taille hatte etwas Tröstliches – erinnerte es sie doch daran, wie viel sie Semjon bedeutete.

Einige der Münzen wurden schnell für neue Kleider und Schuhe ausgegeben, und Angelica gönnte sich sogar ein richtiges Bad in einer neuen Einrichtung nur für Frauen. Jetzt war alles an ihr gewaschen, gezupft und geordnet.

Nachdem sie sich dem ersten Etablissement auf der neuen Liste genähert hatte, las sie zunächst das kleine Schild, das außen am Gebäude angebracht war. *Miss Forsyths Akademie. Ausführliche Unterweisungen für Frauen.* Angelica wollte und konnte jetzt nicht aufgeben. Es war durchaus möglich, dass in dieser sogenannten Akademie oder an einem ähnlichen Ort Hinweise zu finden waren, die sie zu Semjon führten. Sie durfte nur nicht die Zuversicht verlieren.

Also legte sie schweren Herzens die Hand auf die Klingel und läutete.

Aufgetan wurde ihr von einer nicht mehr ganz jungen, aber immer noch schönen Frau, die ein hochgeschlossenes Kleid trug. Zwar erinnerte sie in ihrer Habt-Acht-Haltung an eine Lehrerin, doch in ihrem Gesicht war auch eine gewisse Sinnlichkeit zu erkennen.

Sie warf Angelica einen durchdringenden Blick zu, der fast dafür sorgte, dass sie den Mut verlor.

«Ja?», fragte die Frau.

«Ich komme wegen der … Unterweisungen, die Sie anbieten», stammelte Angelica.

«Und auf wessen Empfehlung kommen Sie?»

Keine höflichen Floskeln. Keine gestelzten Worte.

Sollte sie es wagen, Victors Namen zu nennen? Das könnte ihn aufscheuchen, falls er zufälligerweise hier war. Aus einem Impuls heraus sagte sie schließlich nur: «St. Sin.»

Die Erwähnung dieses Namens verwandelte das Gebaren der Frau sofort in so etwas wie Freundlichkeit.

«Dann treten Sie ein.»

Beim Betreten des Hauses hatte Angelica von Anfang an das merkwürdige Gefühl, als würde diese Frau ihr zu nahe sein, ohne sie dabei eigentlich zu berühren. Sie spürte eine Hitze auf Rücken und Po, die ebenso intensiv zu sein schien wie der anfängliche Blick der Dame.

Angelicas Schritte wurden immer schneller, bis sie schließlich vor der einzigen Tür am Ende des Flurs innehielt, die sich sogleich wie von Zauberhand öffnete.

Angelica trat ein und schaute sich um.

Die Kundinnen der Akademie waren gut angezogen und trugen fast alle Schleier, um ihre Gesichter zu verbergen. Sie schienen unterschiedlichsten Alters und recht angespannt zu sein. Was musste das nur für ein starkes Verlangen sein, dass eine Frau dazu brachte, diesen Ort aufzusuchen, fragte sich Angelica, wusste aber gleichzeitig, dass es ihr nicht zustand, die Anwesenden dafür zu verurteilen.

Die Frau, die die Tür geöffnet hatte, führte Angelica zu ihrem Platz. Ihr fiel sofort auf, dass die anderen anwesenden Damen kein einziges Wort miteinander sprachen.

Während man wartete, betrat eine weitere Frau durch eine andere Tür den Raum. Sie war schöner und auch ernster als die erste und hatte einen Mann an ihrer Seite. Er war groß und kräftig, aber seine Gesichtszüge waren unter der Halbmaske nicht zu erkennen. Er sagte kein Wort, sondern zeigte scheinbar wahllos auf eine der Kundinnen. Die anderen Frauen starrten ausdruckslos geradeaus.

Es dauerte nicht lange, und Angelica hörte Klänge, die sie bereits kannte. Sehr schwach nur, aber vertraut. Sie ließ den Kopf hängen und spürte, wie verdrängte Scham und Wut wieder in ihr aufstiegen. Sie hatte keine Ahnung, ob sie es ertragen würde, lange genug dazubleiben, um herauszufinden, was hier vor sich ging.

Auf jeden Fall würde sie sich unter keinen Umständen diesen Praktiken aussetzen.

Ihre Sinne, aber besonders ihr Gehör, waren von Angst und Nervosität so verstärkt, dass ihr Atem aussetzte, als sie eine männliche Stimme hörte. Sie schien aus einem völlig anderen Raum in einiger Entfernung zu kommen.

Die Stimme war nur sehr schwach zu hören, gehörte aber zweifellos Victor. Die Worte blieben unverständlich, aber das spielte auch keine Rolle. Er war *hier*.

Der erste Teil ihrer Suche war also erfolgreich gewesen.

Angelica erhob sich von ihrem Stuhl und verließ den Raum. Dabei murmelte sie der Frau, die sie soeben begrüßt hatte, ein paar undeutliche Sätze der Entschuldigung zu.

Die nächsten paar Tage verbrachte Angelica damit, das Haus zu beobachten. In unterschiedlicher Aufmachung passierte sie das Gebäude immer wieder, ging aber niemals hinein. Am Nachmittag des letzten Tages sah sie schließlich Victor hineingehen.

Sie fand eine Stelle, wo niemand sie sehen konnte, und wartete darauf, bis er wieder herauskam. Es dauerte länger als eine Stunde, aber sie war bereit.

Als es so weit war, hatte er ein Grinsen auf dem Gesicht, an das sie sich nur allzu gut erinnerte. Ein durchtriebenes, überlegenes Grinsen. Er summte irgendetwas vor sich hin, als sie ihn schließlich abpasste.

Mit einem Stein.

Der stiernackige Mann, den sie bezahlt hatte, um gemeinsam mit ihr zu warten, legte Victor in seine Kutsche und brachte ihn in seine Wohnung nahe dem Flussufer. Dort fesselte er ihn an ein Bett ohne Matratze und überließ ihn dann Angelica. Es dauerte eine weitere Stunde, bis ihr Stiefbruder erwachte.

«Lass … lass mich in Ruhe», murmelte er undeutlich. Seine Augen waren blutunterlaufen, und auf seiner Stirn prangte eine riesige Beule.

«Wo ist Semjon?»

Ihr Gefangener stöhnte nur.

«Antworte, Victor. Zum ersten Mal in meinem Leben habe ich dich genau da, wo ich dich haben will.»

«T-tut mir leid. Woll… nich… wehtun. T-tut mir leid.»

Angelica tat seine Worte mit einer Handbewegung ab und hielt trotz seiner Fesselung einen gewissen Abstand.

«Sag mir, wo Semjon ist!»

«Nebenan.»

«Bei Mrs. Forsyth?»

«Forsy…, ja.»

Sie musterte ihren Gefangenen nachdenklich. Es schien nicht klug, ihn hierzulassen – auch wenn der stiernackige Mann versprochen hatte, ihn zu bewachen. Aber was, wenn er nun nicht die Wahrheit sagte?

Es war bereits dunkel, und sie würde zusammen mit Victor und ihrem Helfer die Kutsche nehmen müssen. Falls Semjon nicht in der Akademie war, dann würde ihr Stiefbruder es bereuen.

Rache war Rache.

Kapitel Vierzehn

Nachdem die drei dann doch eine lange Nacht in dem baufälligen Haus an der Themse verbracht hatten, war jede Gegenwehr von Victor am nächsten Morgen wie weggeblasen. Er erzählte ihr genau, wie die zweite Entführung geplant und durchgeführt worden war, und auch, wo Semjon war – in einem Keller im Haus von St. Sin.

Um Wache zu halten, würde sie sich auf Old Harry verlassen. Das war der Name, den ihr stiernackiger Freund – der übrigens ganz und gar nicht alt war – sich für den heutigen Tag ausgesucht hatte. Gestern noch hatte er sich anders genannt, doch diesen Namen hatte Angelica auf seinen Wunsch hin höflicherweise vergessen. Schließlich handelte es sich bei ihm um den Bruder ihrer Vermieterin. Verdammt, irgendjemandem musste sie ja trauen. Und bisher hatte der junge Mann sich dieses Vertrauens auch würdig erwiesen.

Er war stark, wenn auch ein wenig grob. Aber das waren beides Eigenschaften, die beim Aufpassen auf Victor durchaus gelegen kamen. Sie selbst hatte jetzt ein paar Besorgungen zu erledigen.

Auch wenn der Gerechtigkeit in gewisser Weise Genüge getan war, lag der schwierigste Teil doch immer noch vor ihr.

Angelica hatte keine Ahnung, ob Sin überhaupt Wert darauf legte, seinen Komplizen wiederzusehen, aber irgendwie bezweifelte sie es. Doch wenn Victor Teil irgendeines Teufelspakts sein könnte, dann war er für sie immer noch wertvoll.

St. Sin schien ein Geisteskranker zu sein. Aber selbst ein

Geisteskranker hatte dann und wann seine rationalen Momente. Und es gab nichts, was sie davon abhalten würde, an Semjons Seite zu eilen.

Sie brauchte unbedingt Verstärkung. Old Harry sagte, er würde die richtigen Kerle dafür kennen – wenn das Geld stimmte. Also ging Angelica erneut zur Bank, tauschte einen weiteren der Geldscheine um und kehrte über einen Umweg in das Haus am Fluss zurück. Niemand schien ihr gefolgt zu sein.

Ihr Gefangener brauchte zwar ebenso Nahrung und etwas zu trinken wie sie, doch Angelica brachte lediglich Brot, Käse und Ale mit. Im Gefängnis war die Verpflegung weitaus schlimmer, und er sollte dankbar für seine einfache Unterkunft sein.

Auf dem Nachhauseweg sah sie einen Teestand. Sie blieb stehen, um sich einen Schluck zu gönnen, und wählte dabei die sauberste Tasse, die zu bekommen war. Um anspruchsvoll zu sein, dazu fehlte ihr die Zeit. Außerdem war man in Harrys Viertel gar nicht auf feine Gepflogenheiten eingerichtet.

Plötzlich kam ihr der Gedanke, dass das heruntergekommene Haus vielleicht gar nicht ihm gehörte. Aber das ließ sich auch nicht ändern. Sie würden es sowieso sehr bald verlassen und nie wieder dorthin zurückkehren.

Nachdem Victors Bewacher ihm eine Hand losgebunden hatte, servierte Angelica ihm das Essen in großen Happen auf einfachen Holzbrettern. Gierig und hungrig verschlang er sein Mahl und machte sich dann über die Flasche mit dem Ale her.

Als er fertig war, betastete der Gefangene die Beule auf seiner Stirn. Sie wurde langsam violett, aber die Schwellung war bereits deutlich zurückgegangen.

«Au», stieß er klagend aus.

«Halt die Klappe», ranzte Harry ihn an. «Das ist doch gar nüscht. Und wenn de jetzte nicht stille bist, gibt's noch Nachschlach.»

Victor schwieg, aber Angelica sah, dass sein Gesicht knallrot wurde. Wenigstens wusste ihr Stiefbruder, wann er besser nicht widersprechen sollte.

Eine Stunde später waren die drei bereits mit einem ratternden Karren auf dem Weg zu Sins Haus. Angelica hatte Harry angewiesen, eine dicke Schicht Stroh für Victor auszulegen. Aber nicht etwa, um seine wertlosen Knochen zu schonen, sondern allein aus dem Grund, damit er nicht bei jeder Unebenheit brüllte.

Immerhin war Old Harry so freundlich gewesen, ihren Stiefbruder atmen zu lassen. Der Knebel war mit großem Geschick um Victors Kopf befestigt worden, und auch seine Hände waren bestens fixiert. Ohne die Hilfe des stiernackigen Kerls wäre es Angelica niemals gelungen, einen Mann zu entführen und ihn dann so zu fesseln. Als würde Victor nichts wiegen, hatte Harry ihren Stiefbruder einfach in einen Leinensack gesteckt, ihn sich über die Schulter geworfen und den Sack dann an vier Stellen des Karrens festgebunden.

«Das wäre erledigt, Missus», erklärte der grobe Mann und zog wie zum Beweis an einem der Stricke. Victor stöhnte durch den Knebel hindurch. «Halt bloß die Klappe, du …»

«Gut. Dann lass uns losfahren. Hast du deine Freunde verständigt?»

«Aye. Meine Kumpel nehmen aber einen anderen Weg. Nicht, dass Annie hier besonders schnell laufen würde.» Er drehte sich zu seiner Stute um und strich ihr über die dicke Mähne. «Eine schöne Schlägerei mögen wir alle.» Als er sie anlächelte, sah Angelica, dass dem Mann mehrere Zähne fehlten. Doch sie verzog keine Miene und ließ sich von ihm auf das primitive Brett heben, das dem Fahrer und seinem Gast als Sitz diente.

Dann rief er dem Pferd mit tiefer Stimme ein «Hü!» zu, und sie verließen die Gegend am Fluss.

«Das da, nicht wahr?»

Angelica sah zu dem Haus hinauf, dessen Vorhänge alle geschlossen waren. Sie zog die Kapuze ihres Umhanges fester um ihr Gesicht.

«Ja, ich denke schon», erwiderte sie mit leiser Stimme.

Wegen des Karrens würde die Gruppe in dieser Gegend sicher auffallen, aber in der näheren Umgebung war niemand zu sehen. Nicht mal Straßenhändler. Das Viertel war weder besonders nobel noch runtergekommen. Das richtige Wort dafür lautete wohl *solide*. Und diese Beschreibung traf auch auf die Häuser zu.

Old Harry sprang von dem Karren und half Angelica herunter.

Die beiden tauschten einen Blick aus, als sie auf dem Gehsteig standen. Sein sturer Mut machte sich selbst in der Art bemerkbar, wie er stand. Solange er da war, würde niemand wagen, ihr etwas zu tun. Nicht für alles Geld der Welt.

Harry grinste sie an und sah dann die Straße hinunter. Von weitem war eine Gruppe Männer zu erkennen, die alle in etwa wie ihr Begleiter aussahen. Es handelte sich wohl um schlagkräftige Hafenarbeiter und dergleichen. Angeführt wurde der Trupp von einem riesigen Kerl, der zur Begrüßung stumm die Hand hob.

«Dann mal rein mit Ihnen, Missus. Ich passe von hier aus auf.»

Angelica nickte, erklomm die Stufen und nahm den Türklopfer in die Hand, der genauso solide und schlicht wie das Haus selbst war. Dann hämmerte sie vernehmlich damit an die Tür und lauschte, ob im Inneren irgendwelche Schritte zu vernehmen waren.

Es dauerte keine Minute, und sie hörte jemanden. Der Riegel auf der anderen Seite wurde aufgesperrt, und die Tür öffnete sich.

Vor ihr stand ein großer Mann, der sie mit funkelnden Blicken musterte. Er war unrasiert und trug unordentliche Kleidung, die aussah, als hätte er darin geschlafen. Zusätzlich nahm sie den starken Geruch von Whiskey und Gallensaft wahr.

Er sah sie voller Neugierde an.

Angelica stockte der Atem. Zunächst hatte sie in dem Unbekannten nicht ihren freundlichen Beichtvater aus der Kirche erkannt. Aber es bestand kein Zweifel – er und St. Sin waren tatsächlich ein und derselbe Mann.

Schockiert trat sie einen Schritt zurück und wäre fast gestolpert. Aber er hielt sie gerade noch rechtzeitig am Arm fest.

Harry tat ein paar bedrohliche Schritte nach vorn. Aus dem Augenwinkel erkannte die junge Frau, dass der größte seiner Freunde direkt neben ihm stand.

«Lassen Sie mich los!», forderte sie verzweifelt.

Sin tat wie ihm geheißen. «Ich dachte mir schon, dass Sie irgendwann kommen würden», sagte er nach einer kurzen Pause mit seltsam angenehmer Stimme. «Wie schön, Sie zu sehen, Miss Harrow. Ihr Stiefbruder hat mir schon so viel von Ihnen erzählt. Mehr, als sie mir selbst erzählt haben …»

«Lassen Sie das!», zischte sie ihn durch zusammengebissene Zähne an. «Das ist er, der da auf dem Karren liegt.»

Sin machte einen langen Hals, um einen Blick auf den Sack zu werfen. «Wirklich? Sie sind ja das reinste Wunderkind, Miss Harrow. Aber es sieht auch aus, als hätten Sie Hilfe gehabt.»

Er nickte Harry und dem großen Mann neben ihm zu und warf dann einen Blick auf den Rest der Bande, die sich in eine Gasse zurückgezogen hatte.

«Semjon Taruskin ist hier in Ihrem Haus», erklärte Angelica. «Bringen Sie ihn mir.»

Sin musste so laut lachen, dass er zu husten begann und ein paar Sekunden gar nicht wieder damit aufhörte. Als sein Körper nicht mehr unter seinem Lachen bebte, spuckte er zu Angelicas Ekel über das Geländer.

Dann wischte er sich den Mund ab und fixierte sie mit verstörenden Augen.

«Ich hege große Bewunderung für furchtlose Frauen», sagte er. «Ist das hier so etwas wie ein Austausch von Gefangenen?»

«Ja.» Angelica wusste nicht, ob sie ihm nun Harry und Konsorten auf den Hals schicken oder aber ihre eigene Frau stehen sollte.

«Aber ich habe zwei Gefangene und Sie nur einen.»

Sie schaute ihn verwirrt an.

«In meiner Obhut befinden sich Semjon und Antoscha – der kleine Kerl mit Brille. Die jetzt allerdings zerbrochen ist, fürchte ich.» Er hielt kurz inne. «Möchten Sie eintreten?»

Angelicas Gedanken rasten – sowohl wegen der akuten Gefahr als auch wegen der Erkenntnis, diesem bösen Mann buchstäblich alles über sich erzählt und Absolution von einem Fremden gesucht zu haben, von dem sie dachte, sie würde ihn niemals wiedersehen.

Das würde sie für den Rest ihres Lebens bereuen – obwohl dieses Leben sicher nicht mehr lange dauern würde, wenn sie dieses Haus betrat.

«Nein», antwortete sie. «Schicken Sie sie heraus.»

Sin machte einen Schritt auf sie zu, stolperte aber und

musste sich am Türrahmen festhalten. «Dann werde ich jetzt erst mal Mr. Broadnax einen guten Morgen wünschen.»

Es schien Sin überhaupt nichts auszumachen, dass die Nachbarn ihn in seiner Ungepflegtheit sahen, als er die Treppe hinunterging. Angelica gab Harry und seinen Freunden mit einem stillen Seufzer zu verstehen, dass sie beiseitetreten sollten.

Die zwei Männer kamen der Aufforderung zwar nach, aber in der Art, wie sie dastanden und ihn durch verengte Augen ansahen, lag mehr als nur ein Hauch von Drohung.

Sin summte unmelodiös vor sich hin, als er den Karren umrundete, um den hinteren Teil zu inspizieren. Angelica blieb zwar, wo sie war, konnte aber Victors schwaches Stöhnen hören, als Sins Hand in den Sack wanderte, um nach irgendwelchen Lebenszeichen zu tasten.

«Einhundert Pfund Kartoffeln scheinen mir recht viel zu sein», rief Sin ihr zu. «Aber Ihr Preis ist gerecht. Einverstanden. Wie viele Schilling sagten Sie?» Er kam wieder die Treppe rauf.

«Bringen Sie mir Semjon und Antoscha», flüsterte sie voller Dringlichkeit.

«Noch nicht. Und nicht hier.» Er grinste sie breit an und senkte seine Stimme ein wenig. «Das ist ein schöner, stabiler Sack, in dem Victor da steckt. Aber wie ich sehe, hat er sich eingenässt. Wie freundlich von Ihnen, so viel Stroh für ihn auszulegen.»

Angelica zog zischend den Atem ein. Wenigstens wollte Sin verhandeln und seinen Geschäftspartner wiederhaben. Wahrscheinlich wollte er ihn bei seiner mörderischen Natur selbst beseitigen. Aber das ging sie schließlich nichts an.

«Wo dann?», wollte sie wissen.

Sin gab ihr den Namen eines Gasthauses, das sie auf dem

kurzen Weg hierher passiert hatten. «Kennen Sie das, Miss Harrow?»

Sie nickte. «Ich habe es vom Karren aus gesehen.»

«Es gibt dort einen großen Innenhof, wo die Postkutschen halten. Und da sich dort jede Menge Kutscher, Stallburschen und dergleichen herumtreiben, wird uns sicher niemand bemerken. Zwölf Uhr mittags, würde ich sagen.» Er zeigte auf einen Kirchturm, der sich hinter einer Straße ganz in der Nähe erhob. «Die Glocken sind laut. Sie werden sie kaum überhören. Sind wir uns einig?»

«Ja», erwiderte sie wie betäubt.

Eine Minute nach zwölf kutschierte Harry sie mit grimmigem Gesicht durch das Tor des Gasthauses. «Die Sache gefällt mir nicht, Missus. Ich werde nahe bei Ihnen bleiben.»

Er hielt an, übergab einem Stallburschen die Zügel und warf dem Jungen eine Silbermünze zu, als er von dem Karren sprang. Nachdem er noch kurz nach seiner Stute geschaut hatte, legte er eine schwere Hand auf den Sack und nickte Angelica dann zu. Sie konnte sehen, wie der Sack sich bewegte. Das reichte. Sie waren also bereit. Aber wo war Sin?

Er traf spät ein. Und auch nicht in einem Karren. Die Kutsche, die er selbst fuhr, war geschlossen und ein Blick ins Innere wegen der geschlossenen Vorhänge nicht möglich. Sin kam neben Harrys Karren zum Stehen. Und zwar genau an einer Stelle, die man für ihn frei gehalten hatte, wie Angelica plötzlich bemerkte. Die wachsamen Augen der Stallburschen waren fest auf sie, Harry und Harrys großen Freund gerichtet. Mittlerweile betraten auch die anderen Hafenarbeiter, die er mitgebracht hatte, unbemerkt das Gelände.

Wie Sin gesagt hatte, war der Innenhof des Gasthauses ein sehr belebter Ort. Ohne dass Angelica recht erkennen konnte, wie es vonstatten ging, bildeten die Kutschen und Karren schnell eine Art Wand, die ihr Gefährt und sie selbst vor aller Augen schützte. Außer vor den Augen von Sin.

Der große Mann sprang vom Kutschbock. Zwar hatte er einen Mantel über sein schmutziges Leinenhemd, die Kniehose und die Stiefel gezogen, aber er war nicht rasiert und sah immer noch so aus wie zuvor.

«Sie sind pünktlich», rief er ihr zu. Sins Atem roch jetzt noch stärker nach Whiskey als vorhin. Er vermischte sich mit dem Geruch von Heu, Dung und einem Misthaufen aus Küchenabfällen, in denen grunzend die Schweine wühlten.

Harry behielt Sin die ganze Zeit im Auge, ließ seine Hand dabei aber auf dem Leinensack liegen.

Sin grinste ihn nur an und öffnete dann die Tür seiner Kutsche. Im Inneren sah sie ... Semjon. Und einen dürren Mann mit Brille, bei der ein Glas fehlte und das andere zerbrochen war. Angelica rang nach Luft.

Die beiden Männer waren nicht gefesselt oder geknebelt, schwiegen aber. Semjon starrte sie mit einem wilden Blick aus seinen dunklen Augen an. Angelica dachte noch fälschlicherweise, dass er ebenfalls nicht rasiert war. Doch ihr wurde schnell klar, dass sie die Zeichen des Wolfes vor sich sah.

Sein Fell wuchs. Und die Schwellung seines Mundes rührte von den Fangzähnen her, die ebenfalls wuchsen. Als seine Lippen sich ein wenig öffneten, konnte sie sogar die weißen Spitzen erkennen.

Als Antoscha seinen Kopf schüttelte, begriff Angelica schnell, dass er sie schweigen hieß, und sie nickte fast unmerklich.

«Da sind sie», sagte Sin mit tiefer Stimme. «Gesund und munter.»

«Lassen Sie sie rauskommen», grummelte Harry. «Wir wollen sehen, ob sie stehen können. Haben Sie sie vielleicht gefesselt?»

«Nein, in keiner Weise.» Sin schickte sich an, Harry einen freundschaftlichen Schlag auf die Schulter zu geben, schien sich dann aber doch eines Besseren zu besinnen. «Wollen Sie ihnen vielleicht heraushelfen?»

Harry schüttelte den Kopf. «Nein, lassen Sie sie rauskommen.»

Angelica war dankbar für seine Geistesgegenwart in dieser gefährlichen Situation. Doch Semjon war tatsächlich hergebracht worden … und er stieg aus der Kutsche … gefolgt von Antoscha.

Die beiden Männer wirkten steif, und sie sah Blut und Schmutz auf ihrer Kleidung. Aber sie waren am Leben! Am liebsten hätte sie die Worte laut herausgebrüllt.

«Bitte», erklärte Sin hinter ihr stehend und mit sanfter Stimme. «Wie Sie sehen können, sind die beiden zum größten Teil unverletzt. Natürlich haben wir uns alle den ein oder anderen Hieb erlaubt.»

Semjon sprang genau in dem Moment nach vorn, als sich ein Messer gegen Angelicas pulsierende Kehle drückte und Sin ihr hinter dem Rücken einen Arm umdrehte. Der Schmerz war furchtbar, aber sie wagte nicht zu schreien. Angelica sah noch, wie Harry durch einen einzigen Schlag von einem Stallburschen mit Händen wie eisernen Schaufeln ausgeschaltet wurde. Und hinter der Reihe aus Kutschen und Karren waren die Geräusche eines tödlichen, aber fast stummen Kampfes zu hören. Als die junge Frau ein paar sich rasch entfernende Schritte hörte, konnte sie nur hoffen, dass jemand überlebt hatte, um von den Geschehnissen hier zu berichten.

«Bleiben Sie, wo Sie sind!», blaffte Sin Semjon an. «Und Sie auch, kleiner Mann. Sonst werde ich ihr nämlich den Hals aufschlitzen und euch in ihrem Blut baden lassen.»

Semjon blieb stehen. Sein Zorn war so groß, dass seine Augenfarbe sich in ein glitzerndes Gelb verwandelte und seine Brust sich in rascher Abfolge hob und senkte. Es waren mehrere von Sins Handlangern vonnöten, um ihn zu überwältigen, zu fesseln und zu knebeln und dann zurück in die Kutsche zu werfen. Und kurz darauf wurde die gleiche Behandlung auch Antoscha zuteil.

Als Letztes war Angelica dran. Auch sie wurde mit äußerster Schnelligkeit gefesselt, gefährlich fest geknebelt und schließlich als Dritte auf den Haufen geworfen.

Die beiden Männer waren brutal verprügelt worden, bevor man sie in Sins Keller zurückbrachte. Angelica war auf der anderen Seite des düsteren Raumes angekettet und musste mit ansehen, wie Semjon und Antoscha ins Innere geschleift wurden.

Stunden vergingen. Oder zumindest dachte sie das. Das einzige Licht drang durch ein winziges Gitterfenster. Mal war es dunkel, mal war es hell – je nachdem, ob sie gerade bei Bewusstsein war oder nicht.

Obwohl man ihr irgendwann den Knebel abnahm, stellte Angelica schnell fest, dass sie nicht schreien konnte. Sehr benommen konnte sie nur annehmen, dass man ihr erneut Rauschmittel verabreicht hatte.

Am selben Abend …

«Nun denn. Im Moment sind sie sicher im Keller angekettet», teilte Sin Victor mit und klopfte sich nach dem Besuch in dem dunklen Gewölbe die Hände ab. Ihm folgten Hinch und zwei der Männer von dem Hof des Gasthauses.

Die Letzteren bezahlte er mit einer Handvoll klimpernder Münzen und führte sie dann hinaus.

«Und was ist mit Old Harry?», erkundigte Victor sich mit matter Stimme, als Sin zurückkehrte.

«Der wurde am Fluss entsorgt. Aber erst nachdem er und seine Freunde die Prügel ihres Lebens über sich ergehen lassen mussten. Hinch und die anderen hätten sie sicher um die Ecke gebracht, aber zufälligerweise kamen gerade ein paar Wachtmeister des Weges.»

«Werden wir dieses Haus verlassen müssen?»

«Selbstverständlich. Es könnte durchaus sein, dass Harry sich daran erinnert – selbst nach all den Schlägen auf den Kopf.»

Victor erhob sich schwerfällig vom Tisch und steuerte auf die Treppe zu. «Ich nehme an, ich werde dich wohl begleiten müssen?»

Und schon am nächsten Tag war man in einem anderen Haus untergekommen. Es war schäbiger und in einer ganz und gar unauffälligen Gegend. Um auf der sicheren Seite zu sein, hatte man die drei betäubten Gefangenen erneut geknebelt und gefesselt. Und eigentlich waren sie das Einzige, was Sin aus seiner alten Unterkunft mitgenommen hatte.

«Wessen Haus ist das hier?», erkundigte sich Victor mit halbherzigem Interesse. Es war schon spät.

«Das Haus der Frau, die meine geheimen Mittel mischt», erklärte Sin, um dann mit lautem Klirren einen Ständer mit Phiolen beiseitezuschieben. Dabei zerbrach eins der Fläschchen auf der Tischplatte, und der Inhalt verströmte noch eher im Raum, als Sin sein Whiskeyglas abstellen konnte. «Sie war mir einen Gefallen schuldig.»

Der Geruch aus der zerbrochenen Phiole brachte Victor zum Husten. «Was war denn da drin?»

«Wer weiß? Das war das einzige Fläschchen ohne Beschriftung.» Sin griff nach einer Scherbe, schnitt sich prompt in den Finger und fluchte. Dann nahm er einen Putzlumpen und warf ihn auf die sich ausbreitende Flüssigkeit, bevor sie zu Boden tropfte. «Ich werde kräftigere Mischungen brauchen, um Semjon in den Griff zu bekommen. Er hat die Stärke eines Tieres.»

«Sagtest du nicht, dass die Taruskins seltsames Blut haben?»

«Ja», antwortete Sin und blickte dabei Hinch an. «Aber vergossen werden kann es dennoch.»

Er zog einen Stuhl an den Tisch, auf dem die Phiolen gestanden hatten.

«Ich nehme an, ich sollte wohl mal einen Blick auf diese Fläschchen hier werfen. Vielleicht ist ja eins davon geeignet.»

«Die Prügel, die sie bezogen haben, sollte eigentlich reichen», meinte Victor.

«Mag sein», sagte Sin abwesend. «Deine Stiefschwester habe ich verschont. Kein Veilchen und auch keine nennenswerten blauen Flecken. Sie hat so herrlich weiße Haut.»

«Ja.»

Sin summte vor sich hin, während er die Phiolen mit Beschriftung einer genaueren Untersuchung unterzog. «Ah», meldete er sich schließlich befriedigt. «Das hier könnte Interessantes verheißen.» Er hielt das Fläschchen in die Höhe und zeigte es Victor. «Das vergrößert das männliche Organ. Ich habe für unsere nächste Orgie etwas überaus Amüsantes mit Semjon vor. Und das hier könnte dabei helfen. Wenn er nicht vorher an Priapismus stirbt.»

«Und was ist das, bitte schön?»

Sin zwinkerte nur und warf seinem Geschäftspartner ein schmutziges Lächeln zu.

Angelica hatte große Mühe, in eine halbwegs sitzende Position zu kommen. Dabei berührten ihre Hände den kalten, sandigen Fußboden. Sie blinzelte und versuchte irgendwie zu erkennen, was sie sah.

Gestapelte Wein- und Sherryfässer, ein wildes Durcheinander entsorgter Möbelstücke, die bereits mit übel riechendem Schimmel bedeckt waren, und mit Erde gefüllte Kisten für Gemüse, die fast ebenso schlimm stanken.

Als sie plötzlich das leise Klirren einer Kette hörte, sah sie zu ihren Knöcheln. Angelica hatte Sorge, schon jedes Gefühl in den Füßen verloren zu haben, und ließ ihre Hände reibend über ihre Beine wandern.

Doch an ihren Knöcheln fanden sich weder eine Eisenmanschette noch eine Kette. Aus irgendeinem Grund war sie frei.

Frei, aber auch unendlich schwach. Sie erblickte eine Schüssel voll geronnener Milch, in der zur Hälfte ein Lumpen hing. Die andere Hälfte des nassen Stoffstückes hing aus der Schüssel heraus, sodass es den schmutzigen Boden berührte. Der säuerliche Gestank brachte Angelica zum Würgen. Als sie eine Hand über den Mund legte, spürte sie eine Verkrustung um ihre Lippen. Sie wischte die Finger an ihrem Rock ab, führte einen an ihre Zunge und betupfte damit die verkrustete Stelle. Dann roch sie an dem, was sie abgewischt hatte.

Getrocknete Milch. Irgendjemand hatte sie mit dem Lumpen gefüttert und ihn dazu höchstwahrscheinlich in ihren Mund gestopft. Sie hatte wohl daran saugen müssen, weil sie nicht essen konnte.

Dieser Jemand wollte sie am Leben halten. Aber aus welchem Grund?

Als sie erneut das schwache Klirren einer Kette hörte, spitzte sie die Ohren. Ob sie die einzige Gefangene hier war?

Sollte Semjon auch hier sein, würde sie es nicht wagen, nach ihm zu rufen oder seinen Namen auch nur zu flüstern. Jedes Geräusch würde sicher einen Wächter alarmieren.

Angelica versuchte aufzustehen, erkannte aber schnell, dass sie dazu einfach zu schwach war. Vom Gehen ganz zu schweigen. Also kroch sie.

Ihre Röcke behinderten sie. Aber wenigstens waren sie durch die Zeit in diesem Keller so feucht, dass sie nicht raschelten. Ihr wurde klar, dass sie wohl schon eine ganze Weile hier unten zugebracht haben musste.

Selbst das Kriechen erforderte schnell eine Pause, und sie musste sich fast keuchend ausruhen. Doch sie musste weiter. Und als sie um eine alte Steinsäule gekrochen war, da sah sie sie schließlich.

Semjon war an die Wand gekettet. Neben ihm lag Antoscha – ganz offensichtlich verletzt.

Semjons wagemutige gelbe Augen leuchteten in der Dunkelheit des Kellers. Er war jetzt vollständig zum Wolf geworden. Aber das Eisenband um seinen Hals war ihm angelegt worden, als er noch Mensch war, und schnitt jetzt auf grausame Weise in seinen Hals. Das wunderschöne Nackenfell war blutbefleckt.

Voller Schrecken erkannte Angelica, dass er mit ihr sprach. Aber nicht im menschlichen Sinn. Es gelang ihm lediglich, die direkte, aber stumme Kommunikation einzusetzen, die ihm als denkendem Tier eigen war.

Ich kann mich nicht bewegen, Angelica. Die Kette ist zu kurz.

«Ich helfe dir», flüsterte sie.

Deine Hände können das Eisen nicht brechen. Aber bring mir Wasser. Es ist schon einige Zeit her, dass ich etwas bekommen habe. Du wurdest von einer Frau gefüttert.

Angelica wischte die heißen Tränen weg, die über ihr Gesicht rannen. Immer noch kriechend, fand sie schließlich einen Eimer und ein offenes Fässchen mit Wasser, von dem sie inständig hoffte, dass es sauber war. Sie probierte davon, und es schien in Ordnung.

Als sie den Eimer mit Wasser gefüllt hatte, stellte sie ihn so vor Semjon hin, dass er es auflecken konnte. Es war zwar nicht einfach, doch irgendwie gelang es ihm.

Plötzlich überkam sie eine furchtbare Erkenntnis: Wäre sie nicht aufgewacht, wäre er vielleicht gestorben.

Hol noch einen Eimer.

«Mehr Wasser?»

Nein!

Seine Augen und die leichte Spannung seines Bauches über den Hinterpfoten verrieten ihr, was für ein Bedürfnis er hatte.

Angelica fand zwar keinen Eimer, aber einen großen Porzellankrug mit gesprungenem Rand, den sie schließlich über seinen Penis stülpte. Semjon schloss die Augen, während sein Urin sich plätschernd in das Gefäß ergoss.

Ahhh. Ich war schon kurz vorm Platzen. Hätte ich es nicht zurückgehalten, hätte ich in der Pfütze gesessen, bis mein Fell durchnässt und meine Haut wund gewesen wäre. Ich danke dir.

Was er wohl sonst noch zu erleiden gehabt hatte? Als Angelica den Krug fortnahm und sein Organ mit ihrem Rock sauber tupfte, schämte sie sich fast, nicht mehr für ihn tun zu können.

Als Nächstes schaute sie sich um, wo sie das Gefäß wohl ausleeren konnte. Vorsichtig schob sie den Krug vor sich her, bis sie vor dem größten der Weinfässer kauerte, und zog sich dann am Zapfen hoch.

Irgendjemand hatte offensichtlich vor kurzem etwas Wein abgezapft und den Korken nur sehr lose wieder in das Loch gesteckt. Sie zog ihn heraus, hob den Krug an und goss den warmen Urin in das Weinfass.

Wenn Sin auf ihren Tod anstoßen wollte, würde er jetzt hoffentlich gleich am ersten Glas ersticken.

Angelica ließ sich wieder zu Boden sinken und kehrte zu

Semjon zurück. In seinen stoischen Augen war die Spur eines Lächelns zu erkennen. Aber eben auch nur eine Spur ….

«Bist du sonst noch irgendwo verletzt?», fragte sie flüsternd. «Außer dort, wo das Eisenband sitzt?»

Nur dort, wo man mich mit einer noch schwereren Kette geschlagen hat. Aber ich glaube, Antoscha hat einen gebrochenen Arm. Er ist von dem Schmerz ohnmächtig geworden.

Angelica kroch zu dem kleinen Mann, der zusammengerollt auf dem Boden lag, und nahm ihm die Brille ab, damit sie ihm nicht ins Gesicht schnitt.

«Was kann ich für ihn tun?»

Im Moment nichts. Ich glaube, Sin ist sturzbetrunken. Ich habe vor Stunden gehört, wie da oben ein Gelage stattfand.

«Ich werde ihn umbringen», erklärte Angelica. Sie versuchte erneut, sich aufzurichten, brach aber wieder zusammen.

Dazu bist du nicht stark genug.

«Dann muss ich einen Weg finden, um dich zu befreien.» Die modrige, stinkende Luft im Keller fühlte sich wie Gift an, und sie rang schluchzend nach Luft.

Befrei dich zuerst selbst. Flüchte.

Das würde sie ganz sicher nicht tun. Schließlich war das hier alles ganz und gar ihre Schuld. Sie sah Semjon an. Er saß auf seinen kräftigen Hinterbeinen. Sein Nackenfell war vor stolzer Wildheit aufgestellt und sein Körper völlig bewegungslos.

Angelica schob eine Hand zwischen das Eisenhalsband und seine Haut. Wo die Haut nicht eingeschnitten war, massierte sie sie und linderte den quälenden Schmerz so gut sie eben konnte.

Doch Semjon ließ ihre Zuwendungen nur einige wenige Momente zu. Dann schloss er die Augen, und sie sah, wie ihm die Tränen aus den Augen traten und bis hin zu seiner Schnauze liefen.

Lass mich nur. Kümmere dich lieber um Antoscha. Tu, was du kannst.

Während sie auf eventuelle Geräusche von oben lauschte, kroch Angelica mit größter Kraftanstrengung zu dem Sekretär. Als sie sah, in welch merkwürdigem Winkel sein Arm abstand, zuckte sie zusammen. Dabei sah Semjons Begleiter eigentlich aus, als würde er friedlich schlafen.

«Es könnte sein, dass er aufschreit, wenn ich ihn berühre, Semjon», flüsterte sie.

Du kannst ihm etwas auf die Zunge träufeln. Unser Entführer arbeitet nicht allein. Die Frau, der dieses Haus gehört, mischt die Rauschmittel an, und er flößt sie uns unter Zwang ein. Sie ist da ganz gleichgültig.

Seine Augen wanderten zur Seite und blieben an einem bestimmten Punkt hängen. Als Angelica in die Richtung schaute, sah sie ein verkorktes Fläschchen auf einem hohen Sims stehen.

Benutz es. Versuch, ihn aufzurichten, damit er besser atmen kann. Wenn er bewusstlos bleibt, kannst du seinen Arm richten.

«Aber ich habe noch nie …»

Ich werde dir erklären, wie es geht, Angelica.

Das schreckliche Eisenhalsband und die Kette hatten ihn bewegungslos wie eine Statue werden lassen, aber sein Verstand war so flink wie immer.

Mit aller Macht gegen ihre Schwäche ankämpfend, gehorchte Angelica und verarztete Antoscha nach Semjons Anweisungen.

«Es könnte sein, dass seine Verletzungen gar nicht so schwer sind», erklärte sie, als sie fertig war. Der Sekretär war zwar noch immer bewusstlos, hatte aber schon eine etwas frischere Gesichtsfarbe, und auch sein Atem ging nicht mehr so stoßweise.

Gut. Semjon starrte geradeaus.

«Wieso ist er nicht wie du auch zu einem Wolf geworden, Semjon?»

Er dachte eine Weile nach und sah sie dabei nur einmal kurz an. Dann schloss er erneut die Augen, um sich von der Anstrengung seiner Bewegungslosigkeit zu erholen.

Die Verwandlung in einen Wolf scheint nur zu geschehen, wenn ich dich beschützen muss, Angelica. Mal vor anderen, mal vor dir selbst. Für den Bruchteil einer Sekunde verzogen sich seine Lefzen zu einem traurigen Lächeln.

«O Semjon, was habe ich nur getan?»

Nichts. Du wolltest nichts Böses und hast auch nichts Böses getan. Es ist für einen Wolf ganz natürlich, dass er die beschützt, die er liebt.

«Ich verstehe», murmelte sie und fing wieder zu schluchzen an.

Weine nicht. Du musst so sein, wie unsere Frauen sind. Stark.

«Für dich kann ich stark sein», erwiderte sie flüsternd und strich ihm über das Fell in seinem Gesicht, bis auch ihm erneut die Tränen kamen.

Kapitel Fünfzehn

Langsam bekamen sie eine Ahnung, weshalb man ihr Leben verschont hatte.

Seit zwei Tagen waren von oben Schritte diverser Händler zu hören gewesen, die alle möglichen Dinge angeliefert hatten. Angelica saß der Treppe am nächsten und konnte so auch am besten lauschen, was oben vor sich ging. Doch wenn die Nacht hereinbrach und St. Sin wieder sturzbetrunken durch das Haus wankte, kroch sie zu ihren zwei Gefährten.

«Es soll eine Zusammenkunft abgehalten werden», erklärte sie. «Und zwar eine Zusammenkunft anrüchiger Natur, so, wie es klingt.»

St. Sin ist berühmt für seine Orgien.

Sollte man sie zwingen, daran teilzunehmen, würden die Männer von ihren Fesseln befreit werden müssen, dachte Angelica. Und ihr selbst würden die Rauschmittel entzogen werden. Dabei tat sie ohnehin nur so, als würde sie die betäubenden Drogen zu sich nehmen. In Wirklichkeit aber behielt sie die Flüssigkeit einfach im Mund und spuckte das meiste davon später wieder aus. Aber das wenige, was sie dann doch herunterschlucken musste, sorgte dafür, dass der Verstand ihr seltsame Streiche spielte.

In den vielen Stunden, die vergangen waren, hatte Angelica eine Möglichkeit gefunden, die Glieder von Semjons Ketten zu dehnen, sodass er sich zumindest ausgestreckt hinlegen konnte. Gelungen war ihr das, indem sie das Metall an der wärmsten Stelle erwärmte, die sie kannte: zwischen ihren Schenkeln.

Als sie diese Methode zum ersten Mal anwandte und Semjon dazu seinen zersausten Kopf gegen ihre Hüfte presste, kehrte auch der Hauch eines Lächelns in seine Augen zurück.

Aber wie er gesagt hatte, die Glieder zu brechen, das vermochte sie nicht.

Antoscha hatte sich mittlerweile weit genug erholt, um wieder sitzen und gut atmen zu können. Und immer wenn die Entführer nach ihnen sahen – was nicht oft vorkam –, tat er so, als würde er immer noch unter einer weitaus schwereren Verletzung leiden.

Sie rechnen damit, dass er stirbt, war alles, was Semjon dazu zu sagen hatte.

«Niemand von uns wird sterben», erklärte sie aufgebracht flüsternd, nachdem sie die Halsfessel gelockert und sich neben die beiden gesetzt hatte.

Plötzlich waren vom oberen Treppenabsatz laut streitende Stimmen zu hören. Angelica eilte zu ihrem Platz, rollte sich um eine Schüssel mit etwas frischerer Milch und einem Lumpen zusammen und schloss die Augen.

«Wo ist das Miststück?» Sin kam die Treppenstufen hinabgestolpert – mit einem der Dienstmädchen des Hauses im Schlepptau.

«Ich halte sie in einer Ecke, Sir. Da drüben.»

Sins Schwerfälligkeit erfuhr durch seinen Zorn noch eine Steigerung. Worüber er zornig war, vermochte Angelica nicht zu sagen, hoffte aber inständig, dass er seine Wut nicht an Semjon auslassen würde. Nur zu leicht konnte sie sich vorstellen, wie seine Lefzen sich über die Fangzähne schieben würden. Eine falsche Bewegung, und Sin hätte eine Hand weniger.

Aber auch dann wäre Semjon immer noch angekettet.

Sin schien sich jedoch mit einem Tritt gegen Antoschas Körper zufriedenzugeben. Als sie hörte, wie der Sekretär aufschrie, presste Angelica die Augen noch fester zusammen und betete, dass Antoscha nur so schmerzerfüllt geklungen hatte, um Sins Grausamkeit zu befriedigen, und nicht etwa, weil er ernsthaft verletzt worden war.

«Hast du sie auch gefüttert?», knurrte er die Frau hinter sich an.

«Ja. Sie kriegt zweimal am Tag den Lumpen und saugt die Milch wie ein Baby in sich auf», erwiderte die Frau. «Aber sie wird langsam dünn. Auch wenn sie noch so zierlich ist, die Milch scheint nicht zu reichen. Und richtig bei Verstand ist sie auch nicht mehr, würde ich sagen.»

«Sie wird also verrückt? Gut. Das könnten einige mit Leidenschaft verwechseln.» Sin blieb vor Angelica stehen. Sie zitterte, hielt den Atem an und hoffte bei Gott, dass er sie nicht treten würde.

«Wenn man richtig mit ihr umgeht, ist sie eine Menge wert», sagte er.

Angelica gab einen stummen Seufzer von sich und blieb ganz schlaff und reglos, als Sin sie unter den Achseln packte und völlig mühelos hochhob.

«Ja, Sir. Soll ich sie jetzt waschen?»

Er ging mit Angelica über der Schulter zur Treppe nach oben zurück. «Nicht an diesem verdreckten Ort, Lucy. Bring sie auf mein Zimmer.»

Angelicas leerer Magen zog sich zu einem schmerzhaft harten Knoten zusammen. Sie wollte mit den Fäusten auf Sin einschlagen, ihn beißen und treten. Doch stattdessen hing sie wie eine kaputte Puppe über seiner Schulter und wagte es nicht, den Kopf zu heben, um einen letzten Blick auf Semjon und Antoscha zu werfen.

«Sehr wohl», erwiderte Lucy.

«Nein, halt», wandte er ein, stieg aber weiter die Treppe hoch. «Ich habe ganz vergessen, dass meine wahre Liebe noch in meinem Bett liegt. Sie wird sicher nicht einverstanden sein, wenn sie in meiner Badewanne eine schmutzige Schönheit vorfindet. Obwohl ein Kampf unter Frauen sicher amüsant zu beobachten wäre.»

Sin stand jetzt in der Küche. Angelica ließ sich über seiner Schulter weiter schlaff hängen und blickte auf die blassroten Steinfliesen.

«Sie sagten doch, dass die hier keinerlei sichtbare Schäden an sich haben sollte», rief Lucy ihm in Erinnerung.

Sin ließ die Frau stehen und ging zwei Stufen auf einmal nehmend eine andere Treppe hinauf. Vom zweiten Absatz dieser Treppe ging ein Flur ab, der zu einem Zimmer führte, in dem er Angelica sofort auf das Bett warf.

Sie spürte seine abscheuliche Hand auf ihrem Gesicht, als ihr Kopf zur Seite fiel, hielt die Augen aber weiter fest geschlossen.

Doch plötzlich zog er mit einem seiner groben Daumen ihr Augenlid hoch und starrte in ihre Pupille.

So nah vor sich konnte die junge Frau deutlich die Narben erkennen, die der ausschweifende Lebensstil auf seinem Gesicht hinterlassen hatte. Die Haut unter seinen scheußlichen Augen war so faltig, dass sich bereits dicke Tränensäcke gebildet hatten.

Sie wollte blinzeln, hätte sich so aber verraten. Sein stinkender Atem brannte in ihrem offenen Auge. Dann zog er mit dem anderen Daumen auch noch ihr zweites Augenlid hoch.

Der Anblick fühlte sich an, als würde man in eine durch und durch böse Sonne starren und erblinden, wenn man nicht rechtzeitig wegschaute. Angelica stöhnte und schüttelte den Kopf, um sich aus seinem aggressiven Griff zu befreien.

Wenn man hier ohnehin annahm, dass sie nicht mehr ganz bei Verstand war, dann würde sie sich auch so benehmen.

Sin zuckte zurück und hob die Hand, als wollte er sie schlagen. Aber Lucy, die inzwischen auch in das Zimmer gekommen war, hielt ihn mit einem Griff am Handgelenk davon ab.

«Na, na, Sir», beruhigte sie ihn. «Sie ist doch nur eine kleine Schlampe, nichts weiter. Ich werde sie für Sie waschen. Aber fesseln Sie sie vorher, bitte. Wenn das Wasser sie belebt, könnte sie die Kraft finden, fortzulaufen.»

Sin warf Angelica einen durch und durch finsteren Blick zu. Doch sie verdrehte die Augen nach oben und zeigte ihm das Weiß ihrer Augäpfel.

«Eine gute Idee, Lucy. Bring mir deine weichesten Tücher.»

Während Lucy sie auszog und ihre Handgelenke fixierte, blieb Angelica völlig passiv.

Sin beobachtete die beiden genau, und je mehr von Angelicas Körper freigelegt wurde, desto stockender ging sein Atem. Sosehr die junge Frau es auch verabscheute, seinen Blick auf sich zu spüren, so wusste sie doch auch, dass ihre Schönheit vielleicht das Einzige war, das sie, Semjon und Antoscha retten konnte.

«Jetzt ist sie sanft wie ein Lämmchen», stellte Lucy mit leiser Stimme fest. «Komm mit.» Sie zog an den Schaltüchern um Angelicas Handgelenke und führte sie in einen kleinen Nebenraum, wo bereits ein Bad vorbereitet war.

Und auch Sin war vorbereitet. Er hatte einen langen, aus mehreren Stoffbahnen geflochtenen Schal in der Hand, den er an einem Griff der gefüllten Wanne befestigte. Und diese Befestigung verstärkte er noch, indem er die Knoten mit dem Badewasser befeuchtete und sie dann so fest zusammenzog, wie er nur konnte. Diese Knoten würde man weder aufziehen noch durchtrennen können, dachte Angelica bei sich.

Ob er sie wohl beim Baden beobachten würde?

Sin tauchte das geflochtene Schaltuch in das Badewasser und kniete sich dann hin, um es zuerst um ihre Knöchel zu wickeln und dann um ihre Zehen zu schlingen.

«So. Davon wird sie sich nicht befreien können.»

«Ich danke Ihnen, Sir. Es ist ja auch nur eine Vorsichtsmaßnahme. Ich bin zwar stärker als sie, aber ich weiß, wie sehr Sie sie schätzen.»

Lucy führte Angelica dicht genug an die Wanne und hob dann eins ihrer Beine an, damit die gefesselte Frau hineinsteigen konnte.

Die Wärme des Wassers war so überraschend für Angelica, dass sie fast für eine Ohnmacht bei ihr sorgte.

Nachdem Lucy Angelicas Hände auf einen Handtuchhalter gelegt hatte, setzte diese gehorsam auch den anderen Fuß in die Wanne.

Danach wurde ihr Körper wieder und wieder mit warmem Wasser aus einem Becher übergossen. Schultern, Rücken, Brüste, Po – das Wasser rann über ihren Leib. Das Gefühl war so köstlich, dass Angelica fast zu weinen begann. Und als der Becher mehrere Male auch über ihrem Kopf entleert wurde, ließ sie ihren Emotionen freien Lauf, bis die Tränen sich schließlich unsichtbar mit dem Wasser vermischten, das sie reinigte.

«Sie ist einfach hinreißend», murmelte Sin.

Angelica wandte ihr Gesicht ab. Einen kurzen Moment lang hatte sie tatsächlich vergessen, dass er auch noch im Raum war. Lucy seifte sie sorgfältig ein, bis der Schaum sich in weißen Bahnen in die Wanne ergoss. «Ja, Sir. Sie ist ein hübsches Mädchen. Haben Sie schon ein Kostüm für sie?»

«Es ist noch nicht eingetroffen.»

Angelica betete, dass er seine etwas dümmliche Helferin endlich ihrer Aufgabe überlassen würde, und war sehr erleichtert, als ein Türknallen in der unteren Etage ihn aus dem Raum verschwinden ließ, um dem Geräusch auf den Grund zu gehen.

Lucy setzte ihr schrubbendes Werk derweil summend fort.

«Heb das Bein und stell den Fuß auf den Rand der Wanne.»

Angelica wollte nicht und schwieg.

Die Augen der Frau nahmen einen härteren Ausdruck an. «Tu, was ich dir sage. Sonst lasse ich nach dem Herrn rufen. Wenn nötig, wird er dir den Hintern versohlen. Und er weiß, wie man jemandem wehtut, ohne Spuren zu hinterlassen.»

Angelica war gezwungen zu gehorchen, und Lucy schrubbte grob zwischen ihren Schenkeln herum – ganz so, als würde sie eine Strafe vollstrecken, von der sie wusste, dass Sin nichts davon mitbekam.

Doch da sie nicht ewig damit weitermachen konnte, ging sie nach gewisser Zeit wieder dazu über, Angelica mit frischem Wasser aus zwei riesengroßen Krügen zu begießen.

Irgendwann jedoch trat Lucy an die Tür, um jemanden zu rufen, der ihr helfen sollte.

«Keiner deiner Tricks, verstanden? Ich glaube, das Wasser hat dich wieder recht lebendig werden lassen.»

Und ob. Angelica starrte die Frau stumm an.

«Schau mich nicht so an», wies Lucy sie mit leichtem Unbehagen an. «Margaret! Sukie! Kommt her!»

Angelica hörte schwere Schritte auf der Treppe, und kurz darauf betraten zwei breitschultrige Mädchen das Zimmer. Sie trugen einfache Schürzen, und ihr Haar war streng nach hinten zu einem Knoten gekämmt.

«Ihr müsst mir hier mal helfen», forderte Lucy die beiden

auf und verteilte dann die Aufgaben. «Nimm du ein Messer und schneid zuerst den großen Knoten auf. Den an dem Wannengriff.»

Das eine Mädchen stand Wache und beobachtete Angelica dabei ohne großes Interesse, während die andere den Knoten des geflochtenen Schaltuchs durchtrennte. Danach halfen sie ihr aus der Wanne und führten sie an einen großen Spiegel.

Sie wuschen Angelicas Haar nach Lucys Anweisungen in einem kleinen Becken und nahmen der jungen Frau damit tatsächlich ein wenig von ihren Schmerzen. Doch letzten Endes gingen sie auch nicht sanfter zu Werke, als Lucy es getan hatte, und zogen zum Ende der Prozedur grob an ihren Haaren.

Angelica wehrte sich nicht. Eins der Mädchen wickelte ihr feuchtes Haar in ein Handtuch und knotete es über ihrer Stirn zusammen.

«Aufstehen!», befahl sie.

Immer noch gefesselt, wurde sie zum Bett geführt und gründlich abgetrocknet. Es war nicht gerade warm in dem Zimmer, und Angelica fröstelte. Plötzlich zwickte ihr eins der ausdruckslos dreinblickenden Mädchen in einen ihrer Nippel.

«Lass das!», blaffte Lucy sie an. «Keine Spielereien!»

«Sehr wohl, Ma'm», erwiderte das Mädchen, schmollte dabei aber ein wenig. Dabei blickte sie allerdings Angelica und nicht ihre Herrin an.

Der unerwartete Kniff in ihre Brustwarze hatte außerordentlich wehgetan.

War das nur ein Vorgeschmack darauf gewesen, was noch kommen sollte? Angelica sagte sich innerlich, dass sie stark sein musste. Dabei würde es sicher helfen, wenn es ihr gelänge, etwas Festeres als nur Milchsuppe von den Frauen zu bekommen.

«Kann ich etwas zu essen haben?», fragte sie zögerlich.

«Ich werden den Herrn fragen», lautete Lucys knappe Antwort. «Ich glaube, ich höre ihn gerade kommen.»

Aber die Schritte, die sie zu vernehmen meinte, stammten nicht von ihm. Die Vorbereitungen für die Orgie waren in vollem Gange, aber nach dem, was Angelica von dem Gemurmel der Mädchen aufschnappen konnte, würde es noch einige Zeit dauern, bis die Gäste eintrafen.

Erst einmal wurde ihr Haar aus dem Handtuch gewickelt, getrocknet und dann so lange gekämmt, bis es weich glänzte.

«Wunderschön», sagte das Mädchen, das sie nicht in die Brustwarze gekniffen hatte. Sie hantierte an den glänzenden Locken herum und legte sie über Angelicas Schultern.

Das andere Mädchen warf ihr eifersüchtige Blicke zu. «Aber eine Hure ist sie trotzdem», erklärte sie mit gerümpfter Nase.

«Sollen wir sie jetzt anziehen?», erkundigte sich das Frisiermädchen.

«Wartet auf den Herrn», forderte die ältere Frau sie auf. «Da ist er ja schon.»

Angelica hörte, wie Sin mit unglaublich lärmenden Schritten die Treppe heraufkam. Die Erregung über die bevorstehende Veranstaltung verlieh seinem Gang etwas ausgesprochen Schwungvolles. Und als er in den Raum trat, hatte er nur Augen für Angelica.

«Sie möchte etwas zu essen haben, Sir.»

Sein Blick wanderte über ihren nackten Körper. «Steh auf.»

Das Dienstmädchen, das sie so offenkundig nicht mochte, trat näher zu ihr und zog sie an den gefesselten Handgelenken auf die Füße.

Angelica konnte nichts anderes tun, als sich vor Sin hinzustellen.

Er zögerte nicht und ließ seine Hände prüfend über ihren Leib gleiten, als wäre sie eine Sklavin auf einem Sklavenmarkt. Doch an der Stelle, wo ihr Bauch sich leicht nach innen wölbte, hielt er inne und rieb fest über ihre Haut. «Ich glaube, sie hat tatsächlich Hunger», sagte Sin. «Ihr könnt ihr etwas geben.»

Dann wickelte er ihr seidiges Haar um die freie Hand, bis es wehtat und Angelica versehentlich einen schwachen Schrei ausstieß. Doch er drehte sie achtlos an dem Schopf herum, befummelte ihren nackten Po auf gröbste Weise und beschämte sie so vor den Augen der drei anderen Anwesenden.

«Wie ich sehe, ist dieser Teil ansehnlich und appetitlich rund geblieben», stellte er lachend fest. «Hast du sie auch schön abgeschrubbt, Lucy?»

«Ja, Sir. Vorne und hinten», bestätigte diese bedächtig. «Sie hat sich ein wenig gesträubt, aber mit diesem groben Waschlappen bin ich überall hineingekommen. Sie ist ganz sauber.»

«Gut gemacht.» Sin ließ ganz plötzlich von ihrem Haar und ihrem Leib ab. Angelica zitterte. Sie hatte jetzt nur noch ihre Haare, um sich zu bedecken, und die waren bei weitem nicht lang genug. Sollte sie versuchen, sich mit den Händen vor Blicken zu schützen, würde Sin das sicher zu verhindern wissen. Und wenn nicht er, dann sicher eins der Dienstmädchen.

«Danke schön», sagte Lucy.

«Ihr ist kalt. Wickelt sie ein. In einen Morgenmantel oder ein Flanellhemd, ist mir gleich. Wenn sie sich nicht aufwärmt, wird sie sich anfühlen wie etwas vom Fischstand auf dem Markt.»

Seine Worte überraschten die junge Frau zwar ein wenig, aber sie wusste genau, dass er sie nicht aus Freundlichkeit heraus gesagt hatte. Sie war einfach nur sein Besitz – nichts weiter.

Ein Besitz, den er dem Höchstbietenden zum Verkauf anbieten würde.

«Die Tür hast du doch wohl abgeschlossen, oder?» Sin schaufelte gerade sein Essen in den Mund und sprach dabei mit Lucy.

«Ja, und ich habe sie in der Obhut eines der Dienstmädchen gelassen», erwiderte die ältere Frau. «Angelica hat zwar keine Kleider mehr, aber ich würde es ihr durchaus zutrauen, dass sie ein Fenster einschlägt und das Regenrohr runterrutscht.»

«Du denkst wirklich an alles.» Er leerte seinen Teller und tunkte mit einem Stückchen Brot die Reste des Fettes auf. Victor schaute mit angewidertem Blick an die Decke. Die Beule an seinem Kopf war zwar kaum mehr auszumachen, schmerzte aber immer noch leicht.

«Und Victor? Meinst du, du steckst es weg, dabei zuzusehen, wie deine Stiefschwester versteigert wird?»

Als der jüngere Mann vom Tisch aufstand, war eindeutig zu sehen, dass er sich nicht wohlfühlte. «Nein, Sin. Kannst du mir das nicht ersparen?»

Sin brach in ein prustendes Gelächter aus – den fettigen Brotbrocken in die Backe gepresst. «Aber sicher. Du kannst dich stattdessen um die Umhänge und Mäntel kümmern. Eigentlich sollte Hinch das übernehmen, aber ich glaube nicht, dass die feinen Damen ihm trauen würden. Du hingegen bist sehr gut darin, die Leute zu imitieren, die über dir stehen.»

Victors Blick wanderte umher, blieb aber nicht an Sin, sondern in Richtung Keller hängen. Er wusste, dass Semjon und Antoscha dort unten langsam verendeten. Aber er lehnte es rundheraus ab, hinunterzugehen und einen Blick auf sie zu werfen – auch wenn Sin ihn noch so oft dazu aufforderte.

Dennoch machte er sich Gedanken über sie und hatte eigentlich schon damit gerechnet, dass der gesamte Klan durch die Tür stürmen würde, um ihren Verwandten mit vorgehaltener Pistole zu retten. Victor seufzte und rieb sich die Augen. Seit dem von Angelica angeführten Übergriff und seiner schrecklichen Gefangenschaft in dem Leinensack hatte er nicht geschlafen. Er war Sin dankbar, dass er ihn aus diesem Martyrium befreit hatte.

Sin wollte ihm nicht verraten, wer von den Beteiligten des Kampfes im Innenhof des Gasthauses überlebt hatte, aber Victor befürchtete, dass es auf jeden Fall zu viele Zeugen gegeben hatte. Irgendjemand hatte sie sicher bei der Polizei denunziert – auch wenn meilenweit kein Wachtmeister zu sehen gewesen war. Dennoch war es sehr gut möglich, dass die Angelegenheit bereits einem Richter zugetragen und längst ein Verfahren gegen sie angestrengt worden war.

Wieso dachte Sin nur nie an derartige Dinge? Zuhälterei und Kuppelei störten den Frieden nicht. Aber Schlägereien und Mord waren keine Vergehen, die von den Behörden einfach so übersehen wurden. Ob es wohl tatsächlich einen Mord gegeben hatte?

Victor wusste nur zu gut, dass Sins Kontakte beim Gerichtshof und seine Verbindungen zur Regierung ihn schon mehrfach vor einer Verurteilung bewahrt hatten. Aber schließlich konnte auch er nicht immer Glück haben. Was für ein Jammer, dass Victor sich mit einem teuflischen Trinker zusammengetan hatte, der seine besten Tage schon hinter sich hatte.

Sins ständig größer werdender Appetit nach Lasterhaftigkeit hatte ihr gemeinsames Kapital bereits fast aufgebraucht. Da der ältere Mann die Dirnen selbst ausprobierte, bevor er sie anbot, und ihnen auch neue Spielarten beibrachte, bestanden die Frauen natürlich auch darauf, bezahlt zu werden. Und so wurde das Geld immer weniger.

Was seine Erstinvestition betraf, konnte Victor noch keinen Gewinn vorweisen. Sicher, als es um seine Stiefschwester ging, hatte er gezögert – da lag Sin durchaus richtig. Und er hatte seinen sprunghaften Partner auch nicht davon abgehalten, das sogenannte Rudel von St. James in die Sache mit hineinzuziehen.

Was die verborgenen, düsteren Geheimnisse anging, die den Klan und die Taruskins umgaben, so hatte Sin ihm nichts weiter verraten. Wahrscheinlich handelte es sich bei den Gerüchten nur um halbwahren Unsinn aus irgendwelchen Schauerdramen, die Sin einst als Schauspieler aufgeführt hatte. Theatralischer Unsinn, nichts weiter. Als er hinüber zu seinem Partner blickte, der vom Wein und dem Beefsteak schon ganz rot angelaufen war und zusammen mit Lucy über irgendetwas lauthals lachte, empfand Victor nichts weiter als Abscheu.

Plötzlich drang ein Geräusch aus dem Keller.

Das Leben von Semjon Taruskin und diesem schwächlichen Kerl, der zusammen mit ihm entführt worden war, musste mittlerweile an einem seidenen Faden hängen. Victor spürte tatsächlich so etwas wie Mitleid in sich aufsteigen, dass die beiden von Sin derart misshandelt wurden. Immerhin hatte er sich selbst schon von der Vorstellung verabschiedet, Semjon bei der bevorstehenden Sex-Scharade einzusetzen. Schließlich würde keine Frau besserer Herkunft sich von einem halbverhungerten, wahnsinnigen Gefangenen anfassen lassen.

«Fertig mit dem Knochen, Sin?», fragte er bissig. «Soll ich ihn die Kellertreppe runterwerfen? Ich glaube, die haben da unten heute noch nichts gegessen, oder?»

Sin rülpste und sah ihn geradezu beleidigt an. «Was? Jetzt erzähl mir nicht, dass du auf einmal eine mitleidige Ader hast. Was interessiert es dich, ob sie was zu essen bekommen haben?»

«Vergiss es.»

Sin gab Lucy einen Stupser unters Kinn. «Willst du nicht mal mit ihm runtergehen und ihm zeigen, was aus den beiden geworden ist?»

«Nein, Sir. Die Ehre überlasse ich Ihnen.»

Sin streckte sich und schob seinen Stuhl zurück. Dann nahm er den abgekauten Knochen und gestikulierte wild damit herum. «Ich hätte nicht gedacht, dass du dir deine schlanken Finger schmutzig machen willst, Vic.» Er erhob sich, stellte sich an den Rand der Kellertreppe und warf den Knochen hinunter.

Er prallte gegen eine Wand und fiel dann mit einem dumpfen Geräusch auf den Boden, den man von oben nicht mehr sehen konnte. Victor schüttelte nur den Kopf und verschränkte die Arme vor der Brust, als Lucy Sin hinausfolgte.

Dann hörte er aus den Tiefen des Kellers ein sehr schwaches Heulen.

Einer oder auch beide mussten mittlerweile offensichtlich völlig dem Wahnsinn verfallen sein. Der Tod konnte jetzt nicht mehr weit sein.

Kapitel Sechzehn

Angelica unterdrückte ein Zurückschaudern, als sie das Kostüm sah, das man für sie bereitgelegt hatte. Es bestand aus nichts weiter als ein paar Schnüren, die an unaussprechlichen Stellen miteinander verbunden waren. Dazu gehörte ein Paar Stiefel, das fast zu hoch war, um darin zu laufen, und das mit jeweils hundert Knöpfen von hinten geschlossen wurde. Es gab auch noch eine fast elegante Maske, die ebenfalls mit Bändern versehen war, um sie eng vor das Gesicht zu binden und so ihre Augen zu betonen.

Das Kostüm war einfach geschmacklos. Nicht einmal bei ihren kürzlichen Ausflügen in die verderbte Unterwelt von Soho und ihren notwendigen Nachforschungen bezüglich der anrüchigen Anzeigen hatte sie so etwas gesehen.

Sofort fragte sich Angelica, wo sie das Kostüm tragen würde? Und wer würde sie darin sehen? Sie nahm jedenfalls stark an, dass die Antwort darauf sehr unerfreulich ausfallen würde.

Doch das kümmerte sie nicht. Semjon war zwar in dem stinkenden Keller angekettet und weder in der Lage, menschliche Form anzunehmen, noch einen Fluchtversuch zu starten, aber wenigstens würde er nicht sehen, wie man sie entehrte.

Angelica schwor sich, nur noch über das nachzugrübeln, was vielleicht helfen könnte, ihnen allen die Freiheit wiederzuschenken.

Unterdessen hörte sie, wie die Vorbereitungen für die Orgie unten immer lauter und hektischer wurden. Es würde sicher sehr viel getrunken werden.

Und was auch sonst noch geschehen sollte, allein der zu erwartende Alkoholkonsum der Gäste verbesserte ihre Chancen schon um einiges.

Angelica drehte sich um, als Lucy hereinkam und die Hand ausstreckte. «Gib mir deinen Morgenmantel. Der Herr möchte, dass du bereit bist, bevor wir anfangen.»

Die junge Frau seufzte innerlich und ließ den Morgenmantel von ihren Schultern zu Boden gleiten. Eigentlich wollte sie ihn aufheben, aber Lucy dachte, sie hätte ihn absichtlich zu ihren Füßen fallen lassen, um sie zu demütigen. Die Hausangestellte bückte sich, hob den Morgenmantel blitzschnell auf und warf ihn achtlos fort.

Da war wohl nichts dagegen zu machen, dass Lucy sie so behandelte, dachte Angelica düster.

Als Nächstes marschierte Lucy zum Bett und holte das korsettähnliche Gebilde, mit dem sie zu Angelicas Erstaunen auf intimste Weise vertraut zu sein schien.

Die ältere Frau hielt es ihr auf Hüfthöhe entgegen. «Steig rein! Und beeil dich gefälligst!»

Angelica musste gehorchen. Alles andere hätte einen zu hohen Preis gefordert. Also legte sie die Hände auf Lucys Schultern und trat in das hinein, was wohl als Öffnung für die Beine gedacht war.

Lucy nickte kurz zustimmend und zog das Korsett dann mit einem beherzten Ruck nach oben.

Das grobe Vorgehen tat Angelica zwar an den zartesten Stellen weh, aber sie wollte dem Dienstmädchen nicht die Befriedigung geben, ihren Schmerz zu sehen. Und so starrte Angelica einfach auf einen Punkt über Lucys kräftiger Schulter und ließ das Drücken, Zerren, Zuknöpfen und Binden klaglos über sich ergehen.

«So», erklärte Lucy nach einer Weile ein wenig außer Atem. Sie gab Angelica einen kleinen Schubs nach vorn in Richtung eines großen Drehspiegels. «Sieh dir selbst an, wie du ausschaust.»

Angelica blieb keine andere Wahl. Das Erste, was sie sah, waren ihre nackten Brüste, die von einem dicken Band darunter nach oben gedrückt wurden. Von dort gingen zwei weitere Bänder aus, die an einem Nichts von Miederhöschen befestigt waren, das mehr zeigte, als es verbarg. Genau dieses Höschen hatte Lucy eben so ruckartig hochgezogen, dass es fast Angelicas Schamlippen geteilt hätte.

«Dreh dich um!», blaffte die Hausangestellte sie an.

Nachdem Angelica dem Befehl nachgekommen war, reichte die ältere Frau ihr einen Handspiegel.

«Sieh dir mal deinen Arsch an. Nicht schlecht.»

Angelica betrachtete die Rückansicht des Korsetts in dem kleinen Spiegel. Das Kleidungsstück verwandelte ihre Pobacken in hochstehende, feste Bälle, die von dem Band des Höschens auch noch ein wenig auseinandergehalten wurden. Und ihr Rücken war so stramm eingeschnürt, dass das Zickzackmuster der Bänder fest in ihr Fleisch einschnitt.

Aus dem Augenwinkel sah sie, wie Lucy sich ihr schließlich mit dem letzten demütigenden Zubehör näherte: einem Halsband aus Eisen, so, wie Semjon es trug, nur kleiner.

«Das wirst du tragen, und es wird dir gefallen», erklärte Lucy mit sanfter Stimme, als ihr die Angst auffiel, die in Angelicas Augen aufflackerte.

Jetzt kam auch noch eins der anderen Dienstmädchen hinzu, um Lucy zu helfen. Das Mädchen hatte vor der Tür gewartet – offensichtlich für den Fall, dass es irgendwelchen Ärger gab. Und obwohl sie immer noch ihre einfache Schürze und Haube von vorhin trug, wirkte sie auf Angelica doch irgendwie größer und unheilvoller als zuvor. Aber das lag eben nicht an ihrer Kleidung, sondern an ihrem Verhalten.

Angelica fragte sich, ob diese Dienstboten wohl auch eine Rolle bei St. Sins erotischer Vorführung spielen oder nur zuschauen würden? Die Dienstmädchen waren zwar alles andere als hübsch, wirkten dafür, dass sie Frauen waren, aber überaus kräftig, ja fast brutal. Und für einige Lüstlinge waren das sicher durchaus anziehende Attribute.

Schließlich hatte Angelica in den letzten Tagen selbst einige Erfahrungen gemacht, die sich als verderbt bezeichnen ließen.

Das jüngere Dienstmädchen nahm Angelicas Haar zusammen und drehte es mit den Händen zu einem festen Knoten zusammen. Dabei hatte sie nicht die geringsten Schwierigkeiten, die junge Frau unter Kontrolle zu halten, während Lucy ihr das Halsband umlegte.

Als Angelica versuchte zu atmen, stellte sie fest, dass das Halsband ihr gerade genug Möglichkeit ließ, um Luft zu holen.

«Dieser Ring hier ist für deine Kette», erklärte Lucy und steckte einen Finger hindurch. «Wie gefällt dir das?»

Jede Antwort würde Lucy in Rage bringen, und so sagte Angelica gar nichts.

Das jüngere Dienstmädchen blieb still stehen, während Lucy eine kleine Schale mit Haarnadeln holte. Diese rammte sie so grob in Angelicas Haar, dass sie ihre Kopfhaut dabei mehr als einmal auf schmerzhafte Weise kratzte.

Doch als sie an die Qualen dachte, die Semjon mit seinem angeketteten Halsband im Keller erleiden musste, schien der eigene Schmerz auf einmal nicht mehr so schlimm zu sein.

Lucy trat einen Schritt zurück und stemmte ihre Hände

in die breiten Hüften. «Du kannst die Haare jetzt loslassen. Aber steck deinen Finger durch den Ring am Halsband – nur für den Fall, dass sie ausreißen will.»

Das Dienstmädchen gehorchte und stand Angelica jetzt direkt gegenüber.

Lucy suchte nach weiteren Accessoires für die Frisur und kehrte schließlich mit langen, gefährlich aussehenden Stäbchen zurück, die sie in demselben Zickzackmuster im Haar arrangierte, wie es auf Angelicas Rücken zu sehen war.

Der Anblick schien ihr zu gefallen.

«Und jetzt zu den Stiefeln», murmelte sie und stieß einen Fußschemel in Angelicas Richtung, der prompt umkippte. Doch das Dienstmädchen hob ihn sofort wieder auf und stellte ihn mit einem dumpfen Geräusch direkt vor sie hin. «Draufsteigen!»

Angelica tat wie ihr geheißen.

«Nicht hoch genug», stellte Lucy fest. «Sukie, geh vor ihr auf alle viere. Sieh mich nicht so an. Tu, was ich dir sage!»

Das Dienstmädchen zog seine Röcke hoch und befolgte Lucys Anweisung.

«Und jetzt streckst du dein Bein über ihrem Rücken aus, damit ich die Stiefel anziehen kann. Sie sind sehr eng», meinte sie zu Angelica gewandt.

In diesem Moment kehrte St. Sin in einem makellosen Abendanzug in das Zimmer zurück. Als er die drei Frauen erblickte, flammte ein ruchloses Feuer in seinen Augen auf.

«Was tust du denn da, Lucy?»

«Ich kleide sie an.»

Sin suchte nach einem Stuhl, nahm darauf Platz und lehnte sich dann zurück. Aber Angelica weigerte sich, auch nur in seine Richtung, geschweige denn in seine Augen zu schauen.

Lucy hockte derweil auf den Knien und hatte große Mühe,

das dünne Leder der Stiefel über Angelicas gewölbten Fuß zu bekommen, aber irgendwann gelang es ihr doch.

Sie nahm die Ferse und den Zeh, schob das Leder beiseite, das um ihren Knöchel herum zugeknöpft werden sollte, und stellte Angelicas Fuß auf den breiten Rücken des auf dem Boden kauernden Dienstmädchens.

Sin grinste. «Sehr schön. Das könnten wir zu einem Teil der Vorführung machen.»

Lucy achtete nicht auf seine Worte, sondern fing an, die Knöpfe mit Hilfe eines kleinen Werkzeuges zuzuhaken. Dabei stach das recht spitze Instrument Angelica ein paar Mal zu häufig, als dass es zufällig geschehen sein konnte.

Als die Knopfreihe zugehakt war, war Angelicas gesamte Wade von Leder bedeckt.

«Und jetzt den anderen», sagte Lucy seufzend. «Stell dich auf den fertigen.»

Als Angelica ihren Fuß in dem hochhackigen Stiefel auf den Teppich stellte, geriet sie gefährlich ins Wanken. Lucy konnte sie gerade noch unter den Armen festhalten und stand dann einfach nur da.

«Aus dem Weg!», blaffte St. Sin sein Dienstmädchen an. «Ich will sie sehen, nicht dich!»

«Sehr wohl, Sir. Wo ist das andere Mädchen? Ich brauche es!» Lucy rief nach ihm, hielt Angelica dabei aber immer noch fest. Ihre Nähe war geradezu unerträglich, ließ sich aber nicht vermeiden. Angelica wusste, dass Sin sie mit den Blicken förmlich verschlang, und wollte ihn deshalb noch immer nicht ansehen.

Das andere Mädchen betrat den Raum und stützte Angelica, während Lucy das nackte Bein der jungen Frau auf den Rücken des zweiten Dienstmädchens stellte. Die Kleine verharrte zwar die ganze Zeit in dieser Stellung, schmollte dabei aber durchaus ein wenig.

«Ein wunderbares Schaubild», schwärmte Sin. «Schönheit wird von drei Biestern bedient.»

Die drei Dienstmädchen schienen es nicht zu wagen, etwas darauf zu erwidern. Und so beobachtete Sin voll träger Lüsternheit, wie auch der zweite Stiefel angezogen und zugehakt wurde.

«Steh auf!», befahl Lucy.

Angelica nahm ihren Fuß vom Rücken des Dienstmädchens – das junge Ding tat ihr leid. Als sie stand, fühlte sie sich auf gefährliche Weise wackelig auf den Beinen und viel zu groß. Sie erreichte jetzt fast Sins Größe, der mittlerweile aufgestanden war und sich direkt vor ihr aufgebaut hatte. Es schien ihm eine perverse Freude zu bereiten, sie nicht zu berühren.

Doch seine konstanten, über ihr gesamtes nacktes Fleisch gleitenden Blicke waren fast ebenso schlimm.

Sie wankte auf den unglaublich hohen Absätzen.

«Geh ein Stückchen», befahl Sin. «Üb dich ein bisschen darin. Du willst doch schließlich nicht hinfallen, wenn du auf dem Auktionspodest stehst, nicht wahr?»

Sie schüttelte stumm den Kopf.

«Dann geh mal rüber zum Spiegel, dreh dich und komm dann wieder zurück.»

Wie es ihr gelang, die kurze Strecke zurückzulegen, wusste Angelica nicht, aber sie schaffte es irgendwie.

«Sehr gut», lobte Sin mit einer gewissen Überraschung in der Stimme. «Versuch es gleich noch mal.»

Doch als sie die ersten Schritte getan hatte, schien er es sich anders überlegt zu haben. «Stolzier lieber. Kannst du das? Lass es so aussehen, als würde es dir gefallen, hundert Augenpaare auf dich gerichtet zu haben. Und bring das hier mal ein bisschen zum Wippen», forderte er sie auf und kniff in eine ihrer hochgereckten Pobacken, was sie vor Scham erröten ließ. «Hin- und herwiegen und stolzieren. Und die Absätze sollten bei jedem Schritt laut klacken. Du wirst nachher auf Holzboden und nicht auf Teppich laufen.»

«Nur Männer heute Abend, oder?», wollte Lucy wissen.

«Fast. Ein paar Frauen sind auch dabei.»

«Ehegattinnen?»

«Ein paar. Halt den Mund, Lucy. Wie du siehst, gebe ich Angelica gerade einige Anweisungen.»

Das ältere Dienstmädchen trat zusammen mit den beiden jüngeren Frauen zurück in den dunkleren Teil des Raumes.

Es war jetzt fast so, als wäre Angelica allein mit Sin. Nie hätte sie damit gerechnet, die Gesellschaft der drei anderen Frauen zu vermissen. Aber genauso war es jetzt.

Plötzlich holte Sin aus dem Inneren seiner Manteltasche eine Reitgerte hervor. Er führte sie kurz an seine Lippen, wedelte dann aber damit über Angelicas nackte Brüste. Doch alles, was Angelica spürte, war ein winziger Lufthauch – wieder hatte er sie nicht berührt.

In diesem Moment wurde ihr klar, dass er offensichtlich das Zurückzucken am meisten genoss. Also würde sie alles Erdenkliche tun müssen, um ihre Reaktionen unter Kontrolle zu halten.

«Geh noch mal ein paar Schritte», forderte er sie auf. «Vor und zurück. Zu mir her und dann wieder zurück.»

Sie gehorchte.

«Ja. Wie eine Automatenpuppe», sagte er. «Nur, dass du eine natürliche Eleganz hast, die deinen Gang unwiderstehlich sinnlich wirken lässt. Noch mal, Angelica. Und dann stell dich vor mich hin.»

Angelica tat wie ihr geheißen, war mit den Gedanken aber die ganze Zeit woanders. Als sie vor ihm zu stehen kam, hielt sie die Beine fest zusammengepresst.

Die Reitgerte berührte zunächst nur den Teppich zwischen

ihren Zehen, bewegte sich dann aber Zentimeter für Zentimeter nach oben.

Und auch wenn sie am liebsten nicht zugelassen hätte, dass er sie damit berührte, stellte sie die Füße doch ein klein wenig auseinander.

Die wandernde Reitgerte erreichte ihre Knie.

«Wie schüchtern du doch bist», meinte Sin. Die Spitze der Reitgerte wanderte immer höher, sodass sich jetzt auch ihre Knie langsam öffneten.

Und dann fuhr er mit der Gerte weiter hinauf. Ihre Beine bildeten mittlerweile ein umgekehrtes V. Und innerhalb dieses Vs ließ er die Gerte wandern, ganz so, als würde er damit erwartungsvoll ihre Körperform nachzeichnen und sich die schmutzigsten Gedanken machen.

Und Angelica war gezwungen, seine obszöne Überprüfung vor drei stummen Zeuginnen über sich ergehen zu lassen.

«Dreh dich um!», befahl er mit tiefer Stimme.

Sie blieb stocksteif stehen.

«Wenn du es nicht tust, werden wir dich eben dazu zwingen», teilte er ihr in freundlichem, ja fast angenehmem Ton mit.

Lucy wollte ihm schon zu Hilfe eilen, doch in letzter Sekunde begann Angelica zögerlich, sich umzudrehen. Die Atmosphäre immer stärker werdender Bedrohung war nicht dazu geeignet, ihm zu widersprechen.

Aber sie stand nicht viel länger als einen kurzen Moment so da.

«Leg deine Hände auf die Hüften. Na, bitte. Das ist doch gar nicht so schwer, oder? Und die Wirkung ist überaus reizend.»

Wenn er doch nur den Hass in ihren Augen hätte sehen können. Zumindest passte ihre augenblickliche Haltung zu ihren Gefühlen. Das war immerhin ein Trost.

«Und jetzt beug dich vor.» Seine Stimme klang noch tiefer als zuvor.

Angelica zögerte und begann erneut zu zittern. Sie fühlte sich sehr schwach, denn obwohl sie zaghaft um etwas zu essen gebeten hatte, war man ihrem Wunsch nicht nachgekommen. Aber andererseits ging es den beiden Männern im Keller noch weitaus schlechter als ihr.

«Ah, da ist es ja, das Wippen der Pobacken», sagte er wohlwollend.

Angelica holte tief Luft und zwang sich mit aller Macht, das Zittern ihres Körpers unter Kontrolle zu bringen.

«Wo waren wir, Lucy?», fragte Sin.

«Sie wollten, dass sie sich vorbeugt, aber sie tat es nicht.»

Hoffte Lucy etwa, dass man sie vor aller Augen bestrafen würde? Doch der Mann auf dem Stuhl schien andere Vorstellungen zu haben.

«Ach ja … vorbeugen, los!» Er schob mit der Spitze der Reitgerte Angelicas Hände von den Hüften. Obwohl das Züchtigungsinstrument sie noch nicht berührt hatte, mochte sie es nicht. Jetzt aber bekam sie regelrecht Angst davor. «Umfass deine Knie!», forderte er.

Angelica beugte sich vor. Sie wusste genau, wie viel er in dieser Stellung von ihr sehen konnte, und es machten sich züngelnde Flammen der Demütigung auf ihrem Gesicht und ihrem Hals breit.

Ganz langsam fuhr die Reitgerte über ihre nackten Pobacken und bohrte sich ein wenig in die Spalte, in die vorhin auch die Bänder des Korsetts gedrungen waren, als Lucy sie ruckartig hochgezogen hatte.

«Gefällt dir das?», fragte er mit krächzender Stimme.

«Nein», platzte Angelica, ohne nachzudenken, heraus.

«Gut. So bleiben. *Ich* sehe dich nämlich sehr gern so.» Sie konnte das unangenehme Lächeln in seiner Stimme förmlich hören, während seine Gerte ihr bohrendes, stocherndes Werk fortsetzte. «Lass den Kopf hängen. Lass ihn einfach hängen. Du bist sehr angespannt, meine Liebe.»

Sie biss die Zähne zusammen und folgte auch dieser Anweisung. Die Spitze der Gerte berührte jetzt ihre Lippen.

«Schön aufmachen, meine Liebe», verlangte er flüsternd. «Nimm sie in den Mund. Lutsch an der Spitze.»

Angelica hatte furchtbare Angst, wusste aber auch, dass sie ihren Peiniger weder überwältigen noch ihm in diesen tückischen Stiefeln davonlaufen konnte. Das Stochern mit der Gerte hörte nicht auf. Und so öffnete sie tatsächlich die Lippen und nahm die schmale Lederspitze in den Mund.

«Saugen», forderte er sie erneut auf. «Zieh mal ein bisschen daran, sodass ich es in der Hand spüre. Und mach dabei ein kleines Geräusch.»

Angelica wollte schreien, musste aber ihre ganze Konzentration darauf verwenden, die Gertenspitze zwischen ihren Lippen zu behalten. Dabei sagte sie sich, dass es schließlich nur ein Gegenstand war. Und kein Mann. Kein Fleisch. Also saugte sie an der Gerte und stöhnte bei jedem Saugen und Ziehen mit gespielter Wonne auf.

«Mmmh … So ist's richtig. Sehr gut. Du lernst wirklich schnell, Angelica.»

Sin zog die Gerte weg, und noch ehe er es ihr verbieten konnte, hatte Angelica sich auch schon wieder aufgerichtet. Ihr Rücken schmerzte. Um sich ein wenig Erleichterung zu verschaffen, legte sie die Hand auf ihren Rücken und rieb ein wenig über ihre schmerzenden Muskeln. Als sie jedoch spürte, wie sich seine Hand warm auf ihren Po legte, schnellte sie mit dem Oberkörper herum.

Sin entzog seine Hand sofort, versetzte ihr einen letzten, wohlwollenden Schlag mit der Reitgerte und genoss den Anblick des blanken Zornes in ihren Augen. «Du bist wirklich die aufregendste Frau, die ich je gesehen habe, Angelica.»

«Fahr zur Hölle!» Ihre Stimme klang unheimlich ruhig.

«Aber nur, wenn ich dich mitnehmen darf. Möchtest du?»

Angelica schüttelte in stummer Wut den Kopf, tat ein paar schnelle Schritte von ihm weg, wurde aber sofort von den drei Dienstmädchen aufgehalten.

Sin verbeugte sich wie ein Gentleman vor ihr und verließ dann das Zimmer.

Kapitel Siebzehn

Lucy hielt sie stützend am Ellbogen fest, während Angelica – erneut mit einem Morgenmantel bekleidet – die Treppe hinunterging. Mit jedem Schritt musste die junge Frau gegen ihre Angst ankämpfen, was sie dort unten wohl erwarten würde.

Insgeheim schickte sie ein stilles Gebet für Semjon und Antoscha gen Himmel. Und sie glaubte noch immer daran, dass es ihnen schon irgendwie gelingen würde, diesem Trinkgelage zu entkommen – denn dazu würde die Feier sicher ausarten.

Unten in der großen Eingangshalle waren einige Dienstboten damit beschäftigt, große Punsch-Schalen und kalte Platten aufzutragen. Auf einem der riesigen Tabletts war eine Aspikfigur in Form einer nackten Frau zu sehen – wobei der Aspik natürlich auf obszöne Weise wackelte.

Lucy führte Angelica zu einer Seitentür, wo sie zu warten hatte.

Doch der Gedanke, von hier aus vielleicht flüchten zu können, wurde schnell vereitelt, denn die stämmige Lucy ließ sie dort nicht stehen, sondern erbat sich lediglich zwei Stühle von einem Diener. Auf den einen setzte sie sich selbst, den anderen schob sie ihrem Schützling zu, sodass beide Frauen ein wenig abgetrennt von der Gästeschar das Geschehen beobachten konnten.

«Der Herr hat gesagt, du sollst zuschauen und lernen», erklärte Lucy im spröden Ton einer Gouvernante. «Dein Stiefbruder wird nicht zugegen sein. Er fühlt sich nicht wohl.»

Dafür war Angelica überaus dankbar.

Die nicht gerade wenigen Gäste, die bereits eingetroffen waren, unterhielten sich lautstark. Sie waren zwar nicht sonderlich schockierend gekleidet, aber der Aufzug der Frauen ließ sich doch als durchaus freizügig bezeichnen. Die Mieder schienen nur an den Brustwarzen etwas Halt zu finden, und die Kleider waren so hochgeschlitzt, dass bereits einige der männlichen Besucher die Schenkel darunter einer genaueren Betrachtung unterzogen.

Die Männer waren zwar nicht sonderlich attraktiv, schienen aber alle äußerst gut betucht zu sein. Und dafür, dass es sich um Herrenhosen handelte, waren ihre Beinkleider ausgesprochen eng.

Angelica vermutete, dass einige von ihnen sich etwas in die Hosen gestopft hatten, um ihre besten Stücke größer wirken zu lassen. Wie sehr würde die Gesellschaft sich wohl amüsieren, wenn irgendein gieriges Flittchen die erste dieser falschen Beulen enttarnen würde? Allein der Gedanke war schon abstoßend.

Angelica musste zu ihrer Schmach zugeben, dass St. Sin der bestaussehende Mann hier war – sosehr sie ihn auch verabscheute. Aber das tut nichts zur Sache, sagte sie sich. Sie würde ihre Emotionen unter Kontrolle halten und so objektiv wie möglich sein. Denn nur dann würde sie den richtigen Moment abpassen können, um zu fliehen.

Ihr fiel auf, wie jedes Mal ein Raunen durch die Menge der Frauen ging, wenn Sin an ihnen vorbeistolzierte. Er blieb an jedem Tischchen stehen und unterhielt sich mit den Leuten. Einige Damen hielten ihm die Hand zum Kuss entgegen und erhoben sich dabei ein wenig, als wollten sie ihm einen möglichst guten Blick auf ihre Brüste gewähren.

Und Sin betrachtete all die weibliche Haut mit demselben lebhaften Interesse.

Einige der Männer gingen sogar so weit, die Röcke der Frauen zu lüften, die bei Sin saßen – fast so, als würden sie ihm die Damen zur Bewertung präsentieren. So strich er über diverse gepuderte Schenkel und küsste unter anderem auch einen hübschen, nackten Fuß, der direkt vor seinen Mund gehalten wurde. Dabei ließ er es sich natürlich nicht nehmen, einen Blick auf die nackte Scham zu werfen, die sich ihm in dieser Stellung ebenfalls zeigte.

Angelica merkte schnell, dass er irgendeine Art Auswahl unter den weiblichen Gästen traf.

Die drei Frauen, die er schließlich mittels bloßer Berührung aussuchte, erklommen eine niedrige Bühne. Und sofort erstarb das Geschnatter der lauten Gästeschar.

Anscheinend begann jetzt eine Art Theaterstück oder vielleicht auch ein Wettbewerb – Angelica war sich nicht sicher.

Die erste Frau hob langsam ihre Röcke und zeigte unter wildem Applaus ihre sehr ansehnliche Möse. Und als sie sich umdrehte, um auch noch ihren drallen Po zu präsentieren, fixierte sie die Röcke mit den Ellbogen so, dass sie gleichzeitig mit den Händen an ihren Pobacken herumspielen konnte.

Ein schönes Kunststück – die Menge war begeistert von ihrer Lüsternheit.

Sin sprang sogar auf die Bühne und applaudierte wie wild, während die Frau sich wieder unter die Gäste mischte.

Die zweite Frau war blond und blass. Sie schob einfach nur ihr Kleid über die Schultern und stand splitternackt und fast weiß leuchtend da. Auf Angelica wirkte die helle Haut sehr unnatürlich, sie vermutete, dass der Effekt durch irgendeine Art Puder erzielt worden war. Aber die Zuschauer waren erneut begeistert und überschütteten das blonde Mädchen mit bewundernden Zurufen. Ihr Schamhaar war so fein, dass man es kaum sah, dafür aber sehr wohl die rötliche Spalte darunter erkennen konnte. Sie war anscheinend nur auf der

Bühne, um dort wie eine Statue betrachtet zu werden, trat aber schließlich irgendwann ebenfalls unter großem Applaus ab.

Die dritte Frau streckte Sin eine Hand entgegen und kniete sich vor ihn hin. Eine Bittstellerin, dachte Angelica bei sich. Wie die Frauen von der Akademie, die Anweisungen der sinnlichsten Art begehrten.

Plötzlich zog Sin eine Gerte aus seinem Mantel und hielt sie festumschlungen in der Hand. Es erklangen fast tierähnliche Laute der Zustimmung – Gebrüll von den Herren, kleine Schreie von den Damen.

Sin ließ die Spitze der Gerte unter den hinteren Saum des Kleides der Frau gleiten. Und während sie auf der Bühne ihr Antlitz im Schritt seiner Kniehose vergrub, hob er das Gewand langsam an. Mit der anderen Hand presste er ihren Kopf weiter fest und bestimmt gegen seine Hose, sodass ihr Gesicht nicht mehr zu sehen war. Und als hätte er große Erfahrung bei diesem Spiel, zog er das leichte Kleid so hoch, dass er den Saum ergreifen und den hauchdünnen Stoff wie einen Schleier über ihr Gesicht ziehen konnte.

Sein Vorgehen legte ihre Nacktheit frei und erzeugte ein noch lauteres Raunen bei der Zuschauermenge als die vorherigen Darbietungen. Ihr Körper war wunderschön gebaut und bebte geradezu vor Bereitschaft.

Angelica beugte sich vor, um vielleicht verstehen zu können, was die Frau auf der Bühne da vor sich hin murmelte. Tatsächlich – sie bat Sin voller Bescheidenheit darum, sie zu schlagen.

Sin begann sofort, dem Wunsch seiner Gespielin nachzukommen. Und er war in der Tat äußerst bewandert in seiner Disziplin. Denn obwohl die Haut der Dame zart rosa leuchtete und damit äußerst empfindlich wirkte, sollten doch hinterher keinerlei Spuren der Behandlung zu sehen sein.

Dabei schien sie jeder Hieb mit der geschickt geführten Gerte zu erregen. Und die Tatsache, dass sie unter dem improvisierten Schleier praktisch unsichtbar war, erhöhte diese Erregung noch zusätzlich.

Irgendwann hörte Sin auf und gewährte seinem Opfer eine Pause, bei der sie sich nackt vor dem stummen Publikum ein wenig erholen konnte. Dann schaute er in die Menge.

«Wer ist ihr Gatte?», fragte er laut.

Ein Mann erhob sich, ging auf die Bühne und half seiner Gemahlin mit Sins Hilfe wieder auf die Beine. Ihr Gesicht war immer noch verschleiert und der Körper fast taub vor Lust, von gleich zwei Männern beglückt zu werden. Es war dann allerdings ihr Ehemann, der sich schließlich die wirkliche Ehre gab.

Als er seine Kniehose aufknöpfte, sprang ein Gemächt hervor, das sowohl von der Länge als auch von der Dicke ausgesprochen bemerkenswert war. Und nachdem er seinen Riemen in ihr Fötzchen geschoben hatte, stieß er mehrfach so hart und kraftvoll zu, dass seine Gattin nur noch laut stöhnen und nach mehr verlangen konnte.

Die Pärchen im Saal rückten mittlerweile immer dichter zusammen. Der Ehegatte auf der Bühne brüllte auf und brachte auch seine immer noch verschleierte Frau mit geschickten Berührungen ihrer intimsten Stellen zum ersehnten Höhepunkt.

Irgendwo in der Höhe war eine Lichtquelle angebracht, die sich jetzt wie durch Zauberhand auf Sin richtete.

Er war wie zuvor makellos gekleidet und stand einfach nur da, die Hände über dem Griff der Gerte gefaltet.

Angelica blickte zu Lucy. Das Dienstmädchen starrte mit gespannter Aufmerksamkeit auf die Bühne, wo das verheiratete Paar sich in einer etwas dunkleren Ecke küsste, liebkoste und danach seine Kleidung richtete.

Und das Publikum tat es ihm gleich – sowohl die Pärchen an den Tischen als auch diejenigen, die sich bereits von ihren Plätzen erhoben hatten. Einige fanden sich in Dreier-, andere wiederum sogar in Vierergruppen zu sinnlichen, ungehemmten Spielen zusammen.

Angelica öffnete ihre überkreuzten Beine. Ihre Oberschenkel waren bereits ganz feucht. Das enge, korsettähnliche Gewand hatte sich als durchaus stimulierend erwiesen – dabei hatte sie bisher lediglich zugeschaut. Es war einfach ausgeschlossen, bei dieser Vorführung die gewünschte Zurückhaltung zu bewahren, doch Angelica gab sich alle Mühe.

«Das war die kostenlose Vorstellung», erklärte Sin mit dröhnender Stimme. «Die Gebote werde ich später entgegennehmen. Wir beginnen sehr hoch. Aber ich schwöre Ihnen, dass sie es wert sein wird. Und der Herr natürlich auch. Hohe Gebote, Gentlemen. Und auch die Damen», fügte er nicht unbedingt nur als Nachsatz hinzu.

Die Feier ging weiter. Eine traumhafte Vision, die an einigen Stellen etwas sehr Zartes, an anderen allerdings auch etwas sehr Obszönes hatte. Sich die Kombinationen von Körpern und Positionen zu merken war einfach ausgeschlossen. Irgendwie verschwamm mit der Zeit alles zu einem dichten Nebel.

Und dieser ermüdende Nebel hüllte Angelica geradezu betäubend ein, bis sie auf einmal Sins Stimme vernahm. Und zwar aus einer Entfernung, die eindeutig zu nahe war. Sie versuchte aufzustehen, aber es gelang ihr nicht. Wohin war eigentlich Lucy verschwunden? Angelica hatte keine Ahnung, wie viel Zeit verstrichen war. Als sie erneut versuchte, sich von ihrem Platz zu erheben, stellte sie fest, dass man sie an den Stuhl gefesselt hatte.

«Holt die beiden jetzt aus dem Keller», hörte sie Sin sagen. «Der Graf möchte sich gern einen Wein aussuchen. Dieser großspurige Narr. Ich habe ihm eine Besichtigungstour versprochen.»

«Der Größere zerrt an seiner Kette», berichtete Hinch. «Und der andere wird bis zum Morgengrauen tot sein – denken Sie an meine Worte.»

«Dann hat die Wirkung der Betäubungsmittel wohl nachgelassen. Aber wie kann er denn an seiner Kette zerren? Die ist doch viel zu kurz … Ach, vergiss es.»

Hinch gab irgendeine Antwort, aber Sin ging völlig darüber hinweg. «Halt den Mund», blaffte er seinen Handlanger an. «Und sag Lucy, sie soll ihn mit kaltem Wasser überschütten, bevor ihr ihn herbringt. Irgendwo steht ein Eimer zur Kühlung von Punsch und Eis. Nimm den. Der Kerl ist nämlich einfach zu heißblütig.»

«Aber wenn …»

«Tu, was ich dir sage!»

Angelicas Augen weiteten sich voller Entsetzen. Und es dauerte nicht lange, da hörte sie auch schon Semjons tiefes Wolfsknurren und sah kurz darauf, wie er von drei starken Männern an ihr vorbeigezerrt wurde.

Er hatte sie nicht gesehen. Antoscha ist wohl noch zu schwach, als dass sich irgendjemand um ihn schert, dachte sie und machte sich dabei an den Tüchern zu schaffen, die man um ihre Handgelenke und den Stuhl geknotet hatte. Doch sosehr sie sich auch abmühte, es wollte ihr nicht gelingen, sich von ihrer Fesselung zu befreien.

«Weiß auch nicht, wieso er die Bestie nicht einfach abknallt», hörte sie Hinch sagen. Und auch einige der anderen Männer konnten sich ihre Kommentare nicht verkneifen.

«Sin sagt, dass er gar kein Tier ist, Hinchy.»

«Der Kerl beißt, verdammt noch mal!»

Während Angelica etwas mutlos auf ihren Stuhl zurücksank, hörte sie trotz der Gespräche um sie herum, wie Semjons Knurren sich im Raum breitmachte. Soweit sie es beurteilen konnte, waren seine Kräfte viel zu sehr beansprucht, um sich einem Kampf zu stellen. Sein Heulen wurde immer leiser, während er von den Männern durch den Saal gezerrt wurde. Dem Protest und den Geräuschen nach zu urteilen, führten sie ihn zu dem Wassereimer, der eigentlich für die Kühlung des Punsches gedacht war.

Als das Heulen schließlich ganz verstummte, bekam Angelica den schrecklichen Verdacht, dass sie sein Blut auf den Erstarrungspunkt hinuntergekühlt und ihn damit getötet hatten.

Sie zog jetzt wie wild an den Knoten ihrer Fesseln. Dabei wusste sie nur zu genau, dass sie niemals gegen derart viele Männer kämpfen konnte. Und im großen Saal befanden sich noch hundert mehr, die ganz sicher eher Sin als ihr helfen würden.

An dem Platz, wo man sie an den Stuhl gefesselt hatte, war es heiß und stickig. Ihre Gedanken rasten unaufhörlich – auch wenn sie so erschöpft war, dass sie nicht mal mehr den Kopf richtig heben konnte. Plötzlich kam irgendjemand zu ihr und befreite sie von ihren Fesseln. War es Lucy? Angelica versuchte noch aufzustehen, fiel dabei aber in Ohnmacht.

Sie erwachte auf der Bühne, auf der eben noch die anderen Frauen gestanden hatten. Aber trotz ihres auffälligen Kostüms war sie beileibe nicht die einzige Attraktion.

Man hatte Semjon in seine menschliche Form zurückgebracht. Ob das mittels des eiskalten Wassers oder irgendeines aufgezwungenen Zaubertranks gelungen war, vermochte sie nicht zu sagen. Wahrscheinlich beides. Er schien recht angeschlagen, als er in ihre Richtung schaute. Und Angelica stellte mit Entsetzen fest, dass er sie nicht zu erkennen schien.

Seine Augen, die jetzt wieder ihre braune Farbe und nicht mehr das stechende Gold eines Wolfes hatten, blickten sie zunächst gleichgültig an und schauten dann sogar in eine andere Richtung.

Sein Beschützerinstinkt – die Eigenschaft, die überhaupt erst dafür gesorgt hatte, dass er sich in einen Wolf verwandelte – war nicht mehr zu erkennen. Sin wusste mehr als die meisten über den Klan, und es war ihm anscheinend gelungen, durch irgendeine Schwachstelle in Semjons geplagten Geist zu dringen.

Und jetzt befanden sie sich gemeinsam auf einer Bühne, vor der sich ein Haufen zügelloser Trunkenbolde versammelt hatte.

Sin stand seitlich von der Bühne und warf den beiden anzügliche Blicke zu. Dann gab er Angelica mit einer Geste zu verstehen, sich Semjon zu nähern. Und genau in diesem Moment bemerkte sie, dass ihr Liebster noch immer das Eisenband um den Hals trug.

Sofort wanderte ihre Hand zum eigenen Hals. Sie trug tatsächlich das passende Pendant dazu. Langsam und von Sins bösen Blicken wie hypnotisiert, ging sie auf Semjon zu.

Dann hielt ihr Peiniger vor den Augen der Zuschauer ein Stück Kette in die Höhe und befestigte ihr Halsband an dem von Semjon. Zwar blieb ihnen noch ausreichend Raum, um sich getrennt voneinander zu bewegen, aber sie taten es nicht.

Semjon stand einfach nur da. Er sah sie nicht an, und sie sah ihn nicht an.

Sin bat um Applaus und zeigte dabei zuerst auf Semjon. Der hohe, fast schrille Beifall der Damen schien förmlich in der Luft zu glitzern. Semjon war splitternackt und schämte sich in Grund und Boden dafür. Dabei war es genau seine wilde Ausstrahlung, die die anwesenden Frauen zu faszinieren schien. Da stand ein ungezähmter Mann, groß, unglaublich gut bestückt und mit einem verwegenen Blick, der Laute aus den Damen hervorlockte, die von Tieren hätten stammen können.

Als Sin mit seiner Gerte auf Angelica zeigte, war es an den Männern, ihrer Begeisterung Ausdruck zu verleihen. Sie reagierten nicht nur mit donnerndem Applaus, sondern schlugen sich zusätzlich auch noch begeistert auf die Schenkel.

«Geh ein paar Schritte», wies Sin sie mit funkelnden Augen an.

Angelica hob die Hand zu dem Halsband, um ihm zu verstehen zu geben, dass sie immer noch an Semjon gekettet war.

«Geh einfach um ihn rum. Er wird dir folgen müssen.»

Nachdem die junge Frau erst einen und dann noch einen Schritt getan hatte, drehte sich Semjons Körper wie der einer Automatenpuppe. Ihre Körper, die jetzt von jedem Blickwinkel aus zu bestaunen waren, sorgten für Schreie und Gejohle. Angelica konnte es kaum ertragen. Sie verabscheute diese achtlose, gesichtslose Menge.

Ab und zu berührte Sin ihren Körper mit der Gerte. Und als sie kurz stehenblieb, legte er sie sogar über ihre Nippel und drückte den dünnen, aber beweglichen Stab tief in ihre Brüste. Diese Aktion ließ den bisher lautesten Applaus unter den Zuschauern ausbrechen.

«Beug dich vor», zischte er sie an, aber Angelica ignorierte ihn. Das nächste Mal, als sie dicht an ihm vorbeiging, packte er sie zwar, aber Angelica hatte zu diesem Zeitpunkt längst genug und biss ihm so heftig in die Hand, dass sie zu bluten begann. Als sie das stumme Leiden in Semjons Gesicht sah, schwor sie erneut, dass sie noch vor Ende dieses grauenhaften Abends fliehen würde.

Sin stöhnte vor Schmerz. Er packte sie mit einer blitzschnellen, kraftvollen Bewegung, legte sie über seinen Arm und hob sie hoch, sodass ihre bestiefelten Füße in der Luft baumelten.

Dann erhob er unter den anfeuernden Rufen des Publikums die Gerte, um sie wieder und wieder auf Angelicas Hinterteil niedersausen zu lassen. Die Menge zählte die Schläge mit und brüllte immer noch nach mehr. Als Sin ihren Körper so drehte, dass Semjon die Ergebnisse der Züchtigung genau erkennen konnte, stand er einfach nur mit glasigen Augen da und wirkte seltsam teilnahmslos.

Angelica ließ derweil den Kopf hängen und ertrug schweigend die öffentliche Bestrafung. Erstaunlicherweise sorgten die Schläge dafür, dass sie sich klar wie nie im Kopf fühlte.

Als er schließlich von ihr abließ, trat sie gehorsam ein paar Schritte zurück und verbeugte sich dann vor ihren Bewunderern. Angelica wusste, dass man sie jetzt sehr bald zum Verkauf anbieten würde. Außer Semjon gab es keinen Mann hier, der es mit Sins Stärke aufnehmen konnte. Die reichsten von ihnen waren jedenfalls ganz sicher die mit den aufgedunsensten Gesichtern und den gichtigsten Knochen.

Doch einer von ihnen würde sie letzten Endes kaufen und damit befreien. Deshalb waren sie ja hier. Und wenn es ihr gelingen sollte, mit dem betäubten Semjon eine richtig gute Vorstellung hinzulegen, würde ihr Liebster sie vielleicht begleiten können.

Zwei für den Preis von einem. Aber Angelica und Semjon würden auch noch den verletzten Mann im Keller befreien – auch wenn das hieße, jemanden töten zu müssen.

Angelica machte ein paar Schritte auf Semjon zu und fing an, ihre Hände über seinen Körper gleiten zu lassen. Als sie über seine Arme, die Brust und die angespannte Leistengegend fuhr, erzitterten die Muskeln unter seiner Haut.

Dann drehte sie ihren Gefährten um und liebkoste Semjons Po – von den herrlichen Muskeln, die ihn so fest machten, bis hin zu den leichten Vertiefungen in den Pobacken. Die männlichen Zuschauer brachen in Begeisterungsstürme aus.

Als Nächstes beugte sie sich vor, um seine kräftigen Schenkel zu streicheln. Dabei wusste Angelica genau, dass die Stiefel ihre Beine unglaublich lang und schlank wirken ließen – gerade im Vergleich zu Semjons Stärke.

Aber das Beste kam zum Schluss.

Angelica hatte ihren Anspielpartner im Publikum längst gefunden. Einen betagteren Herrn mit diamantenen Manschettenknöpfen, dem fast die Augen aus dem Kopf traten. Er schaute den beiden mit größerer Begeisterung als jeder andere Besucher zu und war außerdem ganz allein gekommen. Keine nörgelnde Frau, die ihm einen Kauf verbieten konnte. Und er griff auch schon in seine Weste, um ein Bündel Geldscheine hervorzuziehen und ihr dann zuzunicken.

Angelica lächelte ihn höflich an und ging dann endlich dazu über, Semjons Schwanz zu streicheln. Er war zwar noch nicht hart, bot aber auch so einen eindrucksvollen Anblick. Und die Zuwendungen ihrer geschickten Hand ließen ihn recht schnell länger und dicker werden.

«Willst du uns?», gurrte sie dem älteren Zuschauer zu. «Uns beide?»

«Ja, mein Mädchen. Ich will euch.» Er schaute in Richtung des Zeremonienmeisters. «Nennen Sie Ihren Preis, Mann.»

Sin schaute auf das Bündel Banknoten, schüttelte aber nur den Kopf. «Das Doppelte für die beiden», erklärte er. Sein scharfer Blick in ihre Richtung verriet Angelica, wie zornig er war, dass sie ihm die Schau gestohlen hatte. Und er schien entschlossen, das, was sie da vorhatte, auf jeden Fall zu vereiteln.

Wie weit konnte sie gehen? Die Tatsache, dass sie hier

wirklich niemanden kannte, machte ihr Mut. Es gibt schlimmere Schicksale, dachte sie.

Sin trat vor und stachelte die Zuschauer weiter an. Ihr Gebrüll und Gejohle erreichte langsam ohrenbetäubende Ausmaße. Die anwesenden Diener schenkten ihnen wieder und wieder Alkohol nach und bewegten sich dabei wie an den Fäden eines unsichtbaren, teuflischen Netzes, in dessen Mitte Sin thronte.

Angelica war in diesem Netz gefangen, und es war gut möglich, dass sie darin auch starb. Sins Methode dafür war von Gewalttätigkeit und zugleich Geduld geprägt, basierte aber einzig und allein auf einem Wahnsinn, der sich jetzt auf der Bühne in Isolation und sexueller Einschüchterung manifestierte. Nach ihrem misslungenen Versuch, Semjon zu retten, und den unzähligen Stunden, die sie in diesem Haus in Gefangenschaft verbracht hatte, war Angelica jeder Sinn für die Welt da draußen abhandengekommen. Als man ihr die Kleider vom Leib gerissen hatte, war das, als hätte man ihr die Haut gleich mit abgezogen. Das Haus am St. James's Square, das Rudel aus halb menschlichen, halb wölfischen Wesen und der Morgen, an dem Semjon und Antoscha entführt worden waren – all das kam ihr nur noch wie ein entfernter Traum vor.

Irgendein Lichteffekt sorgte derweil dafür, dass Sin selbst ihr noch viel größer erschien, als er in Wirklichkeit war.

Angelica musste ein Gefühl der Verzweiflung unterdrücken. Um zu entkommen, musste er überwältigt werden. Aber das würde sie niemals allein schaffen. Und die beiden Männer, von denen sie sich Hilfe versprochen hatte, waren gebrochen und geschlagen.

Die junge Frau hatte eine düstere Ahnung, was mit den Darstellern einer solchen Verkaufsvorführung geschehen würde. Sollten sie nicht veräußert werden, galten sie als angeschlagene Ware, die man entweder auf billige Weise entsorgen oder umbringen würde. Immerhin stand Sin unter Verdacht, bereits mehr als einen Mord begangen zu haben. Und der teuflische Kerl schien geradezu besessen davon, ihren Verkauf zu verhindern. Nach dem heutigen Abend würde man Semjon nur noch zum Sterben in den Keller bringen und seine Leiche dann zusammen mit der von Antoscha auf den Misthaufen werfen.

Aber … wenn es ihr gelingen sollte, die Wolfsnatur in Semjon wieder zum Leben zu erwecken … dann bestünde vielleicht noch eine Chance. Sie suchte sein Gesicht nach einem Zeichen ab und sah ihm tief in die Augen, während ihre Hände ihr streichelndes Werk fortsetzten. Und plötzlich spürte sie tatsächlich ein Beben durch seinen Körper gehen.

Semjon packte sie beim Handgelenk. «Angelica», flüsterte er eindringlich. «Was tust du da?»

«Dich zurückholen, Semjon. Wo bist du? Es scheint, als würden deine Augen diesen Raum gar nicht sehen …»

Mit einem Mal hörte Angelica die Gerte durch die Luft sausen und spürte kurz darauf einen stechenden Schmerz an der Schulter.

Sin brüllte anzüglich in die Menge und fragte die Zuschauer, ob sie den Hieb verdient hätte.

Der ältere Herr, der sie und Semjon gewollt hatte, schwenkte die Faust. «Beschädigen Sie sie doch nicht, Mann. Sie gehört mir! Ich habe für sie bezahlt!» Er wedelte wie wild mit den Banknoten in der Luft herum und erhob sich, um Sin weiter anzubrüllen.

«Das reicht nicht», erklärte dieser verächtlich. «Was wird mir sonst noch geboten?»

Angelica blickte umher, konnte in dem vollen, dunklen Saal aber nicht viel erkennen. Dann erklang plötzlich eine ihr seltsam bekannte Stimme: «Tausend Pfund mehr! Für mich und meine Frau!»

«Zweitausend mehr! Dann kriegt ihr beide!», rief Sin von der Bühne herunter.

Angelica kannte diese Stimme von irgendwoher, konnte sich aber nicht recht an ein Gesicht dazu erinnern. Verzweifelt schaute sie sich im Saal um. Um wen es sich bei dem Bieter auch handelte – die Stimme war die eines Mannes gewesen. Er könnte heute Abend ihr Retter sein.

«Eintausendfünfhundert», rief der Bieter.

Sie hätte Sin am liebsten angebrüllt, das Gebot anzunehmen und die Sache damit zu beenden. Wie viel er noch verlangen wollte, wusste sie nicht. Aber es gab einen Preis, den offensichtlich auch der reichste Mann von allen nicht überschreiten wollte – nicht, wenn man in ganz London derart viele billige Vergnügungen finden konnte.

Eine wilde Hatz mit dem Käufer zu einer wartenden Kutsche, vorbei an Sin, die Taschen voller Geld. Der Kunde würde sicher mit einer Privatvorführung bei ihm zu Hause oder an irgendeinem höllischen Ort wie diesem rechnen. Aber die würde er nicht bekommen. Zwar waren sie selbst in der Kutsche oder dem Haus eines Fremden alles andere als sicher, aber immerhin hätten sie damit eine kleine Chance, zu fliehen und damit vielleicht zu überleben.

«Ich nehme an, Sie sind glücklich verheiratet», rief Sin dem nicht zu erkennenden Bieter zu und versuchte, den Mann durch kleine Scherze weich zu machen. «Wie viele Ehegatten und Ehefrauen sind denn heute Abend eigentlich zugegen?», fragte er in die lachende Menge. «Ist der Ehestand denn wirklich so langweilig?»

Die Antwort aus dem Publikum bestand aus unanständigen Antworten und Buhrufen.

«Wollen denn noch mehr Paare bieten?»

«Eintausendfünfhundert», wiederholte die bekannte Stimme.

«Pah! Diese beiden sind mehr wert.» Er verpasste Angelica mit der Gerte einen kurzen Hieb auf die Waden. «Weitaus mehr!»

Angelica schwankte. Sie war immer noch am Hals mit Semjon zusammengekettet, konnte sich aber gerade noch an seinem standhaften Körper festhalten. Was wohl gerade in seinem Kopf vorging? Sie wusste es nicht.

War er überhaupt noch in der Lage zu denken? Ihr schien es, als wäre ihr Geliebter nur noch teilweise anwesend. Als wäre er nichts weiter als ein Bild in einer Laterna Magica und gar kein richtiger Mensch mehr. Und auch kein Wolf.

«Sie allein», rief jetzt ein anderer Mann.

«Nein. Die beiden werden zusammen verkauft oder gar nicht!»

Die Auktion wurde immer fieberhafter, aber keins der Gebote konnte Sins Gier befriedigen – oder seinen Wahnsinn. Plötzlich ertönte aus der Dunkelheit erneut die ihr bekannt vorkommende Stimme. «Zweitausend!»

Endlich. Angelica warf Sin einen verzweifelten Blick zu. Würde er das Gebot, das er verlangt hatte, jetzt auch annehmen?

Er sah sie und Semjon drohend an. «Streichele ihn weiter! Lass ihn hart werden! Arbeite für dein Geld, Angelica!»

Voller Verwirrung und Verzweiflung tat die junge Frau wie ihr geheißen, streichelte ihren Geliebten zunächst nur, ging dann aber dazu über, ihn regelrecht zu kratzen. Die kleinen blutigen Kratzspuren ließen das Publikum erneut begeistert aufschreien.

Sie schlug und trat ihn so lange, bis plötzlich die Leere in seinen Augen verschwand und das sanfte Farbgemisch aus Braun und Grün sich in das altbekannte, stechende Gelb verwandelte. Semjons Pupillen wurden zu ovalen Schlitzen, die seine Augenwinkel wie kleine Dolche aussehen ließen.

Sins endlose Appelle an das Publikum wurden immer wilder und obszöner. Wieder und wieder zeigte er auf Teile ihrer Körper und schlug mit seiner Gerte mittlerweile sogar auf beide ein.

Semjon verzog keine Miene, und das machte Sin sehr wütend. Er packte die Kette, die die beiden miteinander verband, und zerrte Angelica an den Rand der Bühne. Dort schlug er unaufgeregt, aber auch ohne jeden weiteren Gedanken, ob er damit vielleicht die Zartheit ihrer Haut verletzten könnte, auf sie ein. Er war viel zu weggetreten, um weitere Veränderungen bei Semjon zu bemerken. Aber Angelica erkannte sehr wohl, dass sich etwas in ihrem Gefährten veränderte. Und obwohl sie sich mit aller Macht gegen Sin erwehren musste, gelang es ihr schließlich, sich umzudrehen, um zu sehen, wie weit Semjons Transformation vorangeschritten war.

Die Zuschauer spendeten Applaus für ihre wilde Entschlossenheit. Dem festen Griff ihres Entführers halb ausgesetzt, halb entkommen, wehrte sie sich weiter mit Tritten und Bissen gegen die Hiebe der Gerte. Als er sie schließlich bei den Haaren packte, fiel ihre Maske herunter.

Doch dann … Angelica hielt den Atem an, als die ersten Anzeichen von Semjons Fell an seinem Hals auftauchten. Es breitete sich über seine jetzt höher stehenden Schultern aus und wanderte schließlich über seinen gesamten Rücken. Sein Hals wurde so dick, dass das Eisenband erneut viel zu eng wurde.

Doch Semjon war jetzt weitaus stärker, als er es noch im Keller gewesen war. Angelica konnte sehen, wie das Blut in seinen Adern pulsierte. Als sie einen Finger ausstreckte, um den starken Puls zu fühlen, sprach sein Geist zu ihr.

Blut so blau wie die Sonne, die niemals untergeht. Erinnerst du dich noch an unsere Geschichte, Angelica?

«Ja», erwiderte sie flüsternd.

Die Eiswölfe aus längst vergangenen Tagen trugen die Roemi auf ihrem Rücken. So, wie ich dich jetzt in die Freiheit tragen werde.

«Semjon!»

Seine Hände wanderten zu dem Eisenband um seinen Hals und brachen es entzwei. Dann griff er nach Angelica und vereitelte gleichzeitig jeden Versuch von Sin, ihn irgendwie aufzuhalten.

Angelica war jetzt zwar frei, hatte aber dennoch große Schwierigkeiten, zu stehen oder gar fortzulaufen.

Und jetzt hieß es auf der Bühne Mann gegen Wolf.

Kapitel Achtzehn

Sin wehrte sich mit aller Macht, wurde aber schließlich doch von Semjon überwältigt. Der große Mann wand sich auf dem Boden der Bühne. Seine Schultern wurden von Semjons riesigen Vorderpfoten niedergedrückt, und auch seine ausgestreckten Beine waren auf den Boden gepresst.

Semjons Augen glühten vor Zorn, und seine Beschützerinstinkte waren wieder zu vollem Leben erwacht. Er beugte den zersausten Kopf, öffnete seinen Kiefer und umklammerte damit Sins Kehle.

Dessen keuchendes Flehen um Gnade wurde allerdings von dem ohrenbetäubenden Applaus der Menge übertönt.

«Großartig, Sin!»

«Die bisher beste Vorstellung!»

«Mehr! Gib uns mehr!»

Voller Entsetzen sah Angelica, wie die großen Fangzähne sich aus Semjons Kieferknochen schoben. Einer davon presste sich bereits in Sins Hals, ganz in der Nähe der Drosselvene. Er lag jetzt ganz still und wehrte sich nicht mehr.

Als Angelica sich hinkniete, um die beiden irgendwie auseinanderzubringen, stellte sie fest, dass sie tatsächlich gegen Semjon kämpfte. Ihr Geliebter wurde jetzt nur noch von seinem Instinkt geleitet, und sein Verstand war nicht mehr als menschlich zu bezeichnen. Im Gegenteil – eine seit Jahrhunderten in ihm wohnende Blutrünstigkeit schien von ihm Besitz ergriffen zu haben.

Angelica packte ihn beim Nackenfell. Er befreite sich zwar

aus ihrem Griff, aber wenigstens ließ er von dem Hals ab, den er eben noch in Stücke reißen wollte.

Sin keuchte und versuchte, wieder zu Atem zu kommen. Aber der Druck der riesigen Pfoten, die ihn zu Boden pressten, hielt ihn unten.

Als er anfing, wilde Flüche auszustoßen, öffnete Semjons triefender Mund sich erneut.

Diesmal noch weiter.

Als wollte er ihn vom Kopf an verschlingen.

Der Gedanke sorgte dafür, dass Angelicas Herzschlag einen Moment lang aussetzte. An Semjons Gewissen zu appellieren würde rein gar nichts nützen, denn er hatte im Moment gar keines. In diesem Augenblick unterscheidet er sich tatsächlich nicht mehr sonderlich von Sin, dachte sie aufgebracht.

Angelica sah Semjon in die Augen und versuchte, ihn zu beruhigen, indem sie behutsam über seinen riesigen Kopf strich. Und immer noch gelang es ihr nicht, ihn zu erreichen. Sein Bewusstsein war jetzt das eines Wolfes, der vor einer tödlichen Bedrohung stand. Keine Spur mehr von seinen heroischen Vorfahren unter den Roemi. Er war zu einem Eiswolf geworden – sabbernd, ungezähmt und durch und durch gefährlich.

Dennoch bemühte sie sich weiter, zu ihm durchzudringen. Schließlich steckte trotz des Wolfsblutes der Mann unter dem Fell, den sie als Menschen kannte. Ihre vorsichtigen Berührungen seines Brustbeins trafen ihn unvorbereitet, und er drehte sich in ihre Richtung. Dabei hielt er Sin aber immer noch weiter auf den Boden gepresst.

«Semjon, Semjon», flüsterte sie voller Verzweiflung. «Kennst du mich denn nicht mehr? Denk nach … Großer Gott, denk nach und erinnere dich! Du bist mehr als eine Bestie!»

Die winzigen, ovalen Pupillen seiner Augen weiteten sich, als er sie anstarrte. Doch er schüttelte den zersausten Kopf, und die Pupillen zogen sich wieder zusammen.

Waren ihre Worte gehört und verstanden worden? Angelica konnte es nicht sagen, fuhr aber fort, ihn zu streicheln. Und das würde sie so lange tun, wie er es zuließ.

Das murrende Publikum fiel ihr nur am Rande auf. Die Menge schien eindeutig damit gerechnet zu haben, das Blut in Strömen fließen zu sehen – Kunstblut, versteht sich.

Aber stattdessen sahen sie eine Art Schaubild eingefrorenen Terrors, ohne zu begreifen, wie real das Ganze war, und beschwerten sich.

Semjons Kopf schnellte erneut in Angelicas Richtung, so als wollte er unbedingt ihre Stimme hören. Sie murmelte beruhigende Worte, Worte der Zuneigung und Worte, um den Mann im Tier wieder hervorzubringen. Sie sprach so leise und so schnell, dass sie kaum noch zu verstehen war.

Semjons Ohren spitzten sich. Er hörte zu.

Als Sin erneut unter ihm stöhnte, hob der Wolfsmann eine seiner Pfoten mit den langen Krallen, um dem Mann mitten in sein verschwitztes Gesicht zu schlagen. Doch plötzlich hielt er inne und legte sie stattdessen zurück auf Sins Schulter. Allerdings nicht schnell genug.

Auch Sin besaß ungezähmte Instinkte. Der kurze Moment von Semjons Unaufmerksamkeit reichte ihm, um sich etwas aufzurichten und den Wolf abzuschütteln. Semjon landete zunächst noch auf den Hinterbeinen, fiel dann aber doch nach hinten über.

Sin rappelte sich derweil hoch und rannte zur Tür. Das Publikum brüllte erneut vor Begeisterung und schien ganz und gar fasziniert von dieser neuen Entwicklung. Semjon sprang jetzt auf alle viere und wollte gerade die Verfolgung aufnehmen, als ein Schrei von Angelica ihn völlig aus dem Konzept brachte. Er fiel erneut hin und landete auf unschöne Weise auf allen vieren auf dem Boden der Bühne.

«Das Biest und die Hexe!»

Voller Angst, dass er sich verletzt haben könnte, eilte Angelica zu ihm.

Er schnappte nach Luft, und seine Seiten hoben und senkten sich. Langsam setzte die Rückverwandlung in einen Menschen ein.

«Er wird wieder zum Mann werden», meldete sich Sins Stimme ruhig und unheilvoll aus der Dunkelheit zurück. «Was bieten Sie?»

«Überzeugende Vorstellung, Sin!», war die Stimme des Mannes, die Angelica so bekannt vorgekommen war, zu vernehmen. Sie schnellte herum und suchte das Publikum danach ab.

Wo war er nur?

«Ich biete dreitausend für das Paar! Für mich und meine Frau!», erklärte der Mann triumphierend.

«Abgemacht.» Das war Sins Stimme.

Jubelnde Hurra-Rufe des Publikums erklangen, die aber schnell einer erneuten Stille wichen. Angelica hörte Schritte.

Sin kehrte auf die Bühne zurück. Aber als sie sah, wer ihm da nachfolgte, krampfte sich ihr Herz förmlich zusammen. Es handelte sich um Mr. und Mrs. Congreve.

Angelica schnappte nach Luft. Hatten sie unter der Maske etwa ihr Gesicht erkannt? Höchstwahrscheinlich nicht. Ihr Haar war streng nach hinten gekämmt worden, und ihr früherer Herr hatte keine Ahnung, wie sie nackt aussah.

Doch das war nicht die einzige Frage, die sie brennend beschäftigte. Hatten sie Semjon vielleicht erkannt? Sie hatten ihn als Gentleman in zivilisierter Kleidung kennengelernt und nicht als Wolfsmann, der sich im Verlauf dieser obszönen Feier mehrfach verwandelt hatte.

Erst war er nichts weiter gewesen als ein nackter, gefesselter Sexsklave, den man zum Verkauf angeboten hatte, doch dann war er zu einer mörderischen Bestie geworden. Semjon war ein Wesen, das irgendwo zwischen der realen, menschlichen Welt und dem übernatürlichen Reich von seinesgleichen lag.

Der Atem der beiden war alkoholgeschwängert, und Angelica fiel auf, dass Mr. und Mrs. Congreve schwankten. Sie waren betrunken. Es war also höchst unwahrscheinlich, dass ihnen bewusst war, gerade einen ihrer ehrenwerten Gäste und ihre ehemalige Zofe erworben zu haben.

Aber wenn sie es bemerken, dann wird die Hölle losbrechen, dachte Angelica voller Panik.

Sin zog seine beiden Gefangenen ins Licht und führte sie an den seitlichen Rand der Bühne. Während Semjon – noch ganz benommen von dem schnellen Wechsel seiner Körperform – sich unsicher wieder aufrichtete, um sich neben Angelica zu stellen, zerrte Sin voller Niedertracht an ihrer Kette.

Dann trat er vor und nahm huldvoll den Applaus der begeisterten Menge entgegen. Die Gäste riefen ihm laute Lobpreisungen zu, und auch den Congreves wurden Kommentare zugebrüllt. Der Lärm war einfach ohrenbetäubend.

«Bleib bei mir und halt dich an mich», gelang es Angelica, Semjon zuzuflüstern. «Wir werden Antoscha holen, in die Kutsche der Congreves steigen und dann fliehen.»

Angelica wandte sich von den Congreves ab, damit sie Semjon als Ersten hinausführten. Dabei hörte sie kaum noch etwas von dem Gejohle des Publikums. Aber Sins Ausspruch zum Abschied, den hörte sie sehr wohl.

«Soll sie doch alle der Teufel holen», sagte er. Für wen dieser Satz gedacht war, wusste sie zwar nicht, aber ihr Peiniger schien sich damit abgefunden zu haben, sie jetzt gehen zu lassen. Ansonsten wäre es unter den Gästen vielleicht auch zu Krawallen gekommen, dachte sie bei sich.

Als man die beiden durch die verschiedenen Salons des Hauses führte, fiel Angelica auf, dass Sins Heim nicht annähernd so groß und prächtig war wie das herrschaftliche Anwesen der Congreves. Außerdem war es ausgesprochen mühsam, sich einen Weg durch die Menge zu bahnen.

Die meisten Gäste waren mittlerweile zwar schon im Gehen begriffen, aber einige von ihnen plauderten immer noch ziemlich angeregt. Andere zogen das vorbeiziehende Paar an den Haaren oder betatschten ihre Körper, wenn es ihnen gelang.

Angelica schlug – zumeist blind – auf die lästigen Hände ein, aber die Leute lachten sie nur aus. Als eine Frau ihre Nägel in Semjons Muskeln krallte, erhielt sie als Antwort ein wildes Knurren und kreischte vor Verzückung.

Die Congreves gingen voraus und sprachen dabei links und rechts mit Gästen, die sie kannten oder auch nicht kannten. Angelica sah, dass Mr. Congreve die Hand auf den Hintern seiner Gattin gelegt hatte und immer wieder grob hineinkniff. Offensichtlich hatte das ersteigerte Gut die krankhafte Gier nach Sex noch erhöht, die die beiden umtrieb. Um fliehen zu können, mussten sie und Semjon und … Herrje, wo war eigentlich Antoscha?

Angelica sah sich nach Sin um, konnte ihn aber nirgendwo entdecken. Da! Das war die Tür zur Küche! Wenn es ihr nur gelänge, irgendwie aus dieser Menschenmenge herauszukommen … Kurz entschlossen packte sie einen Mantel, der zu einem ganzen Haufen Kleidungsstücke gehörte, die gerade von einem Diener durch die Menschenmenge getragen wurden.

«Der gehört dir nicht, du dreckiges, kleines Flittchen», zischte er, sah sie zornig an und wehrte sich mit aller Macht gegen ihren Griff. Doch da kam auch schon Semjon hinzu, packte den Mann beim Genick und zog ihn zu Boden, ohne dass irgendjemand etwas davon bemerkte.

Es dauerte nicht lange, und der Diener lehnte bewusstlos an der Wand einer etwas abseits gelegenen Nische des Salons. Und während die Gäste sich über die Kleidungsstücke hermachten und sich in Windeseile die schwersten und edelsten Mäntel überwarfen, setzte Angelica einen Fuß auf den Sockel einer Statue und brach erst einen, dann auch den anderen Absatz ihrer Stiefel ab. So trug sie zwar immer noch Schuhe, konnte darin aber endlich rennen.

Nachdem sie in Windeseile wieder zu den Congreves getreten war, stellte sie voller Erleichterung fest, dass sie noch immer auf ihre Kutsche warteten und sich dabei mit einer Schar Freunde unterhielten. Da sie sehr spät gekommen waren, würde ihre Kutsche sicher als erste gebracht werden.

So blieben also nur ein paar Sekunden, um Antoscha zu finden. Aber Semjon stand nicht mehr dort, wo sie ihn zurückgelassen hatte. Er musste in die Küche gegangen sein. Und genau dort fand sie ihn auch – oder besser gesagt, sah sie gerade noch seinen Tweed-Mantel, während er die Treppe in den Keller hinunterrannte.

Angelica blieb zögernd am Treppenabsatz stehen und hielt Wache. Wenn nun Lucy oder die anderen beiden Mädchen sie hier sehen würden? Doch sie bemerkte nur einige männliche Diener, die sie nicht kannte und die wahrscheinlich nur für diesen einen Abend angeheuert worden waren. Ein oder zwei von ihnen schauten die Schönheit voller Bewunderung an, aber Angelica erwiderte die Blicke mit äußerster Geringschätzigkeit und stummer Kälte.

Wenn man sie schon eine Hexe nannte, dann konnte sie sich auch so benehmen.

Und da kehrte Semjon auch schon aus dem Keller zurück. «Er ist nicht unten», flüsterte er ihr zu, wurde aber von einem Diener gehört.

«Sucht ihr nach diesem schmutzigen Kerl? Der liegt da drüben. Ist ziemlich krank.»

Semjon und Angelica eilten sofort in die Richtung, in die der Diener gezeigt hatte. «Großer Gott! Wir müssen uns beeilen!»

Man hatte den kaum noch atmenden Antoscha einfach auf den nackten Küchenboden gelegt. Seine Lippen waren blau angelaufen, und die Augen blickten starr. Als Semjon sich hinkniete, um ihn hochzuheben, war deutlich zu spüren, wie kraftlos Antoscha war. Seine Hände waren viel zu schlaff, um irgendetwas greifen zu können.

Angelica suchte derweil den Raum nach irgendetwas ab, womit man Antoscha bedecken konnte, und griff schließlich nach einer weinbefleckten Tischdecke, die in einem Wäschekorb lag.

Schnell wickelten sie Antoscha in die Decke ein, und Semjon warf sich ihn über die Schulter. Wegen der roten Flecken auf der weißen Decke hätte man den verletzten Mann darunter auch gut für eine Leiche halten können.

Und das schwache Stöhnen, das Antoscha unter der Decke von sich gab, als sie in den Salon zurückkehrten, war alles andere als ermutigend.

Als die rempelnde und schubsende Menge langsam ins Freie drängte, bemerkte Angelica auch endlich die Congreves. Sie waren gerade dabei, ihren Kutscher zu rufen, und sahen sich gleichzeitig nach ihrem ersteigerten Paar um. Die beiden wirkten viel zu betrunken, als dass sie sich heute Nacht noch irgendwelchen sexuellen Spielen hätten hingeben können – auch wenn sie noch so ausgefallen waren. Doch irgendwann würden sie für das Geld, das sie bezahlt hatten, auch eine Gegenleistung haben wollen, überlegte Angelica.

Als man in den Unterstand für die Kutschen trat, standen dort auch einige Dienstboten. Als Angelica unter ihnen Jack entdeckte, musste sie einen entsetzten Aufschrei unterdrücken.

Er war nicht betrunken und würde sich an sie erinnern. Sie blickte zu Semjon, der vor ihr ging, und sah dann, wie Jack sich umdrehte. Als der Diener erkannte, dass es Semjon war, der sich da einen Weg durch die in Auflösung begriffene Menge bahnte, weiteten sich seine Augen.

Zwischen den beiden Männern kam es zu einer Art wortloser Verständigung. Jack flüsterte den Männern, die hinten auf der Kutsche mitfuhren, etwas zu, als sie abstiegen.

«Sie werden Ihnen helfen, Sir», sagte er zu Semjon. Und so wurde der verletzte Antoscha auf den hohen, geschlossenen Kutschbock gehievt. Niemand schien die Aktion zu bemerken. Mrs. Congreve war in das kleine Seidentäschchen vertieft, das an ihrem Handgelenk hing, und kramte wie eine Wühlmaus darin herum.

«Meine Pillen … Mir ist übel. Wo sind meine Pillen?», fuhr sie ihren Gatten an.

«Ich habe sie nicht genommen, Liebes», erwiderte er in stichelndem Unterton.

Angelica hielt weiter die Augen nach Sin auf. Es schien ihr einfach ausgeschlossen, seinen Fängen so leicht entfliehen zu können. Dann sah sie ihn. Er hatte einen Arm um Lucys Schulter gelegt, so als wären die beiden ein ganz legitimes Paar und sie eine große Schönheit. Plötzlich griff Lucy in die Tasche ihrer Schürze und reichte ihm ein winzig kleines Fläschchen.

Ganz bestimmt kein Whiskey, dachte Angelica, sondern eher eine Laudanum-Tinktur. Normalerweise wurde diese

Droge in derartigen Flaschen aufbewahrt, und selbst aus der Entfernung war sie sicher, dass es sich bei der Flüssigkeit darum handelte.

Sin entkorkte das Fläschchen und stürzte den Inhalt hinunter. Kein Wunder, dass sein Verstand so verwirrt war. Aber schließlich gereichte ihnen das in dieser Situation nur zum Vorteil. Dennoch wandte sie sich wieder von den beiden ab.

Jack war mittlerweile zu Mrs. Congreve getreten. Er scharwenzelte wie wild um sie herum und wollte ihr auf solch tollpatschige Art und Weise behilflich sein, dass sie schließlich in die Kutsche stieg, um seinen Bemühungen irgendwie zu entgehen.

Dann verbeugte der Diener sich vor Mr. Congreve. «Hatten Sie einen angenehmen Abend, Sir?»

«Recht angenehm.» Mr. Congreve rülpste laut, als man ihm in die Kutsche half, und Jack verzog bei dem üblen Geruch, der aus dem Mund seines Herrn drang, angewidert das Gesicht. «Wir haben uns fast bis zur Besinnungslosigkeit betrunken», teilte er Jack mit. «Sag dem Fahrer also, er soll langsam fahren.»

«Sehr wohl, Sir.»

Nachdem er Platz genommen hatte, steckte Congreve noch einmal eine fleischige Hand aus der Kutsche und hieß seinen Diener, noch zu warten. «Jack! Hol sofort ein paar Lappen! Mrs. Congreve hat sich über dem ganzen Sitz erleichtert! Verflucht! Vergiss das mit der langsamen Fahrt! Wir wollen schnell nach Hause!»

Semjon und Angelica tauschten einen Blick aus, als Jack sich auf das Trittbrett schwang und mit der Faust gegen das Häuschen des Kutschers schlug.

Gleichzeitig gestikulierte er in Richtung von Semjon und Angelica. Beide begriffen sofort, worum es ging.

Kommt nach.

Dies würden sie allerdings zu Fuß tun müssen, denn sie hatten nicht einen Schilling bei sich. Außerdem hatten sie nur eine äußerst ungenaue Vorstellung, wo sie sich befanden. Und das Geschwätz um sie herum trug auch nicht dazu bei, herauszufinden, wo genau sie waren.

Sie sahen sich an und sprachen zur selben Zeit denselben Namen aus.

«Antoscha.»

Sie mussten sich beeilen und rannten los.

Kapitel Neunzehn

«Welche Richtung?», fragte sie ganz außer Atem in dem Versuch, mit ihm Schritt zu halten.

«Folge mir einfach.»

«Wie kannst du denn so sicher sein, wo es langgeht?» Angelica fiel ein, wie leicht sie bekleidet war, und schlang den geöffneten Mantel um ihren Körper. Es war wider Erwarten doch recht schwer, in den absatzlosen Stiefeln zu laufen.

«Natürlich wegen der Fährte, die sie in der Luft hinterlassen. So habe ich auch dich gefunden.» Semjon hob den Kopf, ergriff ihre Hand und bog in eine Straße ein, die Angelica niemals gewählt hätte. Sie war zwar vollkommen verlassen, aber Semjon schien sich seiner Sache sehr sicher zu sein. «Du hast einen sehr markanten Duft an dir.»

«Eine Kutsche riecht doch wohl wie die andere», erwiderte sie.

«Diese Kutsche stinkt nach Mrs. Congreves Parfüm und nach ihrem Erbrochenen», sagte er knapp. Er schien jetzt sowohl in seiner äußeren Erscheinung als auch im Benehmen wieder ganz der Alte zu sein.

Doch sie war Zeuge geworden, wie er Sin vor nicht mal zwei Stunden auf brutalste Weise angegangen war, und konnte sich daher immer noch nicht einer gewissen Unruhe erwehren. Sollte es im Haus der Congreves zu einer weiteren Auseinandersetzung kommen, könnte das weitaus schlimmere Konsequenzen nach sich ziehen.

«Ist dir auch warm genug?», fragte er.

«Natürlich nicht. Du hast doch gesehen, was ich dort anhatte.»

Er nickte, verlangsamte sein Tempo und sog erneut die Luft ein. Auch der Weg, den sie jetzt eingeschlagen hatten, war menschenleer, und er schien für einen kurzen Moment nicht zu wissen, wo sie weitergehen sollten. Das Mondlicht offenbarte Semjons besorgten Ausdruck, und die vorbeiziehenden Wolken legten sich wie Schatten der Unruhe auf sein Gesicht.

«Haben wir uns verlaufen?»

«Nein. Was da im Haus von Sin passiert ist … das war wie ein nicht enden wollender Albtraum.»

Sie nickte. «Davon wollen wir jetzt nicht reden. Und ich bin sicher, es gibt vieles, woran du dich gar nicht erinnerst.»

«Ich hätte Sin fast getötet», sagte er und drehte sich zu ihr um. «Wieso hast du mich aufgehalten?»

«Ich … ich weiß es nicht.»

Er schüttelte den Kopf und schien alles andere als zufrieden mit ihrer Antwort. «Wir sollten das Thema niemals vor irgendjemandem zur Sprache bringen. Niemand muss davon erfahren.»

«Die Congreves könnten vielleicht etwas bemerkt haben.» Angelica dachte zwar immer noch, dass ihre ehemalige Herrschaft sie nicht erkannt hatte, aber Antoschas Rettung könnte sie ins Verderben stürzen. Andererseits konnte sie es auch nicht allein Semjon überlassen, ihn zu befreien.

«Es gibt für alles eine Lösung», sagte er unerschrocken. Nach und nach schien er wieder zu dem Mann zu werden, den sie kannte. Aber die einem rauschhaften Wahn ähnelnde Zelebration der Lust und ihre grausame Gefangenschaft würden Spuren hinterlassen.

Doch jetzt daran zu denken war der reinste Irrsinn, und sie liefen weiter.

Obwohl sie von seiner Wolfsnatur wusste, war Angelica doch überrascht, als sie irgendwann vor dem Haus standen, das sie gesucht hatten. Es war nicht mal einen Monat her, dass sie zuletzt hier gewesen war, doch es kam ihr vor wie ein ganzes Leben.

Aus den großen Fenstern der Vorderfront drang helles Licht.

«Mrs. Congreve muss den gesamten Haushalt geweckt haben», stellte er fest. «Wo wird die Kutsche untergestellt?»

«Hinter dem Haus. Man teilt sich dafür ein kleines Gebäude mit einer anderen Familie. Es werden also zwei Kutschen dort stehen.»

Er warf einen weiteren Blick auf das Haus und sah dann wieder Angelica an. «Wo suchen wir zuerst?»

Angelica warf einen besorgten Blick auf die erleuchteten Fenster. «Jack kümmert sich um Mrs. Congreve, wenn Mr. Congreve zu betrunken ist. Die anderen Diener versorgen die Pferde und stellen die Kutsche unter.»

«Antoscha war beim Kutscher», erklärte Semjon mit leiser Stimme. «Lass uns also zuerst nach der Kutsche sehen. Die beiden sind schon eine ganze Weile hier, und Antoscha wurde vielleicht fortgeschafft.»

«Man kann Jack trauen», versicherte sie. «Oft reicht ein Wort an ihn.»

Er nickte. «Geh du vor.»

Diesmal nahm sie ihn bei der Hand. Angelica bemerkte, dass er immer wieder seinen Kopf hob, um zu lauschen, zu riechen und zu sehen – und das alles auf eine Weise, die mehr einem Wolf als einem Menschen ähnelte. Aber er sagte kein Wort. Die großen, bemalten Holztore waren natürlich verriegelt, sodass Semjon sofort begann, das frei stehende Gebäude zu umrunden. «Gibt es irgendwo ein Fenster?»

«Hinten, ja.»

Als sie die Rückseite des Gebäudes erreicht hatten, kniete Semjon sich hin, ließ sie auf seinen Rücken steigen und durch das Fenster klettern.

Im Inneren schlich sie auf Zehenspitzen an den Pferden in ihren Boxen vorbei. Die Tiere hoben die Köpfe und wieherten neugierig, aber sie lief sofort zu dem versperrten Tor, zog den Holzriegel heraus und ließ Semjon herein.

Die beiden Kutschen standen direkt nebeneinander. Sie waren nahezu identisch, aber Semjon konnte selbst im Dunkeln feststellen, welche davon den Congreves gehörte. Auf der Seite, wo Mrs. Congreve sich aus dem Fenster erleichtert hatte, waren nämlich immer noch breite Spuren ihres Mageninhalts zu sehen.

Die Frau tat Angelica allerdings nicht im Mindesten leid. Sie stellte sich auf das Trittbrett und öffnete die kleine Tür des Kutscherhäuschens. Doch es war nichts zu finden – keine Spur von der Tischdecke, in die sie Antoscha eingewickelt hatten, und auch kein Stückchen von dem Verband, den sie für seinen Arm zurechtgebastelt hatte. Plötzlich tauchte Semjon neben ihr auf und starrte ebenfalls angestrengt ins Innere.

«Spürst du irgendwas?»

Er warf ihr ein sehr schwaches Lächeln zu. «Nur, dass er noch am Leben war, als man ihn hier herausholte.»

«Woher weißt du das?»

«Ein toter Mann riecht völlig anders als ein lebendiger. Nein, Antoscha hat noch geatmet, sich vielleicht sogar gewehrt. Ich rieche einen Hauch von Schweiß in der Luft.»

Angelica kletterte wieder von der Kutsche. Das war ja immerhin ein gutes Zeichen.

«Und wohin jetzt?», fragte sie.

«Ins Haus.»

Sie verriegelte das Tor von innen. Diesmal kletterten beide aus dem Fenster, damit auch ja niemand mitbekam, dass sie hier eingedrungen waren.

«Die Hintertür», flüsterte sie. «Kittredge schleicht sich oft dort hinaus, um seinen Schatz zu besuchen, und verschließt sie dann nicht.»

Semjon nickte und überließ ihr die Führung. Sie stiegen eine Treppe hoch, die im Gegensatz zur prächtigen Außenfassade des Hauses einen recht schäbigen Eindruck machte.

«Was ist denn das für ein kleines Häuschen?», fragte er flüsternd und zeigte auf ein Gebäude, das ein paar Meter vom Haupthaus entfernt stand.

«Die Nacht-Toilette. Für die Dienstboten natürlich, nicht für die Congreves.»

Er sah sie an, als hätte er das eigentlich wissen müssen. «Das Rudel benutzt so etwas nicht. Zu ungeschützt. Wir fänden es einfach schrecklich, wenn man uns mit herabgelassenen Kniehosen und unseren nackten, pelzigen Hinterteilen erwischen würde.»

Der absurde Scherz heiterte sie ein wenig auf – besonders, da er glaubte, dass Antoscha noch am Leben war. Aber immerhin war auch ihnen die Flucht aus dieser Londoner Hölle gelungen.

Aber lachen konnte sie dennoch nicht. «Wenn wir nicht aufpassen, entdeckt man uns noch.»

«Was? Glaubst du etwa, die Congreves würden zu den Behörden rennen und sich beschweren, dass die Sexsklaven geflüchtet sind, die sie gekauft haben? Oder dass sie von Sin womöglich eine Entschädigung fordern?»

«Es gibt außer Wachtmeistern aber auch noch andere Leute, die man dafür bezahlen kann, Ausreißer zu finden.»

Er gab ihr einen spielerischen Stupser unters Kinn. «Wenn die beiden wieder nüchtern sind, werden sie das Ganze als betrunkene Eskapade betrachten und es vorziehen, nichts darüber verlauten zu lassen.»

«Mag sein.» Angelica fragte sich, ob nicht doch einer von ihnen erkannt worden war. Aber das spielte im Moment auch keine Rolle. Sie konzentrierte ihre Gedanken auf den Vermissten und ging vor ihrem geistigen Auge die Räume des Hauses durch.

«Wo würde Jack ihn wohl verstecken?»

Angelica blickte hinauf zu einem Fenster unter dem Dachvorsprung – nicht weit von dem Zimmer entfernt, das sie sich früher mit einem anderen Hausmädchen geteilt hatte.

Aus Jacks Zimmer drang schwaches Licht. Es schien von einer Kerze zu kommen, denn aus dem Dunkel heraus konnte sie einen flackernden Schein erkennen. Sie zeigte nach oben. «Das ist Jacks Zimmer. Da ist jemand drin, aber so hoch können wir nicht klettern.»

«Gibt es einen Weg durch das Haus, den nur die Dienstboten benutzen?»

«Man würde uns bemerken.»

Plötzlich erklang ein gequälter Laut aus dem Inneren des Hauses. Semjon blickte Angelica an. «Mrs. Congreve?»

Sie nickte. «Ja, ich denke schon. Und so, wie es sich anhört, ist ihr immer noch übel. Wenn sie Aufmerksamkeit fordert, kommt der gesamte Haushalt zum Erliegen.»

Er schaute sie weiter an. «Es besteht zwar nur eine kleine Chance, aber das ist alles, was wir haben.»

Angelica zögerte. «Aber Jack würde sich schon um Antoscha kümmern, bis wir ihn holen können.»

Semjons Blick war überaus ernst. «Aber Angelica! Was ist, wenn er nun noch in dieser Nacht stirbt? Und wir dürfen doch auch deinen Freund nicht in derartige Gefahr bringen.»

Sie musste zugeben, dass er recht hatte. «Dann komm

mit», forderte sie ihn nach ein paar Sekunden auf. «Wir können es versuchen. Aber diese Sachen, die ich trage … Wenn wir uns doch nur besser verkleiden könnten …»

Plötzlich fiel Angelica die Waschküche mit dem dazugehörigen Heißwasserkessel ein. Dort wurde im Winter die Kleidung zum Trocknen aufgehängt, um danach gestärkt und gebügelt zu werden. Dort würde um diese Zeit ganz sicher niemand mehr sein.

«Ich habe eine Idee», erklärte sie mit neuer Zuversicht in der Stimme.

Sie gingen zuerst in die Waschküche. Und wie Angelica vorhergesehen hatte, fand sich dort jede Menge schlichter, praktischer Kleidung, in der sie zumindest auf den ersten Blick als Dienstboten durchgehen würden.

Angelica zog das Korsett aus und warf es ins Feuer, das unter dem Heißwasserkessel brannte. Sollte es doch verbrennen. Sie hasste das Ding. Dann schlüpfte sie in ein dunkles Kleid mit Schürze und verbarg ihr Haar unter einer zerknitterten Haube.

Semjon entschied sich für die Alltagskleidung des hochgewachsenen Dieners und griff sich ein paar Schuhe aus einem Korb, die der Koch für bedürftige Landstreicher aufbewahrte.

«Wir sind das perfekte Paar», sagte er, nachdem beide sich in aller Eile umgezogen hatten. «Und jetzt lass uns das tun, weshalb wir hergekommen sind.»

Angelica ging zur Tür zwischen Waschküche und Küche. Als sie hindurchschaute, sah sie nichts weiter als die Katze, die im Korb beim Herd schlief.

Sogar hier war Mrs. Congreves jämmerliches Stöhnen zu hören. Angelica hatte offensichtlich richtig gelegen – die meisten der Dienstboten waren aus dem Bett gezerrt worden, damit sie um sie herumscharwenzeln konnten.

Semjon und Angelica stahlen sich über den Flur, den die Dienerschaft benutzte, und schlichen sich dann über die Hintertreppe zu den Räumen unter dem Dachgiebel.

Die junge Frau blieb am Treppenabsatz stehen. Das schwache, flackernde Licht, das sie von unten gesehen hatte, drang jetzt unter der Tür von Jacks Zimmer hindurch. Auf Zehenspitzen trat Angelica näher, klopfte leise und flüsterte seinen Namen.

Als Jack schließlich tatsächlich die Tür öffnete, drehte sie sich um und gab Semjon ein Zeichen, ebenfalls näher zu treten. Auf dem Bett des Dieners lag der verschwundene Mann. Seine geöffneten Augen sahen in dem fahlen Licht riesengroß aus, und ihr Blick verriet, dass er unsagbar dankbar war, Angelica zu sehen.

Semjon zögerte nicht lange, drängte sich an Angelica vorbei und kniete sich neben das Bett. «Antoscha», sagte er. «Vergib mir.»

«Wofür?», fragte er mit schwacher Stimme.

«Ich hatte keinerlei Gedanken an die Gefahren verschwendet.»

Antoschas Mund verzog sich zu so etwas wie einem Lächeln. «Das war doch schon immer so.»

«Ich hätte mir nie träumen lassen, dass …»

Antoscha hob eine Hand und wischte damit alle weiteren Entschuldigungen fort. «Halb so wild. Wie du siehst, bin ich ja noch nicht tot. Bring mich bitte nach Hause.»

Angelica wischte sich die Tränen aus dem Gesicht. Antoscha sah aus wie ein Geist, wie er dort in ein weißes Tuch gewickelt dalag, das viel zu sehr an ein Leichentuch erinnerte.

«Ja, Antoscha. Und wenn ich dich auf dem Rücken dorthin tragen muss.»

Er beugte sich vor und hob den gebrechlichen Körper mit

Jacks Hilfe hoch. Angelica sagte kein Wort, während sie denselben Weg zurückgingen, den sie gekommen waren, und dabei auf wundersame Weise wieder von niemandem bemerkt wurden.

Auf dem Weg nach unten kamen sie dann aber doch an einem neuen Hausmädchen vorbei. Sie trug eine Abgussschale für Teereste in der Hand und verfluchte dabei Mrs. Congreve mit leise geflüsterten Schimpfworten.

Das Mädchen sah sie nicht einmal an.

Sie liefen durch stille Straßen. Angelica und Semjon sahen jetzt zwar weitaus anständiger gekleidet aus als zuvor, aber da sie ihre Mäntel in der Waschküche zurückgelassen hatten, war ihnen auch ziemlich kalt. Angelica blieb dicht an Semjons Seite, hatte aber Schwierigkeiten, mit seinem Tempo Schritt zu halten. Ab und zu warf sie einen Blick auf Antoscha, der immer wieder versuchte, sie mit guten Worten zu ermutigen.

Es dauerte eine gute Stunde, bis sie schließlich in die Straße einbogen, die auf den St. James's Square führte.

Dort lag das Haus des Rudels. Durch die Seiten der undurchsichtigen Vorhänge vor den Fenstern drangen dünne Lichtstreifen.

Als Semjon sich anschickte, die Treppe hochzugehen, schaute Antoscha auf. «Ich hätte nicht gedacht, dass ich dieses Haus noch einmal wiedersehe», murmelte er mit so schwacher Stimme, dass Angelica sich ernsthafte Sorgen machte. «Ich danke euch beiden. Danke …» Er verstummte.

Wie von Semjon angewiesen, klopfte Angelica in einem bestimmten Rhythmus an die Tür, der binnen Sekunden dafür sorgte, dass ihnen geöffnet wurde.

Iwan war wie vom Donner gerührt, die drei zu sehen. Nachdem er mit einem prüfenden Blick über die Straße sichergestellt hatte, dass niemand zu sehen war, zog er sie eiligst in die Eingangshalle.

«Wir haben ganz London Tag und Nacht nach Ihnen allen absuchen lassen», erklärte er mit echter Sorge in den Augen – und auch mit ein paar Tränen. «Wo sind Sie denn …»

Ein Blick auf das hohläugige Gesicht Antoschas genügte, und der Hausvorsteher sagte nichts mehr. «Bringen Sie ihn in eine Schlafkammer. Wir werden einen Arzt holen lassen.» Semjon machte sich sofort daran, Antoscha endlich in ein Bett zu bringen. Doch als Angelica ihm folgen wollte, wurde sie von Iwan aufgehalten.

Semjon schien dies gar nicht zu bemerken. Und als Iwan nach oben zeigte, neigte Angelica nur den Kopf und gehorchte ihm demütig.

Kapitel Zwanzig

Sin starrte mit müden Augen aus dem Fenster. Die Sonne schien heute etwas unentschlossen aufzugehen und hing am Himmel, als würde sie von den tiefen Wolken geradezu niedergedrückt werden.

«Musst du da so stehen?», beschwerte sich Victor. «Du siehst aus wie jemand, der gerade der Grabkammer entstiegen ist.»

Sin ignorierte seine Bemerkung. «Hast du gut geschlafen?»

«Einigermaßen. Ich habe gehört, dass die Vorführung recht wild war.»

Sin setzte sich in einen Lehnsessel direkt neben dem Bett, in dem Victor lag.

Der jüngere Mann warf die Decke von sich. «Einer der weiblichen Gäste war hier oben. Ziemlich betrunken, aber sehr hübsch. Und außerordentlich übererregt von dem, was sie unten gesehen hatte.»

«Ah. Und hast du deine Hilfe angeboten?», fragte Sin.

Victor grinste und schwang die Beine über die Bettkante. Er trug immer noch seine Unterkleidung, war aber barfuß.

«Sie kam durch diese Tür, sah sich um und hat sich dann einfach rittlings auf mich gesetzt.»

«Wie romantisch.»

Victor gähnte und fuhr sich durch die zerzausten Haare – was allerdings dafür sorgte, dass sie noch wirrer aussahen als zuvor. «Sie hat bekommen, was sie wollte.»

«Und du?»

Der jüngere Mann erhob sich. Er trat an eine Kommode, wo er Wasser aus einem Krug in eine Porzellanschüssel goss und sich vorbeugte, um sich Gesicht und Hals zu waschen. Danach griff er nach einem zerknitterten Handtuch und trocknete sich geistesabwesend ab. «Das Ganze hat mich vom Grübeln abgehalten – insofern war es gut.» Er warf das Handtuch auf den Boden. «Wie geht's unseren Gefangenen? Sind sie überhaupt noch am Leben? Die im Keller, meine ich natürlich», fügte er noch hinzu.

Sin gelang es immerhin, seinen Mund zu einem schmallippigen Lächeln zu verziehen. «Ja, die sind noch am Leben. Und für eine Anfängerin hat sich deine Stiefschwester wirklich als bemerkenswerte Darstellerin erwiesen.»

Victor schauderte etwas. «Und hat sie auch das Korsett getragen, das du mir gezeigt hattest?»

«Sofern man bei dem bisschen Stoff überhaupt von tragen sprechen kann.» Sin ließ den Kopf gegen die Sessellehne sinken und sah unendlich gelangweilt aus.

Victor nickte und schlüpfte in eine Kniehose, die ihm aber nicht recht zu passen schien. Mit der zerknitterten Unterkleidung darunter verbrachte er wohl eine Minute mit dem Versuch, das Ganze zu einem respektablen Gesamtbild zurechtzurücken. Wieder und wieder öffnete er die Knöpfe der Kniehose.

«Verdammt! Diese Hose gehört doch gar nicht mir!» Victor sah sich aufgebracht im Zimmer um. «Ich frage mich, wer hier wohl alles drin war, während ich geschlafen habe.»

«Wer immer es war, er ist jetzt in deiner Hose nach Hause gegangen», erwiderte Sin.

Victor sah ihn mürrisch an. «In irgendeinem Koffer habe ich noch eine andere Hose. Können wir nicht wieder zurück in das neue Haus, Sin? Diese ständigen Ortswechsel bringen mich ganz durcheinander.»

«Du armer Kerl», erklärte Sin voller Gleichgültigkeit in der Stimme.

«Du könntest ruhig etwas mehr Anteilnahme zeigen. Schließlich sind wir immer noch Partner. Und ich war es schließlich, der dich zu meiner Stiefschwester geführt hat.»

Sin streckte die Arme aus, faltete die Hände und dehnte sie. «Die ist jetzt fort.»

«Was?» Victor hielt inne. «O gut – das habe ich mir schon gedacht. Aber wolltest du sie nicht erst mal nur für eine Nacht verleihen und dann weitersehen?»

«Und sie dann weiter quälen, meinst du?» Er schüttelte den Kopf. «Nein. Sie hat die Sache selbst in die Hand genommen.»

«Wie das denn?» Victor setzte sich halbbekleidet aufs Bett und suchte darunter mit einem Fuß nach seinen Schuhen.

«Sie hat sich in eine Raubkatze verwandelt», sagte Sin mit unwilliger Bewunderung. «Ich glaube, das Kostüm hat dabei durchaus geholfen. Aber sie war nur sehr schwer zu kontrollieren – obwohl sie an Semjon gekettet war.»

«Hast du ihn denn nicht unter Drogen gesetzt?»

«Natürlich. Und ich habe auch daran gedacht, sie unter Drogen zu setzen. Aber ich war froh, dass ich es nicht getan habe. Sie ist sehr temperamentvoll. Und das Publikum war begeistert, sie kämpfen zu sehen.»

Auf Victors Gesicht ließ sich der Anflug eines Schuldgefühls ablesen. «Ich hoffe, sie wurde dabei nicht verletzt.»

Sin warf ihm einen bösen Blick zu und fletschte dabei die Zähne. «Ein paar Kratzer und Striemen, sonst nichts weiter», sagte er. «Aber Semjon hätte mich fast umgebracht.»

Victor wischte den Nachsatz mit einer Handbewegung weg. «Trotz Fesseln und Ketten? Aber er ist doch nur ein Mensch. Auch wenn du das Gegenteil behauptest.»

«Er ist mehr als das. Gestern Abend hat er sich jedenfalls als echte Bestie gezeigt.»

«Ich nehme an, das Publikum war auch davon begeistert», vermutete Victor. «Das nächste Mal werde ich ebenfalls zusehen. Bei ihm zumindest.»

«Es wird kein nächstes Mal geben. Auch er ist entflohen. Zusammen mit dem anderen – dem Dürren. Es war Angelica, die das alles ausgeheckt hat. Und zwar, als sie mit dem Paar das Haus verließen, das sie gekauft hatte.»

«Großer Gott! Ist sie …»

«Die drei sind weg. Es gab das übliche Theater, als die Kutschen gebracht wurden. Und ich fürchte, ich war ziemlich betrunken. Ich habe aber gesehen, dass sie nicht in die Kutsche der Congreves gestiegen ist und dass das Gefährt ohne sie oder Semjon davonfuhr.»

«Die Congreves? Aber das ist doch das Paar, bei dem sie … Sie war Mrs. Congreves Zofe. Hinch hat sie von dort verschleppt. Das weißt du doch.»

Sin zuckte mit den Schultern. «Man wollte sie sowieso entlassen. Zumindest hat der Alte das stolz im Club verkündet.»

«Dir entgeht aber auch nichts.»

Sin lächelte flüchtig. «Man gibt sich Mühe.»

«Du hast ihnen also ein Mädchen verkauft, das ohnehin ihnen gehörte? In der Tat tolldreist!»

«Sie gehörte ihnen nicht. Und ich glaube auch nicht, dass die Congreves sie erkannt haben. Aber sie waren bereit, für Angelica und Semjon zusammen dreitausend Pfund zu zahlen. Den Spezialpreis für Paare», ergänzte er höhnisch.

«Das ist doch nicht dein Ernst.»

«Eheleute zahlen großzügig. Wenn sie denn zahlen …» Sin griff in die Tasche seiner Weste. «Als ich die Treppe raufging, um dir einen guten Morgen zu wünschen, kam gerade diese Nachricht von Mr. Congreve ins Haus.»

Er reichte seinem Partner ein gefaltetes Papier.

Sin!
Ware wurde nicht geliefert. Angebot zurückgezogen.
War aber ein unterhaltsamer Abend. Herzlichen Dank.
In aller Eile, mit Hochachtung etc.
Jasper Congreve

Victor schaute auf, faltete die Nachricht wieder zusammen und gab sie Sin zurück. «Haben wir denn wenigstens die Kosten für die Feier wieder reinbekommen, Sin?»

Sin sah seinen Partner mürrisch an. «Glaubst du etwa, ich setze mich gleich am nächsten Tag noch vor Sonnenaufgang an die Bücher und fange an zu rechnen?»

«Oh, Verzeihung», sagte Victor bissig. «Manchmal vergesse ich einfach, dass ein großer Impresario sich mit derlei Kleinigkeiten gar nicht erst abgibt.»

«Rechne es doch selbst aus», schlug Sin ihm gelangweilt vor. «Ich hatte fünfzehn Diener angeheuert, und Lucy wollte zwei zusätzliche Dienstmädchen haben. Ein kalter Imbiss, auf Tabletts geliefert. Brot. Ale. Eis. Die Kosten für den Wein waren astronomisch hoch, aber schließlich kann man ihn nicht mit Wasser strecken. Die Gäste müssen schon richtig betrunken sein, damit sie sich von ihrem Geld trennen. Selbst reiche Gäste.»

«Wie schade, dass Congreve sich nicht an das Geschäft gehalten hat.»

Sin zog seinen Ärmel hoch und zeigte Victor die Kratzer auf seinem Arm. «Dann hätte sie ihm das vielleicht auch angetan. Und das hätte ihn bestimmt genauso wütend gemacht wie der Verlust der erworbenen Ware.»

«Ich nehme an, der alte Congreve hätte ein wenig Gegenwehr durchaus genossen. Und seine liebe Frau ebenso.»

«Du meiner Treu. Bald bist du genauso dekadent wie ich», erklärte Sin trocken. «Und wenn wir nur die Kosten wieder reinbekommen haben – sei's drum. Aber ich hatte eigentlich vor, ein etwas dauerhafteres Etablissement einzurichten.»

Victor hob fragend eine Augenbraue. «Bist du dir sicher? Verbotene Feierlichkeiten ohne feste Adresse sind der letzte Schrei. Und sie zu finden ist schon der halbe Spaß.»

Sin schüttelte den Kopf. «Für derlei modischen Unsinn bin ich zu alt. Aber das Laster ist ein gutes Geschäft. Auch wenn das Ganze so langsam seinen Tribut von mir fordert. Ich habe schreckliche Kopfschmerzen.»

«Ich werde Lucy bitten, dir ein Pulver zu mischen.»

Sin presste seine Fingerspitzen auf die Schläfen. «Sag ihr, sie soll was Starkes zusammenrühren. Ich habe das Gefühl, als würde jemand in meinem Kopf sitzen, der die ganze Zeit auf mich einredet.»

«Ist das vielleicht die Stimme der Vernunft?», meinte Victor scherzend. «Dann solltest du vielleicht doch lieber mal hinhören.»

«Halt den Mund», knurrte Sin. Er erhob sich aus dem Lehnsessel und machte sich auf den Weg in sein eigenes Zimmer, um seinen Kater auszuschlafen.

Semjon und Angelica lagen schlafend zusammen. Es war ein Schlaf voller Unruhe, aus dem Semjon irgendwann mit einem Zucken hochschreckte und Angelica sofort näher an sich zog.

«Ist es die Sonne?», fragte sie schläfrig. «Zieh doch die Vorhänge zu.»

«Nein, Liebste.» Er küsste sie erst auf die Stirn, dann auf

die Lippen. Doch ihre müden Augen öffneten sich nicht. «Aber ich will sie gern schließen, damit du schlafen kannst.»

Angelica beobachtete, wie er aufstand und ans Fenster trat. Der Anblick seiner animalischen Körperlichkeit und der herrlichen Nacktheit beruhigte sie sofort ein bisschen.

Ein ganzer Mann. Und durch und durch menschlich.

Sein Anblick war zwar durchaus beruhigend, ließ die Angst unter ihrer überwältigenden Schläfrigkeit aber nicht ganz verschwinden. Als ihr Geliebter ins Bett zurückkehrte, begrüßte Angelica ihn mit einem liebevollen Murmeln, breitete die Decke über seine kräftigen Schultern und kuschelte sich dann an den feinen dunklen Pelz auf seiner Brust.

Nachdem er zu ihr hochgekommen und ihr kurz berichtet hatte, dass sich jetzt ein Arzt um den schlafenden Antoscha kümmerte, hatten die beiden sich einfach ausgezogen und waren ins Bett gefallen. Was mit ihr geschehen sollte, danach hatte Angelica nicht fragen wollen.

Doch jetzt, wo sie ein bisschen wacher war, sah sie besorgt zu Semjon auf. «Oder war es vielleicht doch ein böser Traum, der dich geweckt hat?»

Ein trauriges Lächeln umspielte seine Lippen. «Ja. Und die werden uns beide in nächster Zeit sicher noch öfter heimsuchen.»

«Erzähl mir von deinem Traum», bat sie flüsternd.

«Ach, Angelica», sagte er. «Ich hatte Glück, dass ich mich nur an so wenig davon erinnern konnte. Aber anscheinend ist doch einiges hängengeblieben. Im Schlaf sehe ich …»

«Was?»

«St. Sin. Und zwar als Teufel, der sich hinter der Kleidung eines Gentleman verbirgt. Ich kämpfe mit ihm.»

«Das hast du doch auch in Wirklichkeit getan.»

«Manchmal gewinnt er, und manchmal gewinne ich.» Er seufzte schmerzlich. «Ich bin in seinen Augen nichts weiter als eine wilde Bestie. Aber ich selbst weiß, dass ich mehr bin. Verstehst du?»

Sie nickte. Während er sprach, kehrten die Erinnerungen an jede qualvolle Minute des Erlebten in ihr Gedächtnis zurück. Angelica kniff die Augen zusammen, aus denen Tränen traten. Sie wischte sie fort, noch bevor sie mit seiner Haut in Berührung kommen konnten, doch Semjon merkte trotzdem, dass sie weinte.

«In dem Traum, der mich weckte, stand ich gerade kurz davor, ihm den Hals umzudrehen. Aber du hieltest mich davon ab.»

Sie klammerte sich noch fester an ihn, als könnte sie so die Erinnerungen irgendwie vertreiben.

Semjon drückte ihr einen Kuss auf das zersauste Haar. «Ich habe mich immer als zivilisierten Menschen gesehen, weißt du. Als den Inbegriff des englischen Gentleman. Aber was daruntersteckt, ist wohl tatsächlich ungebändigte Wildheit.»

«Sprich nicht weiter davon», flehte sie ihn an. «Versuch zu schlafen.»

Er nahm sie in die Arme, die ebenso tröstend wie stark waren. «Ja, du hast ganz recht. Die Folgen unseres Plans werden sicher unangenehm werden, aber es wird Zeit, dass sich jemand St. Sin in den Weg stellt und ihn aufhält.»

«Ja», stimmte sie ihm zu.

«Iwan hat mir erzählt, dass unsere Kontakte bei Hof bereits Bescheid wissen. Wir hielten es für besser, die Sache nicht länger zu verschweigen – für den Fall, dass er das Land verlässt. Sie werden die Sache eingehend untersuchen. Aber was rede ich da nur? Das musst du alles gar nicht wissen. Ich werde dich von hier fortbringen, meine Liebste. Aufs Land. Wir brechen zusammen auf, sobald ich …»

«Sssh», unterbrach sie ihn.

«Verzeih, meine Liebe. Du musst schlafen.»

«Genau wie du.»

In gegenseitiger Umarmung warm eingekuschelt und von einer alles verschlingenden Erschöpfung übermannt, sank das Paar erneut in den Schlaf. Beider Träume waren von namenlosem Entsetzen angefüllt – von dem, was sie erlitten, gesehen oder sich auch nur vorgestellt hatten.

Semjon wälzte sich unruhig hin und her und sprach in seinem Albtraum sogar mit seinem Peiniger.

Du bist es, der hier nicht menschlich ist, Sin. Du trägst keinerlei Mitgefühl in dir.

Semjon starrte in voller Wolfsform auf den großen Mann auf der Bühne und hörte, wie das Publikum lachte und brüllte.

«Und du bist wie ein verreckender Hund an einer Kette», erwiderte Sin und ließ seine Gerte zischend durch die Luft sausen. Semjon wurde immer wütender.

Doch in seinem Traum drehte er dem Mann weder den Hals um, noch ging er auf ihn los.

Stattdessen fixierte er Sin mit derart stechendem Blick, dass dieser völlig still in der Mitte der Bühne stehenblieb. So stechend, dass Semjon tatsächlich in den Geist von Sin eindringen konnte.

Kein Mitleid. Keine Güte. Keine Seele. Ohne ihn zu berühren, bohrte Semjon sich tief in Sins gestörten Verstand.

«Aaaah!» Aus Sins Mund drang ein einziger, entsetzlicher Schrei.

Du bist leer! Leer!!

In Semjons Albtraum hallten die letzten Worte einmal wider und drangen dann durch einen immer stärker werdenden Nebel in seinen eigenen Kopf ein. Semjon schreckte erneut aus dem Schlaf hoch. Und er fror am ganzen Leib.

Als er auf die immer noch schlafende Angelica schaute, beschloss er, ihr nicht davon zu erzählen. Voller Unruhe und mit vor namenloser Angst ganz steifem Körper schmiegte er sich an sie.

Auf der anderen Seite der Stadt war in Sins Schlafgemach derweil ein echter Schrei zu hören. Doch diejenigen, die ihn hörten, waren im Haus beschäftigt und unternahmen nichts.

Der Schrei kam von Sin selbst. Sein Oberkörper kippte starr gegen das besudelte Kopfkissen, der Mund verzog sich, und die Augen rollten wie wild in ihren Höhlen umher. Er zuckte am ganzen Körper.

Während seines Martyriums sah er nur die Augen des Wolfes vor sich. Goldene Augen, die ihn ganz und gar durchdrangen.

Und dann starb er.

Kapitel Einundzwanzig

Monate später …

«Sollen wir die Kleinen rauslassen, Natalja? Oder wollen sie rein?»

Das Jaulen vor der Tür, die zu einem abgeschlossenen, kleinen Flur führte, war immer lauter geworden.

Natalja lachte und ließ einen Kamm durch ihr endlos langes Haar gleiten. «Schwer zu sagen. Aber lass sie vielleicht doch lieber nicht rein. Nicht, bis ich mein Haar fertig geflochten und hochgesteckt habe. Sie beißen sich gerne an den Zopfspitzen fest. Und es sind so viele.»

Angelica nickte. «Zehn Stück bringen ein ganz schönes Durcheinander ins Haus – auch wenn das nicht so schien, als sie noch ganz klein waren und so viel geschlafen haben. Arme Sabatschka. Die Kleinen haben gerade ihre Milchzähne bekommen und wollen alle gleichzeitig an ihren Zitzen saugen.»

Natalja wandte sich dem ersten Zopf zu und flocht die glänzenden Haarsträhnen. «Die kleinen Biester. Vielleicht sollte ich ihnen mal Schabefleisch in Brühe geben. Das schmeckt ihnen sicher.»

Angelica klopfte sich das Mehl von den Händen, denn ihre Schürze war schon zu schmutzig, um sie daran abzuwischen. «Du wirst sie noch völlig verwöhnen.»

«Kinder und junge Tiere müssen ab und zu mal verwöhnt werden», erwiderte Natalja. Nachdem sie den ersten Zopf fertig hatte und ihn sich über die Schulter nach hinten geworfen hatte, machte sie sich sofort an den nächsten. Dabei blickte sie nachdenklich auf den Brotteig, der an der sonnigsten Stelle in der Küche in Schüsseln ruhte. «Der Teig sollte hier gut aufgehen. Au …!»

Semjon war durch einen anderen Raum in die Küche getreten und hatte an der Spitze von Nataljas fertig geflochtenem Zopf gezogen. «Und was ist mit Männern? Müssen wir nicht auch ab und an verwöhnt werden?»

«Männer kommen doch schon verwöhnt auf die Welt», erwiderte Natalja. «Eure Mütter fangen damit an, und die Frauen, die euch lieben, setzen es dann fort.»

«Ein ausgezeichneter Plan», murmelte er, wandte sich dann aber seiner Frau zu. «Und was treibst du so?»

Sie zeigte auf die glatten Teigkugeln. «Wonach sieht es denn aus?»

«Du machst aus Bergen Maulwurfshügel, würde ich sagen.»

Angelica lachte, wedelte ein wenig mit ihrer Schürze und staubte ihn mit einer kleinen Mehlwolke ein. «Komm am Nachmittag wieder, wenn das Brot fertig ist, dann kannst du eine Scheibe mit Butter und Marmelade haben.»

«Ich bleibe lieber gleich hier und bewache die Marmelade», erklärte er. «Sonst ist nachher keine mehr da. Das letzte Glas ist auch auf geheimnisvolle Weise verschwunden. Und das war eins von Nataljas besten Jahrgängen.»

«Von meinem zweitbesten», neckte sie ihn. Natalja war mittlerweile auch mit dem zweiten Zopf fertig, den sie ebenfalls über ihre Schulter nach hinten warf. «Den besten Jahrgang habe ich für Iwan versteckt.»

«Dann ist er ein echter Glückspilz», sagte Semjon.

«Sag ihm das mal», erwiderte Natalja, trat vor den Spiegel und steckte die Zöpfe zu einer Krone hoch.

«Ach, so frisiert, sieht dein Haar einfach wunderschön aus», schwärmte Angelica. «Ich muss das auch mal probieren.» Sie stellte sich hinter Natalja, die gerade die letzte Haarnadel feststeckte und kurz darauf lachend die Küche verließ.

Nachdem sie allein waren, trat Semjon hinter Angelica, knabberte an ihrem Ohr und schaute dabei in den Spiegel, um zu sehen, ob ihr seine Liebkosung gefiel. Sie lächelte. «Das kitzelt.»

«Solange es dir nur Vergnügen bereitet, meine liebe Gattin.»

«Mmmh. Und ob.» Er umfasste zärtlich ihre Taille.

«Bist du glücklich hier in Heraldshire?»

«Ja. Aber du hast dein Versprechen noch nicht eingelöst, mir zu erzählen, wieso wir so überstürzt hierhergekommen sind.»

«Wie nachlässig von mir», erwiderte Semjon, den Mund auf Angelicas Hals gepresst. Dabei zischte er den «S»-Laut mit Nachdruck, sodass sie erneut lächeln musste.

«Wir sind jetzt schon zwei Wochen hier, Semjon. Die frische Luft ist ja schön, aber …»

«Aber, was?» Er stellte sich gerade hin und ließ von ihr ab.

«Ich werde London im Herbst vermissen. Da fangen die Theater- und die Ballsaison an, und in den Akademien werden neue Bilder ausgestellt, über die die Kunstkritiker sich dann das Maul zerreißen können …»

«Die Stadt hält vielerlei Vergnügungen bereit. Irgendwann werden wir schon dorthin zurückkehren, meine Liebe.» Seine Stimme klang ruhig, und er schien sie wirklich ernst zu nehmen. «Doch nach dem, was geschehen ist, scheint es das Beste, den Sommer hier zu verbringen.»

«Ich verstehe. Solange wir nur irgendwann zurück können.» Genau das war ihr in den letzten Tagen durch den Kopf gegangen. Aber Semjon war einfach nicht oft genug wach gewesen, um mit ihm darüber zu sprechen.

«Natürlich.»

«Hast du Antoscha heute schon gesehen?»

«Noch nicht.»

«Ich glaube, er ist hier glücklicher», stellte Angelica fest. «Seine Verletzung bereitet ihm noch immer Probleme, und er genießt es, einfach nur in der Sonne zu sitzen. Ich nehme an, das ist gut für ihn.»

«Es ist wirklich sehr aufmerksam, dass du dir darüber Gedanken machst. Er war es übrigens, der Heraldshire vorgeschlagen hat.»

«Das wusste ich gar nicht.»

Semjon nickte, beugte sich wieder etwas hinunter und legte den Kopf auf ihre Schulter, sodass ihr Spiegelbild wie ein Doppelporträt aussah. «Er sagte, hier sei es so schön flach und damit ideal zum Spazierengehen. Außerdem gebe es keine Wälder, sodass man immer eine großartige Aussicht habe. Und dann auch noch die gesunde Seeluft und so weiter und so weiter.»

«Die Einheimischen scheinen uns aber mit ziemlichem Argwohn zu betrachten.»

Er lachte nur. «Aber doch nicht dich. Höchstens Natalja, würde ich sagen. Sie ist bei jedem Wind und Wetter mit Sabatschka Gassi gegangen, hat dabei russische Volkslieder gesungen und sich damit eine Zeit lang zum Hauptgesprächsthema im Wirtshaus gemacht. Man hat hier in der Gegend noch nie einen derart weißen und flauschigen Hund gesehen, habe ich gehört.»

«Und einen so dicken, mit all den Welpen im Bauch», erinnerte ihn Angelica.

«Das sind Bauersleute, und junge Hunde sind nichts Neues für sie. Ich glaube, es waren eher Nataljas bunte Kleider und die Zöpfe, die bei den Bewohnern für Gesprächsstoff gesorgt haben.»

Angelica drehte ihm spielerisch den Arm um. «Natalja hat sehr wohl auch schon einige Freunde gefunden – wenngleich manche Leute sie merkwürdig finden.»

«Sie ist ein charmantes Mädchen.»

Angelica flüsterte ihm etwas ins Ohr.

«Nein? Wirklich?», fragte Semjon voller Freude. «Der gute, alte Iwan. Er wird begeistert sein, wenn er das hört.»

«Er darf es aber erst von ihr erfahren», erwiderte Angelica streng.

«Ja, natürlich. Ich halte den Mund. Aber das sind wirklich frohe Neuigkeiten. Deshalb seid ihr beide also auf einmal so häuslich.»

Sie nahm seine Hand und führte ihn vom Spiegel weg und ins Wohnzimmer. «Jetzt ist nichts mehr weiter zu tun.»

«Wirklich? Mir fällt da aber noch so einiges ein.» Er rückte auf dem Sofa näher an sie heran. Und näher. Und noch näher. Bis sie gegen die Armlehne und sein Bein gepresst dasaß.

«Was hast du denn nur vor, Semjon?»

Er presste seine Lippen erneut gegen ihr Ohr. «Deine köstlichen Schenkel. Deine rosigen Brüste mit ihren unglaublich langen Nippeln. Dein Haar, wie dunkles Feuer. Wie sehr ich mich danach sehne, es über ein Kopfkissen gebreitet und dich unter mir zu sehen, während ich …»

«Gut und schön.» Auf Angelicas Wangen breitete sich eine leichte Röte aus. «Ich danke dir für diese Flut von Komplimenten. Aber wir müssen uns dringend einmal unterhalten.»

Er machte ein langes Gesicht und lehnte sich zurück an die Sofakissen.

«Oh. Das sind Worte, die auch dem stärksten Mann Angst einjagen können.»

«Aber wir müssen wirklich reden.»

Er setzte sich gerade hin und war dabei nicht sicher, ob sie es nun ernst meinte oder nur im Scherz sprach. «Was ist denn los?»

Sie hielt kurz inne, um sich zu sammeln. Dabei zog sie an einem losen Faden, der aus dem Bezugsstoff des Sofas hervorstand. «Ich … ich bin in freudiger Erwartung, Semjon.»

«Nein!»

Sie mochte ihn gar nicht ansehen. «Doch», erklärte sie mit einer gewissen Zurückhaltung in der Stimme.

«Wie ist das denn passiert?», fragte Semjon ernst.

«Auf die übliche Weise …» Als Angelica aufschaute und sah, wie er sie angrinste, griff sie nach einem Kissen und warf damit nach ihm. «Ach, du bist doch wirklich schrecklich, wie du mich so aufziehst.»

«Aber das magst du doch so an mir.» Er lachte und schützte sich mit dem Kissen gegen die nächste Attacke seiner Liebsten.

Auch sie lachte atemlos, als sie ihre spielerischen Schläge einstellte. «Ich liebe dich, Semjon. Und, machen meine Neuigkeiten dich glücklich?»

Er warf beide Kissen auf den Boden und nahm seine Ehefrau, die er so anbetete, in die Arme. Und er küsste sie mit aller Zärtlichkeit, die sein Herz in sich trug.

«Mehr, als du jemals wissen wirst», sagte er leise und ließ sie ein wenig zu Atem kommen. «Viel mehr. Ich werde dich bis in alle Ewigkeit lieben. Du bist wahrhaftig ein Engel.»

Und dann legten sie sich zusammen nieder …

MIX
Papier aus verantwortungsvollen Quellen
FSC® C083411

Das für dieses Buch verwendete FSC®-zertifizierte Papier *Lux Cream* liefert Stora Enso, Finnland.